ORGULHO ARDENTE

GABE COLE NOVOA

ORGULHO ARDENTE

São Paulo
2025
hoo
EDITORA

Diretor editorial
Alessandro Gerardi

Gerente editorial
Marcia Batista

Produção editorial
Letícia Nakamura
Raquel F. Abranches
Victoria Viana

Tradução
Cynthia Costa

Preparação
Thiago Bio

Revisão
Rafael Bisoffi
Yonghui Qio

Arte
Barbara Garoli
Renato Klisman

Ilustração da capa
Marlowe Lune

Design da capa
Samira Iravani

Diagramação
Nadine Christine

Dados Internacionais de Catalogação na Publicação (CIP)
Angélica Ilacqua CRB-8/7057

N843o
Novoa, Gabe Cole
Orgulho ardente / Gabe Cole Novoa ; tradução de Cynthia Costa.
-- São Paulo : Universo dos Livros, 2025.
256 p. (Coleção Classics remixed ; vol 2)

ISBN 978-85-93911-58-3
Título original: *Most ardently*

1. Ficção norte-americana 2. LGBTQIA+ 3. Transexualidade
I. Título II. Costa, Cynthia III. Série

25-3700 CDD 813

Universo dos Livros Editora Ltda. — selo Hoo
Avenida Ordem e Progresso, 157 — 8º andar — Conj. 803
CEP 01141-030 — Barra Funda — São Paulo/SP
Telefone: (11) 3392-3336
www.universodoslivros.com.br
e-mail: editor@universodoslivros.com.br

Para irmanes trans:
Nós também merecemos romances que nos arrebatam.
É por isso que dedico este livro a vocês.

Nota do autor

Esta é a história de Oliver e, de certa forma, foi a minha também. Nestas páginas, você conhecerá um rapaz trans que ainda não se assumiu para a família, enfrentando uma sociedade rigidamente cis-heteronormativa. A natureza da trama aqui contada faz com que o nome morto de Oliver seja usado repetidas vezes; além disso, com frequência ele passa por episódios de disforia e é tratado pelo gênero errado pelas outras personagens do livro (embora nunca pelo narrador). Para muitos de nós, essas podem ser feridas dolorosas de revisitar, portanto, embora eu tenha feito o possível para abordar momentos difíceis com empatia, você com certeza conhece seus limites melhor do que eu.

1

É UMA VERDADE UNIVERSALMENTE RECONHECIDA que um rapaz solteiro, em posse de boa fortuna, deve estar em busca de uma esposa — a menos que o rapaz em questão seja Oliver Bennet. Não que Oliver estivesse em posse de boa fortuna, veja bem, mas lhe parecia impossível que tal riqueza fosse transformar por completo seu desinteresse em um dia ter uma esposa.

Ou, o que é mais importante, *ser* uma esposa.

Assim, foi com grande desânimo que ele ouviu sua mãe compartilhar notícias empolgantes sobre um tal Charles Bingley.

A sra. Bennet puxou a renda apertada sob os seios dele e disse:

— Meninas, vocês ouviram falar que Netherfield foi alugada?

Oliver rangeu os dentes ao sentir o tecido apertado empurrando seu peito para cima e para a frente — acentuando uma forma que o deixava nauseado —, assim como ao ouvir o vocativo opressor "meninas". Mas era de se esperar, já que a sra. Bennet, como a maior parte do mundo, acreditava que Oliver era a segunda *filha* mais velha da família, e não o único *filho*.

Oliver podia contar nos dedos de uma das mãos o número de pessoas que sabiam a verdade, e a mãe não era uma delas.

Uma vez ajustada a renda, a sra. Bennet empurrou a barbatana de madeira do espartilho para dentro do decote, forçando-o a ficar ereto e enfatizando ainda mais as curvas de seu busto. Havia poucas peças de vestuário que Oliver detestava mais do que o espartilho, mesmo porque a pressão das hastes de madeira entre os seios era um lembrete constante de uma parte de seu corpo que nunca queria ver.

Satisfeita e alheia ao desconforto dele, a sra. Bennet passou o vestido cor de esmeralda pela cabeça do filho e puxou a roupa para baixo, ajustando-a conforme necessário enquanto caía sobre as horríveis roupas íntimas. Oliver se remexeu sobre o banquinho, fazendo o possível para não se ver no espelho. Odiava ver-se de vestido, o que era uma pena, dada a quantidade de tempo que era obrigado a passar usando esse tipo de peça. Trajado daquele jeito, com os cabelos presos em duas tranças simples e uma fita verde para combinar com a roupa, ele parecia um estranho.

— Netherfield foi alugada? Por quem? — perguntou Jane, sentada à janela, perto do espelho.

A irmã lançou a Oliver um sorriso compassivo, mas ele desviou o olhar, ainda evitando mirar o próprio reflexo.

— Um jovem chamado Bingley, com uma renda de 4 ou 5 mil por ano! — respondeu a mãe. — Que sorte essa reviravolta para vocês, meninas! Já pedi ao sr. Bennet que se apresentasse e convidasse o rapaz para tomar chá.

Kitty e Lydia deram risadinhas do outro lado da sala.

— Ele é muito bonito? — perguntou Lydia.

A sra. Bennet franziu a testa.

— Bem, eu ainda não o conheci, querida, mas isso não deve ser uma prioridade.

— A senhora sabe se ele estará no baile de Meryton hoje à noite? — indagou Kitty.

— Ora, espero que sim! — A sra. Bennet sorriu para o reflexo de Oliver enquanto terminava de alisar o vestido. — Com certeza uma de vocês chamará a atenção do sr. Bingley esta noite se ele comparecer ao evento. Acho impossível que não note moças tão bonitas.

Oliver desceu do banco. Desde que não precisasse se ver, até que não era tão ruim. Se tomasse cuidado para não olhar para o próprio busto, ou para qualquer outra coisa abaixo do pescoço, poderia se sentir…

— Elizabeth — advertiu a mãe. — Você poderia ao menos *fingir* que está ansiosa pelo baile? Sinceramente, não sei como espera se casar um dia se demonstra apatia a cada baile de que participamos.

A mandíbula de Oliver se contraiu com a sensação desagradável de ouvir o nome que superara havia muito tempo. Ainda assim, a última coisa de que precisava era atrair a insatisfação da mãe. Então, com a facilidade desenvolvida pela prática, ele deu um pequeno sorriso de desculpas.

— Sinto muito, mamãe. Você sabe como não gosto de usar espartilho… Ainda estou me adaptando — respondeu.

Parecendo satisfeita, a sra. Bennet acenou com a cabeça e bateu palmas, fazendo um gesto para a porta.

— Bem, vamos lá, meninas! Não podemos nos atrasar.

Lydia, Mary e Kitty saíram correndo pela porta, com a sra. Bennet logo atrás. Oliver se preparou para segui-las com um suspiro, até que Jane tocou de leve no ombro dele.

— Você está bem? — perguntou a irmã em voz baixa. — Eu poderia dizer à mamãe que você está passando mal, se preferir ficar em casa. Poderia até sair sozinho…

A ideia se espalhou em seu interior, enchendo-o de esperança, mas Oliver a reprimiu antes que crescesse o suficiente para machucá-lo. Ele *sairia* sozinho, em roupas que lhe fossem de fato apropriadas, ostentando com orgulho seu verdadeiro nome… no dia seguinte.

— A Feira de Bartolomeu. Vou sair amanhã. Acha que poderia…? — sussurrou.

Jane sorriu.

— Manterei mamãe ocupada. Se o baile for demais para você esta noite…

— Eu lhe digo. Obrigado, Jane.

Ela o abraçou com força e murmurou:

— Qualquer coisa pelo meu irmãozinho.

Oliver fechou os olhos, encostando o rosto no ombro de Jane enquanto as palavras dela o enchiam de calor e puxavam os cantos de sua boca para cima. Era a *isso* que ele se agarraria naquela noite. Àquele sentimento. De ouvir Jane chamando-o corretamente de irmão.

Um dia, o resto do mundo também saberia a verdade.

2

MAL TINHAM ENTRADO NO BAILE EM MERYTON quando a sra. Bennet exclamou:

— Ah, isto não é simplesmente *adorável*?

Kitty e Lydia concordaram, enquanto Oliver observava a cena diante de si com tristeza. O salão era grande, com as paredes pintadas projetando um tom de verde sobre a madeira lustrosa, que brilhava com uma camada fresca de cera. Oliver estimou que havia cerca de sessenta convidados presentes, todos vestidos com trajes não muito *finos*, considerando que se tratava de um evento público, mas mesmo assim bem vestidos.

O sr. Bennet disse algo para a esposa e, em seguida, entrou confiante no recinto, provavelmente para se misturar com os outros maridos em um canto, como em geral fazia nesse tipo de ocasião.

A dança já havia começado, com os pares juntando-se e separando-se conforme a coreografia no centro do salão, enquanto outros socializavam. Era ali que Oliver preferia ficar — escondido em um canto onde menos pessoas pudessem vê-lo. Mas, é claro, a sra. Bennet jamais permitiria isso. No que dizia respeito à mãe, era de responsabilidade de cada um de sua prole atrair um pretendente da alta sociedade com sorrisos e piscadelas provocantes. Oliver fez uma careta.

— Lá está ele! — sussurrou a sra. Bennet em voz alta demais. — Na extremidade norte da sala, ao lado do grande retrato do anfitrião!

Sim, tenho certeza... Ele se encaixa perfeitamente na descrição feita pela sra. Long. Ora, ele *é* bonito, não é?

Oliver teve de admitir que o jovem em questão era belo. Seus cabelos curtos eram de um ruivo dourado, e o rosto pálido e sardento parecia gentil. Mas ele não estava sozinho; havia duas mulheres consigo — ambas trajando a mesma cor que ele, portanto, prováveis parentes — e um jovem de cabelos escuros, que aparentava ter entre as idades de Oliver e Jane e parecia tão entusiasmado por estar ali quanto Oliver. Mas ao menos Oliver tinha a decência de *fingir* entusiasmo; o amigo de Bingley não parecia ter tal propensão.

— Ah, ele é bonito! — exclamou Lydia. — E quem está com ele?

— Creio que a sra. Long mencionou que o rapaz estava viajando acompanhado. Aquele cavalheiro deve ser Fitzwilliam Darcy, e as mulheres são as irmãs de Bingley — respondeu a sra. Bennet.

Oliver parou de prestar atenção depois disso. A sra. Bennet cuidava da prole como uma mãe pata cuida dos filhotes, apesar de Oliver ter dezessete anos e Jane ser ainda mais velha, mas por fim os dois conseguiram se afastar dela. Quando ficaram distantes do alcance dos ouvidos, os ombros de Oliver enfim relaxaram. Os dois se deslocaram por entre as pessoas; Jane sorria com timidez para rostos conhecidos e respondia com palavras tranquilas e educadas quando a respeitabilidade exigia. Oliver sorria e acenava com a cabeça em todos os momentos apropriados, embora não tivesse a menor ideia do que tratavam as conversas.

Foi só depois de falarem com três ou quatro pessoas que ele percebeu que estavam chegando à extremidade do salão, onde Bingley e seus amigos estavam reunidos. Os olhos de Oliver se estreitaram para Jane, que liderava o rumo de ambos. Será que estava se aproximando de propósito? Ela não havia olhado para o grupo nenhuma vez, mas seu destino parecia claro.

Talvez estivesse se aproximando sem *parecer* que estava tentando se aproximar, algo típico dela. A irmã não gostava de ser o centro das atenções e nunca se atreveria a aproximar-se diretamente de alguém — mesmo que esse alguém fosse um rapaz muito bonito. De qualquer forma, se queria atrair a atenção de Bingley, estava funcionando. Enquanto Jane falava com um rapaz que lembrava um filhote de cachorro ansioso demais (Oliver já havia esquecido o nome dele), o olhar de Bingley se fixou nela. Jane riu com educação de algo sem graça, então o rapaz comentou algo com o amigo taciturno e começou a se aproximar deles.

Os olhos de Oliver arregalaram-se, e ele logo se voltou para a conversa de Jane com o jovem animado. Seu coração acelerou quando a sensação de alguém se aproximando por trás se intensificou. Será que deveria alertar Jane? Talvez fosse melhor se a irmã não soubesse, pois assim agiria com naturalidade. Sim, alertá-la só faria com que ficasse nervosa.

— Você não acha?

Levou um momento para Oliver perceber que Jane se dirigia a ele.

— Ah. — Seu rosto enrubesceu. — Hum, peço perdão, eu me distraí. Qual foi a pergunta?

Ele jamais a descobriria, porque naquele momento um cavalheiro alto com cabelos acobreados aproximou-se do grupo e disse:

— Com licença, senhorita. — Bingley sorriu para Jane. — Peço desculpas por interrompê-la, mas não pude deixar de notar que está sem par para a dança. Poderia dar-me a honra de juntar-se a mim?

O rosto de Jane ficou rosado, com uma ponta de sorriso nos lábios.

— Ah, eu adoraria — respondeu ela em voz baixa. — Isto é, se o sr. Harrison não se importar?

— Por favor! — O rapaz animado, o tal sr. Harrison, gesticulou para que Jane fosse em frente. — Não se acanhe por minha causa.

O olhar dela encontrou o de Oliver, e ele sorriu e acenou com a cabeça de forma encorajadora.

— Divirta-se.

Então a irmã pegou a mão estendida de Bingley, e os dois foram para o centro do salão assim que uma nova série de músicas começou.

Oliver não pôde deixar de sorrir, pois a sra. Bennet ficaria *encantada*. E os dois formavam *mesmo* um excelente par. Jane parecia bastante feliz com o convite.

É claro que isso deixou Oliver na incômoda posição de ficar sozinho com o sr. Harrison, que, ainda por cima, queria falar sobre bordados.

— É uma arte tão feminina, tão simples, mas que pode ser bela se feita por uma mão habilidosa. Invejo a capacidade das mulheres para criar um trabalho tão delicado. A senhorita é hábil com bordados, srta. Bennet?

Oliver franziu os lábios ao ouvir a forma de tratamento — e a suposição de que teria talento em uma arte *feminina* porque o sr. Harrison o confundia com uma mulher. Forçou os ombros a relaxar e encarou o rapaz.

— Devo admitir que não sou. Se o senhor me der licença.

Não esperou pela permissão — ou, mais do que isso, não lhe deu a oportunidade de protestar — antes de se afastar e continuar a andar pelo perímetro da sala. Ele então viu Jane dançando com Bingley. A irmã parecia radiante, dando risadinhas tímidas quando os dois se encontraram no centro do salão antes de se separarem mais uma vez.

Jane parecia feliz e, no momento, bastava isso.

O olhar de Oliver percorreu a sala. Avistou o amigo de Bingley — Darcy, era isso? — parado exatamente onde Bingley o havia deixado quando fora convidar Jane para dançar. As duas moças haviam encontrado parceiros de dança, então ele ficou ali, sozinho, de costas para a parede verde, como se essa fosse sua única proteção.

Era um sentimento com o qual Oliver se identificava.

Os cabelos do rapaz eram mais compridos que os de Bingley e emolduravam seu rosto com ondas soltas que se enrolavam sobre a cabeça feito uma coroa. Pareciam muito macios. Qual seria a sensação de passar os dedos por eles?

Uma jovem bonita, com cachos loiros que caíam sobre os ombros, aproximou-se de Darcy. Oliver não conseguiu ouvir o que foi dito, mas pôde imaginar quando a moça franziu a testa e se afastou, parecendo um tanto insultada.

Interessante.

Darcy de repente o encarou, e Oliver congelou. Algo naquele rapaz gritava para que ele desviasse o rosto antes que fosse pego o observando de volta, mas já era tarde demais, e Oliver descobriu que não conseguia tirar os olhos do outro. Havia algo magnético nos olhos escuros de Darcy, na sobrancelha levemente franzida durante o contato visual. O rosto de Oliver se aqueceu, o coração batendo em seus ouvidos tão alto que a música da sala pareceu sumir. Embora estivesse preso como uma mariposa em um mural, daquela distância, Oliver não conseguia distinguir a cor dos olhos de Darcy. Verdes? Castanhos? Um tom intermediário? Qualquer que fosse, os olhos do rapaz o estavam atraindo... até que, de súbito, tornaram-se sombrios. Os lábios de Darcy se afinaram, as sobrancelhas se franziram mais profundamente e algo parecido com repulsa passou por suas belas feições. Ele chacoalhou a cabeça e desviou o olhar.

O feitiço se quebrou, e o rosto de Oliver ruborizou enquanto ele se forçava a virar. Era estranho que sentisse como se todo o salão o tivesse flagrado fazendo algo ilícito, embora não conseguisse entender o motivo. Ainda assim, a aversão no rosto de Darcy pareceu-lhe um tapa. Não deveria ter se importado, já que o rapaz era um estranho e os dois não tinham feito nada além de *se olhar* por um breve momento. No entanto, a aparente rejeição tinha sido mais dolorosa do que deveria.

De que importava se Darcy não estivesse interessado em se aproximar nem em olhar para ele? Oliver também não estava. Não precisava perder nem mais um segundo com um rapaz determinado a ser tão infeliz.

Algum tempo depois, Jane veio ao seu encontro, com o rosto corado de alegria.

— Aí está você! — Ela riu, sem fôlego. — Ainda não dançou com ninguém?

— Não — respondeu Oliver com um sorriso discreto.

— Ah, mas deveria! É tão divertido. Até a mamãe começou a dançar com o papai!

Oliver piscou. *Isso* é que era uma surpresa.

— É mesmo? Bem, mamãe ficará bem-humorada. Você parecia estar se divertindo com Bingley. — Ele sorriu. — O rapaz parecia estar se divertindo também.

Jane corou.

— Você acha? Eu estava tão concentrada em não fazer papel de boba... Ele é *mesmo* bonito.

— Bingley pareceu bastante encantado por você. Não desviou o olhar uma única vez durante toda a dança.

Jane sorriu e pegou a mão do irmão.

— Venha, vamos encontrar um parceiro para você.

O estômago de Oliver se revirou.

— Ah, isso não é necessário...

— Que bobagem! Não quero que você fique triste, de braços cruzados, enquanto nós nos divertimos.

O rosto dele esquentou.

— Quem disse que eu estava triste? Estava perfeitamente satisfeito por vê-la dançar. Fique sabendo que assistir aos outros é muito divertido. Não viu o cavalheiro que tropeçou nos próprios pés e caiu de traseiro no chão?

Jane negou com a cabeça, dando uma risada.

— Conheço a companhia perfeita para você. Bingley mencionou que o amigo dele, Darcy, não tinha encontrado ninguém para dançar até agora, então falei sobre você, e ele concordou que formariam um ótimo par!

Os olhos de Oliver arregalaram-se, o pavor escorrendo por sua espinha feito água gelada.

— Você fez o quê?

— Por favor, dê uma chance. No mínimo, isso fará com que mamãe não fique reclamando por sua causa a noite toda.

Isso, Oliver tinha de admitir, era verdade. Evitar mais um sermão da sra. Bennet sobre as *perspectivas cada vez menores* dele poderia, na verdade, fazer com que quase valesse a pena o desprazer de dançar com um homem que ficasse o tempo todo devorando seus seios e quadris com os olhos.

Mas ainda havia um problema, a saber: era *Darcy* que Jane estava tentando lhe apresentar. O único rapaz com quem Oliver havia decidido que *não* interagiria.

— Jane, tem de ser *ele*? Não acho que seja uma boa ideia... Ele não pareceu gostar muito de mim — argumentou.

A irmã fez uma pausa, com interesse brilhando nos olhos.

— O que o faz dizer isso? Você falou com ele?

— Bem, não...

— Então?

Oliver podia sentir o rubor subindo pelo pescoço e invadindo as bochechas. Ainda nem havia dito nada, mas já sabia como soaria pouco convincente. Francamente, o que Jane pensaria sobre "Ambos nos olhamos, e ele não pareceu interessado"?

— Ele... me encarou — respondeu com cuidado. — Tive a sensação de que ele não estava satisfeito de estar aqui, e não pareceu particularmente feliz ao encontrar com meu olhar...

Jane não ficou impressionada.

— Acha que ele não gosta de você porque *olhou* para você?

— Eu sei que isso parece ridículo, mas...

— *Oliver.* — A irmã chamou baixinho, apenas o bastante para que os dois ouvissem, mas foi o bastante.

Ouvir seu nome despertou-lhe uma onda de calor, de orgulho, e, por mais ridículo que fosse, ele se viu sorrindo por conta disso, apesar da situação terrível.

Jane tomou as mãos dele nas suas e o fitou.

— Apenas dê uma chance, por mim. Por favor?

Oliver tinha certeza absoluta de que essa era uma péssima ideia, mas havia poucas coisas que não faria pela irmã mais velha. E ela sabia disso.

— Tudo bem — resmungou, e um sorriso se espalhou pelo rosto de Jane.

Então, antes que pudesse pensar melhor, ela o estava puxando pela multidão em direção a Bingley e Darcy, que estavam no meio do que parecia ser uma discussão acalorada.

— Você ainda não dançou com ninguém! Certamente há *alguém* aqui que chamou sua atenção — dizia Bingley.

— Não há — respondeu Darcy com determinação.

Oliver fez Jane parar. Até ela pareceu notar o tom da conversa, porque acenou para duas cadeiras vazias. Os irmãos sentaram-se e fingiram não estar prestando atenção à conversa, embora continuassem bem próximos.

— Darcy, eu insisto. Você precisa dançar. Sabe como não gosto de vê-lo sozinho e carrancudo — argumentou Bingley.

Mas Darcy não pareceu se comover.

— E *você* sabe como detesto dançar com estranhas. Não há uma moça aqui com quem dançar não seria um castigo absoluto para mim.

O rosto de Oliver ficou quente. Darcy não o encarava — estava de costas para ele, então era improvável que tivesse visto Jane e o irmão sentados ali perto —, mas o rapaz *tinha* visto Oliver mais cedo. Os dois haviam se encarado por tempo demais para ser considerada uma mera espiada passageira, e agora Darcy havia praticamente declarado que seria um *castigo* dançar com ele.

— É impossível agradá-lo! — exclamou Bingley. — Há tantas moças excepcionalmente agradáveis aqui esta noite, que ficariam felizes em dançar com você.

— Vi apenas uma, e você estava dançando com ela.

— Ah, é a moça mais bela que já vi! Mas as irmãs também são muito atraentes, e uma delas está sentada logo atrás de você.

Oliver arregalou os olhos. Foi como se Bingley tivesse *dito* ao amigo que ele os estava ouvindo. A qualquer momento, Darcy se viraria e o veria bem ali. Oliver respirou fundo, tentando esfriar o rosto. Precisava se recompor. Imediatamente.

Bingley prosseguiu:

— Por favor, deixe-me pedir a Jane para apresentá-lo.

A irmã apertou a mão de Oliver, mas, antes que qualquer um dos dois pudesse reagir mais, Darcy se virou.

E foi assim que Oliver se viu mais uma vez diante do olhar tempestuoso do rapaz, com o coração disparado retumbando tão forte nos ouvidos que imaginou Jane conseguindo ouvir as batidas. Oliver se viu incapaz de respirar quando uma óbvia irritação tomou conta do rosto de Darcy. Logo soube que seu instinto em relação à antipatia do rapaz estava correto e se sentiu tolo por ter pensado, mesmo que por um segundo, que o outro rapaz era bonito.

Darcy interrompeu o contato visual e, voltando-se para Bingley, declarou:

— Ela é tolerável, mas não é bonita o suficiente para que me interessasse.

Se naquele momento o chão tivesse se aberto sob os pés de Oliver e o engolido por completo, teria sido uma bênção. Em vez disso, ficou com a sensação de que Darcy havia jogado uma banheira inteira de água gelada em sua cabeça. Ali estava ele, tentando ser "a boa filha" que todos esperavam que fosse, e para quê? Apenas para receber insultos e mais insultos.

Por sorte, Jane também ficou chocada com a falta de tato do rapaz; dessa vez, quando Oliver se virou para ir embora, a irmã não o impediu.

3

A FEIRA DE BARTOLOMEU ERA O LUGAR PERFEITO para quem não queria chamar atenção. O evento anual era um dos favoritos de Oliver, sobretudo naquele ano, porque seria a oportunidade de que precisava para passar algum tempo sozinho, na companhia de centenas de estranhos como ele.

Mas, primeiro, precisava se trocar.

Não seria aconselhável sair do quarto dele e de Jane vestido como si mesmo — nas roupas de um rapaz. Pelo menos, não se quisesse evitar a ira da mãe. Assim, Oliver desenvolveu duas maneiras de sair vestido como si mesmo sem que a maioria da família soubesse.

Quando saía à noite, tirava as roupas de um dos pequenos baús embaixo da cama. Havia seis no total, cada qual identificado com palavras inofensivas como "livros" (Oliver só conseguira comprar exemplares o suficiente para preencher um bauzinho), "tralhas", "bordado" (na verdade, odiava bordar do fundo de sua alma), "desenho" (costumava gostar de desenhar, mas já fazia mais de um ano que não abria esse baú), entre outras. Os baús estavam dispostos em duas fileiras de três, de modo que o mais importante, o do centro da fileira de trás, ficava completamente escondido pela frente e pelos lados. Era *nesse* que escondia algumas roupas de menino (presenteadas por seu generoso tio havia cerca de seis meses, quando Oliver visitara Gracechurch). O sistema se mostrara eficaz para manter seu segredo a salvo de olhares curiosos, especialmente depois de ter pedido aos criados que não mexessem nos baús. Era essencial que ninguém encontrasse aquelas roupas ou o visse saindo às escondidas — até mesmo o mais vago boato sobre uma "filha" Bennet saindo sozinha poderia arruinar a reputação da família.

A sociedade, infelizmente, não se importaria com o fato de Oliver não ser nem de longe uma filha.

Vestido, ele recolocava os baús como estavam e, em seguida — após se certificar de que todos tinham ido para a cama ou estavam ocupados do outro lado da casa —, saía pela janela e descia pela treliça da lateral da residência até o chão. Na primeira vez em que fizera isso, Jane quase desmaiara de susto, mas agora que já haviam passado vários meses sem incidentes, a irmã já não ficava tão ansiosa.

É claro que ele dificilmente conseguiria sair pela janela do quarto sem ser notado durante o dia, por isso era necessária uma segunda estratégia. Quando saía de dia, dizia à mãe que ia visitar a melhor amiga, Charlotte Lewis, a qual morava a cerca de dez minutos de caminhada da casa da família Bennet, em uma propriedade conhecida como Longbourn. Essa era uma meia-verdade, pois ele *de fato* ia à casa de Charlotte, mas não ficava lá.

A amiga era uma das cinco pessoas que sabiam quem Oliver era. Vários meses antes, ele havia escondido alguns acessórios masculinos no quarto dela. A família Lewis, composta apenas por Charlotte e o pai, não tinha condições de ter criados, e o sr. Lewis trabalhava tanto que raramente estava em casa. Charlotte mantinha as roupas de Oliver bem dobradas em seu guarda-roupa, embaixo de suas roupas íntimas, garantindo que ninguém mais as encontrasse. Isso tornava o quarto dela o esconderijo perfeito, onde ele podia entrar vestido de "Elizabeth" e sair como si mesmo, e vice-versa, quando passava na casa de Charlotte para se trocar antes de voltar para a sua.

Como a Feira de Bartolomeu era um evento matutino, essa foi a estratégia que Oliver empregou naquele dia. O ar do início da primavera estava frio e fresco, e a grama e as folhas brilhavam com o orvalho. Quando chegou à casa de Charlotte e bateu à porta, ficou surpreso ao ver que não foi sua amiga quem atendeu, mas Lu, uma amiga íntima de Charlotte.

— Olá, Oliver! — saudou Lu, animada, afastando-se para deixá-lo entrar. — Charlotte disse que você viria hoje de manhã; para se trocar, não é? Acho que ela continua no quarto dela, se quiser dar um oi.

Ele sorriu e entrou, agradecendo a Lu quando ela fechou a porta atrás dele.

Aos olhos de todos, Charlotte e Lu eram amigas, mas, na realidade, eram muito mais do que isso. Não muito depois de Oliver ter lhe confiado a verdade de quem ele era, Charlotte compartilhara um segredo seu também: de que ela e Lu eram amantes. Lu era uma mulher casada, mas, como o marido estava no exército e ficava ausente por meses seguidos, ela passava a maior parte de seus dias visitando Charlotte. Fora um alívio estranho saber que sua melhor amiga infringia as convenções sociais à própria maneira. Embora não fosse a mesma experiência de Oliver, é claro (as duas gostavam de se apresentar de forma feminina, por exemplo, enquanto ele se sentia atraído exclusivamente por outros meninos), a honestidade entre eles fazia com que se sentisse um pouco menos sozinho.

Estava prestes a bater à porta do quarto de Charlotte quando ela se abriu. Um sorriso iluminou o rosto da moça.

— Achei que tivesse ouvido você chegar! Por favor, entre. Deixei suas roupas em cima da cama.

As peças estavam recém-passadas, uma cortesia que ele nunca pedia, mas pela qual sempre ficava agradecido. Tinha roupas masculinas o suficiente para quatro conjuntos no total, metade das quais guardava em casa, embaixo da cama, e a outra metade na casa de Charlotte.

Ali, também guardava uma bandagem para dar a aparência de um busto plano, um único par de calças brancas, um colete verde-esmeralda trespassado de seda e linho, com gola alta, um colete preto trespassado de lã, duas camisas brancas de linho (uma com babados), uma gravata branca de linho e — sua peça favorita — um paletó preto trespassado de lã. Ele optou pelo colete verde em homenagem ao clima de primavera que se aproximava e amarrou a gravata três vezes para dar bem o nó. Satisfeito com o traje, puxou os cabelos para cima e os escondeu sob a cartola.

Vestido, Oliver se olhou no espelho e sorriu. A sra. Bennet com certeza desmaiaria se o visse, mas ele se sentia *incrível*. A bandagem que havia criado com a ajuda de Jane, com um material do tipo do espartilho na frente e longas tiras de tecido presas com alfinetes nas laterais, funcionava perfeitamente sob a camisa. Foram precisos alguns acabamentos para acertar a medida, mas, com um pouco de prática, Oliver aprendeu a enrolar o tecido com a pressão exata necessária para mantê-lo apertado contra o peito sem espremer demais as costelas. Agora, todo vestido e arrumado, cada vislumbre de seu reflexo no espelho lhe emocionava.

Era um contraste tão grande com o humor de quando usava roupas femininas, quando até mesmo a silhueta de sua sombra o nauseava. Já havia agradecido ao tio várias vezes por lhe proporcionar uma fonte de pura alegria, mas se esforçou para não se esquecer de lhe enviar outra carta de agradecimento depois.

Era algo especial ver sua imagem em harmonia com quem ele era.

Quando saiu do quarto da amiga e entrou no corredor, Lu e Charlotte ergueram o olhar, interrompendo a conversa, e abriram sorrisos idênticos.

— Você está muito bonito! — exclamou Lu. — Gostaria de tomar um chá antes de ir?

A Feira de Bartolomeu era realizada em Smithfield, um amplo espaço para eventos dividido em uma variedade de barracas. Mais ou menos no centro, havia currais de animais que, de modo peculiar, eram colocados perto das barracas de comida, as quais vendiam tortas quentes, salsichas, ostras e muito mais. O ar frio de meados de março carregava os aromas de carne cozida, massa frita e feno em uma estranha mistura. Em torno do centro distribuíam-se as fileiras de barracas, todas voltadas para dentro, oferecendo uma variedade de produtos, desde artigos de vidro a roupas e luminárias de cores vivas.

Além das barracas dos comerciantes, havia os palcos para apresentações artísticas, elevados e grandes, quase do tamanho de um teatro, que recebiam talentos diversos. O mais próximo de Oliver abrigava uma banda de rua londrina que ele já tinha visto cantar e dançar no centro da cidade: era composta por quatro homens e uma mulher e tinha percussão, violino, órgão e instrumentos de sopro. A mulher era a principal vocalista e cantava enquanto tocava violino, ocasionalmente balançando os tornozelos, aos quais haviam sinos amarrados.

As pessoas aglomeravam-se ao redor de Oliver, mas o dia só estava começando, então a multidão com certeza aumentaria com o tempo. Na primeira vez em que saíra em roupas masculinas, ele se apavorara com a possibilidade de alguém o reconhecer. De alguém olhar para seu rosto, ver "Elizabeth" e reagir com horror. Mas logo aprendeu que a maioria das pessoas não prestava muita atenção às suas feições; ao verem como se vestia, logo tiravam conclusões. Ele suspeitava de que a ideia de uma "mulher" se vestir de homem era tão absurda para a maior parte da população que nunca passaria pela cabeça de ninguém que Oliver fosse nada além de quem dizia ser.

Ele usava essa suposição a seu favor.

No palco à esquerda da banda de rua londrina estava se apresentando um engolidor de espadas. Oliver observou com fascinação grotesca quando um garoto desajeitado, alto e magrelo feito um poste, desembainhou uma lâmina e inclinou a cabeça para trás. Ele posicionou a espada acima da boca aberta, e um arrepio percorreu Oliver quando percebeu o que estava prestes a acontecer.

— Meu Deus. Ele realmente fará isso! — exclamou uma voz familiar à direita de Oliver.

O rapaz virou-se para a direção da voz e quase enrubesceu ao deparar-se com ninguém menos que *Charles Bingley* ao seu lado. Parecia estar sozinho, pelo menos por ora, e estava pálido tal qual um lençol enquanto, com os olhos arregalados, observava o artista colocar a espada na boca.

O coração de Oliver palpitou em seus ouvidos, a calidez da manhã se acumulando em torno de seu pescoço como um colarinho em chamas. Uma coisa era ser visto por estranhos, mas outra bem diferente era encontrar alguém que havia conhecido enquanto Elizabeth, alguém que o havia olhado no rosto e o chamado de bonito na noite anterior. Precisava ir embora, *naquele instante*, antes que Bingley...

— Você já viu algo parecido com isso? — perguntou o rapaz.

Oliver deu uma olhada de relance, meio que esperando ver as irmãs de Bingley ou Darcy se juntando a ele, mas nenhum de seus companheiros estava lá. Havia outros espectadores, é claro, mas Oliver era o único que estava diretamente ao lado do rapaz.

O que significava que Bingley estava falando com ele.

Apenas aja normalmente. Ele só está sendo amigável. Ainda nem sequer olhou para você, lembrou a si mesmo.

O artista já havia engolido a espada até o punho, arrancando arquejos da escassa multidão ao redor deles. Os olhos de Bingley estavam fixos no palco, o que era bom. Oliver só precisava responder de forma banal para que o rapaz não se lembrasse da interação, depois pedir licença educadamente e ir embora.

Com um suspiro, Oliver manteve o registro de sua voz baixo ao responder:

— Bem... Acho que ele esteve aqui no ano passado, mas ainda assim é impressionante.

Responder, porém, provou ser um erro. No momento em que falou, Bingley o encarou. Por um momento, Oliver ficou calmo, fitando os olhos azuis dele e engolindo o pânico que crescia em seu peito. *Por favor*, pensou, *eu sou Oliver. Não sou a garota que você acha que conheceu ontem à noite. Por favor.*

Mas se Bingley desconfiou de algo, não demonstrou. Seu rosto deu lugar a um sorriso, na verdade.

— Ah! Então já esteve na Feira de Bartolomeu antes? Que ótimo! Meus companheiros e eu queríamos visitá-la há algum tempo, mas esta é a primeira vez que conseguimos.

— Ah — Oliver se ouviu dizendo, mesmo quando o instinto de sair correndo o fez se sentir como se estivesse flutuando para longe do próprio corpo. — Tenho a sorte de vir desde criança. Com certeza vocês vão se divertir. Há opções para todos os gostos.

— Espero que sim! — exclamou Bingley. — Você está esperando alguém?

Oliver hesitou, perguntando-se se seria oportuno mentir sobre isso. Optou por responder com sinceridade.

— Não.

— Bem, nesse caso, você deveria se juntar ao meu amigo e a mim! Seria maravilhoso visitar a feira com um guia experiente. O que acha?

Oliver piscou, sentindo a incerteza na língua, como se estivesse tentando falar com a boca cheia. Se Bingley o estava convidando para passar o dia com os dois, então de fato não o havia reconhecido. O que significava que ele o via como apenas mais um jovem com quem gostaria de fazer amizade.

A ideia era estonteante. Oliver vinha se esgueirando para passar um tempo em público como si mesmo havia meses, mas nunca tivera mais do que uma conversa fugaz e transitória com outro rapaz. Era extremamente tentadora a oportunidade de passar o dia com jovens que o viam como mais um deles... Era um sonho que nunca imaginou poder realizar.

Mas fazer isso com Bingley parecia arriscado demais, e ainda nem sabia quem era o amigo que ele aguardava.

Durante o momento de hesitação de Oliver, os olhos de Bingley se iluminaram ao avistar algo — ou alguém — por cima do ombro dele.

— Ah! Que maravilha, ali está o meu amigo. Darcy! — exclamou o rapaz.

Os olhos de Oliver arregalaram-se. Darcy? Bingley queria que passasse o dia com ele e *Darcy*?

Quais eram as chances, pensando de modo realista, de Darcy não o reconhecer depois de tê-lo encarado *duas vezes* na noite anterior? Bingley era uma coisa, mas encarar Darcy parecia brincar demais com o perigo.

Infelizmente, Oliver não teve como se pronunciar sobre o assunto, porque Darcy se aproximou de Bingley, sorrindo suavemente para o companheiro antes de olhar para Oliver com curiosidade.

Mantendo o sorriso, Bingley puxou o rapaz para perto.

— Darcy, este é o meu novo amigo. Ah, na verdade, acho que ainda não perguntei seu nome. — Ele riu. — Que falta de educação! Desculpe-me, permita que eu me apresente. Meu nome é Charles Bingley, e este é meu amigo, Fitzwilliam Darcy.

Oliver abriu a boca, pronto para responder Bennet, antes de se conter. O *B* já havia se formado em seus lábios, então proferiu o primeiro sobrenome que lhe veio à mente.

— Blake. Oliver Blake, mas, por favor, me chamem de Oliver.

Darcy arqueou uma sobrancelha diante de sua informalidade, e Oliver se arrependeu quase que de imediato, mas não podia confiar que responderia com facilidade ao nome *Blake*. De toda forma, se isso incomodava Darcy além da mera estranheza, ele não demonstrou. Apenas acenou com a cabeça.

O sorriso que se espalhou pelo rosto de Oliver foi involuntário. Uma leveza inundou seu peito, e um pensamento vertiginoso se formou em sua mente: *eu vou conseguir fazer isso*. Nem Bingley nem Darcy o haviam ligado à segunda "filha" Bennet que tinham conhecido na noite anterior.

— Eu estava perguntando a Oliver se não se importaria de nos mostrar a feira — explicou Bingley a Darcy. — Ele participa todos os anos desde que era criança, portanto está bastante familiarizado com o que acontece por aqui.

Ele. Oliver não conseguia parar de sorrir. Era uma coisa tão simples, mas o uso do pronome correto lhe parecia uma dádiva. Ser reconhecido por quem era lhe trazia uma euforia como nunca havia experimentado. *Você me enxerga como sou*, pensou, e isso o deixou tão feliz que teve vontade de rir alto.

— Seria útil — comentou Darcy, com o olhar fixo em Oliver. — Estou surpreso por não haver um mapa prontamente à disposição. Esta feira é muito maior do que eu havia previsto.

— Mas só se não for incômodo. Entenderemos perfeitamente se não puder nos guiar — logo acrescentou Bingley.

O ruivo olhou para Oliver com ar de súplica, com um sorriso envergonhado que o fez parecer ainda mais menino do que o normal. Dava para entender por que Jane gostara dele.

— Eu posso guiar vocês. — As palavras saíram de sua boca antes que pudesse pensar melhor. — Será bom aproveitar a feira com novos companheiros.

Bingley bateu palmas e abriu um sorriso largo.

— Perfeito! Para onde vamos agora?

Depois do incidente da noite anterior, Oliver nunca teria imaginado que passar a manhã com Bingley e Darcy seria algo agradável, mas, por incrível que parecesse, foi. Quando percebeu que nenhum dos dois havia associado seu rosto aos Bennet que conheceram na noite anterior, ele conseguiu relaxar. E, uma vez relaxado, pôde se divertir de forma autêntica.

Algum tempo depois, os três perceberam que já passava do meio-dia e nenhum deles havia comido desde o café da manhã. Bingley ofereceu-se para atravessar a feira e enfrentar o que certamente seria uma longa fila para comprar tortas de carne para o trio. Enquanto Bingley ia buscar a comida, Oliver se viu, pela primeira vez, sozinho com Darcy.

Perceber isso fez que seu estômago embrulhasse de ansiedade. Embora já tivesse passado algumas horas com os dois rapazes, Bingley havia conduzido a conversa e, nas poucas vezes em que Darcy falava, em geral era com o amigo.

Naquele momento, porém, Bingley não estava ali, o que significava que teriam de falar um com o outro ou se ignorar. Oliver não tinha certeza do que seria pior.

Estavam em frente a um palco, sobre o qual se encontravam um urso, dois cães e um homem. Era uma visão absurda, mas o urso estava usando calças vermelhas e amarelas, uma jaqueta aberta combinando e um fez vermelho. Os cães, ambos pequenos poodles brancos, usavam roupinhas iguais e também chapeuzinhos. Pulavam ao redor do urso nas patas traseiras, enquanto ele ficava no centro, equilibrando uma bola no focinho.

A multidão animou-se com a apresentação, mas nem Oliver nem Darcy se juntaram aos aplausos e à torcida. Oliver ficou profundamente incomodado com aquela apresentação, mas não sabia bem o motivo. Tinha a ver com a justaposição da imagem do urso em roupas de circo e toda a estranheza que a rodeava, com a injustiça de tudo aquilo.

Era um incômodo conhecido, como o que sentia toda vez que tinha de usar um vestido. Como se tudo não passasse de uma *performance*, e uma que não estava muito interessado em fazer. Só de pensar, sentia uma exaustão profunda.

— Sempre achei essas apresentações um pouco cruéis — confessou Darcy, despertando Oliver de seus devaneios. Ele desviou o olhar do palco e virou-se para o rapaz, que estava franzindo a testa diante do espetáculo. — Os animais não foram feitos para se apresentar para o nosso entretenimento. Isso não é natural.

— Podemos assistir a alguma outra coisa — sugeriu Oliver. — Tenho certeza de que Bingley vai nos encontrar, desde que não nos afastemos muito. — Ele olhou em volta, examinando rapidamente os outros palcos. — Que tal aquele?

Acenou com a cabeça para um palco duas barracas adiante, onde acrobatas estavam empilhando aros de metal e saltando uns sobre os outros a alturas incríveis.

Com isso, o rosto de Darcy se suavizou.

— Parece melhor.

Eles se direcionaram ao outro palco, nenhum dos dois demonstrando pressa. Uma vez lá, Darcy observou a apresentação com uma expressão ilegível e não se voltou para Oliver em nenhum momento. O ar entre ambos estava cheio de tensão, tão denso que chegava a ser sufocante. Oliver queria preencher o silêncio constrangedor, mas ficar ao lado de Darcy parecia fazê-lo se esquecer de todas as formas que conhecia para iniciar uma conversa. Sobre o que as pessoas falavam? O tempo? Ele se constrangeu só de pensar em tentar conversar com Darcy sobre o *clima*. E, de qualquer forma, o outro não parecia ser muito de conversar.

Depois de muitos minutos torturantes, nos quais Oliver tentou apreciar a apresentação enquanto estava extremamente ciente da presença do rapaz ao seu lado, em pé como uma estátua, Bingley enfim se aproximou deles, com os braços cheios de tortas de carne embrulhadas em papel.

— Aí estão vocês! Estava começando a pensar que o urso os tinha devorado. Estou sendo intrometido?

— De modo algum.

Darcy tomou uma torta dos braços de Bingley.

Oliver pegou outra com gratidão, sorrindo conforme o calor do pacote aquecia suas mãos através do papel. Ele a desembrulhou, e o aroma da massa folhada e amanteigada lhe deu água na boca. Partiu então um pedaço com os dedos, abrindo um buraco para que o vapor escapasse e o recheio esfriasse mais rápido, depois o colocou na boca.

— Darcy — chamou Bingley de repente. — Você não falou que queria comprar mais alguns livros para a sua biblioteca?

O olhar de Oliver voltou-se para Darcy antes que pudesse se conter, mas depois tentou disfarçar a surpresa no rosto. Era uma prova da riqueza deles o fato de discutirem, com tanta casualidade, a *compra* de vários livros de uma só vez. Eles eram caríssimos; a família de Oliver, que desfrutava de uma boa situação financeira apesar de não ser particularmente rica, só podia comprar um único livro em ocasiões especiais. Em geral, Oliver pegava títulos emprestados da biblioteca. Ter a própria, particular, parecia um sonho inatingível.

— Bem, estamos com sorte. A Finsbury Square fica a apenas um quarto de hora de caminhada daqui — continuou Bingley.

Oliver arregalou os olhos. Era onde ficava o Templo das Musas, uma livraria bastante popular. Oliver nunca tinha ido ao lugar, mas pretendia dar uma olhada algum dia, mesmo que não tivesse condições de comprar nada.

As sobrancelhas de Darcy ergueram-se.

— Ah, é mesmo? Então, devemos ir até lá. — Ele olhou para Oliver. — Já visitou o Templo das Musas?

— Não — respondeu ele, quase sem fôlego.

Darcy acenou com a cabeça.

— Deveria se juntar a nós. A coleção deles é bastante impressionante.

Quase ficou boquiaberto de choque. Darcy estava de fato o convidando para passar *mais* tempo com os dois? Tinha ficado tão quieto a manhã toda que Oliver presumira que não estivesse gostando de sua companhia. Mas, se chamou Oliver para se juntar a eles, então talvez tivesse interpretado mal a quietude do rapaz.

— Eu adoraria — respondeu.

E, então, aconteceu a coisa mais estranha possível.

Darcy sorriu. Só um pouquinho.

Oliver nunca havia pensado muito em como seria o Templo das Musas para não se sentir tentado a visitar um lugar no qual certamente passaria muito tempo — e gastaria muito dinheiro. Ao entrar na enorme livraria pela primeira vez, soube que havia cometido um grave erro.

Pois nunca gostaria de ir embora.

O saguão de entrada era quase tão grande quanto todo o andar inferior de Longbourn, a residência onde ele morava. A parede mais distante era composta apenas de estantes, repletas de livros do chão ao teto. No centro do cômodo, havia um balcão grande e redondo, pintado de vermelho e com quatro atendentes respondendo às dúvidas de uma clientela considerável. Duas colunas de ferro se estendiam do balcão ao teto e, logo acima, havia ainda mais estantes embutidas nas paredes do andar superior, visíveis por um enorme círculo cortado no meio do teto. O ar recendia a papel e cola, e Oliver desejou poder armazenar a fragrância para levá-la ao seu quarto.

— Impressionante, não é? — perguntou Darcy, arrancando-o de seu estupor.

Ficara tão impressionado com o ambiente — nunca vira tantos livros em um só lugar em toda a sua *vida*, e ainda nem tinham ido ao andar superior — que se esqueceu por completo dos companheiros.

— Que incrível — comentou, suspirando. — Os livros ficam... em exposição? Podemos dar uma olhada neles?

— Essa é a melhor parte! — respondeu Bingley alegremente. — Na maioria das livrarias, os títulos ficam atrás do balcão, mas aqui há milhares de volumes e você pode folhear quantos quiser. Há até uma área de descanso no andar de cima, se quiser tentar ler um pouco.

Oliver julgou que fosse um crime o fato de nunca ter se aventurado ali.

Seguiu Darcy e Bingley por uma escada à esquerda, que se abria para um pequeno patamar com janelas que davam para as ruas de Londres, lá embaixo. Continuaram subindo outro lance de escadas para o primeiro andar. Como o de baixo, aquele tinha paredes compostas de estantes do chão ao teto, mas, ali em cima, fileiras de prateleiras abrigavam ainda mais livros no lado direito da sala, onde havia também grandes poltronas macias. Oliver podia se ver escolhendo um livro, acomodando-se em um daqueles assentos e lendo por horas. Era como algo saído de um sonho.

— Receio que você tenha me prestado um péssimo serviço — disse Oliver a Darcy. O outro rapaz franziu a testa, com as sobrancelhas franzidas em confusão, antes de Oliver continuar: — Nunca vou querer partir deste lugar.

O rosto do rapaz se suavizou em um sorriso que encheu Oliver de ternura. Bingley riu e o olhar de Darcy se fixou em Oliver, quase avaliando-o. Por fim, ele assentiu.

— Tem esse mesmo efeito sobre mim.

Os três garotos andaram pelos corredores de prateleiras enquanto Oliver se maravilhava com a quantidade de livros. Quando Bingley dissera que havia milhares de livros ali, achara que ele estivesse exagerando, mas, de pé entre as fileiras intermináveis, não duvidava de que fosse esse o caso. O capital necessário para adquirir tal inventário era tão grande que Oliver não conseguia nem começar a quantificá-lo.

Darcy caminhou com determinação até uma estante em particular e ajoelhou-se, passando as mãos sobre as lombadas enquanto procurava por um livro. Suas mãos eram longas e elegantes, perfeitas para tocar um instrumento, embora Oliver duvidasse que o rapaz o fizesse, pois, por mais ridículo que fosse, a maioria dos homens e meninos deixava a música a cargo das mulheres e meninas. De repente, seus dedos pararam em um livro e, com um estremecimento nos lábios, ele o tirou da prateleira e se levantou. Em letras pretas, o título dizia: *As novas aventuras de Robinson Crusoé: a segunda e última parte de sua vida, com relatos estranhos e surpreendentes de suas viagens por três partes do globo*.

— Conhece este exemplar? — perguntou Darcy.

Oliver franziu a testa e balançou a cabeça.

— Devo dizer que não.

— É uma continuação. Talvez já tenha ouvido falar do primeiro livro, *A vida e as estranhas e surpreendentes aventuras de Robinson Crusoé, de York, marujo: que viveu vinte e oito anos sozinho numa ilha deserta na costa da América, perto da embocadura do grande rio Orinoco*... E mais o que mesmo? — Darcy franziu a testa. — Há mais no título, mas não consigo me lembrar dele em sua totalidade. Algo sobre ser o único sobrevivente de um naufrágio... e piratas.

Oliver arqueou uma sobrancelha.

— Não o li, mas parece interessante.

Darcy assentiu.

— Eu gostei bastante. Algumas descrições são... questionáveis, para dizer o mínimo, mas, do ponto de vista do entretenimento, achei envolvente. Você gosta de ler?

Apenas algumas horas antes, Oliver teria considerado impossível aquela conversa com Darcy — os dois encontrando um interesse em comum. Ao que parecia, porém, a chave para o coração do outro rapaz eram os livros.

Oliver identificava-se com isso.

— Gosto! Admito que não tenho tanta oportunidade de ler quanto eu gostaria, mas, quando estou com um bom livro, não há nada que me tire dele.

— Sou assim também. É de fato uma experiência singular, ser cativado por uma excelente história — respondeu Darcy.

Juntos, os três passearam explorando as prateleiras. Enquanto confabulavam sobre a seleção de livros, foi a primeira vez durante todo o dia que Darcy pareceu interessado em incluir Oliver na conversa. A indiferença inicial não havia desaparecido de vez, mas, com o passar do tempo, Darcy parecia menos receoso de falar diretamente com ele. Era um detalhe, mas, por motivos que Oliver preferiu não desvendar, parecia uma vitória.

Depois que Darcy selecionou meticulosamente quatro exemplares para acrescentar à própria biblioteca (com a ajuda de Oliver, para seu deleite), os três retornaram à brisa fresca da primavera. Oliver tinha se acostumado tanto com o cheiro quente de livros lá de dentro que o ar de fora lhe pareceu quase ácido em comparação.

Mal haviam saído por dez segundos quando Bingley disse:

— Só um minuto, acho que vi um lavatório lá dentro.

O rapaz então voltou para o interior da livraria. Quando Darcy e Oliver se viraram um para o outro, ocorreu a Oliver que aquele era provavelmente o momento em que deveria despedir-se e ir para casa, mas, antes que pudesse falar algo, Darcy se pronunciou:

— Bingley e eu costumamos ir ao Watier's toda semana. Às noites de terça-feira, destinadas aos jovens, para ser mais específico. Por acaso você é membro?

O rosto de Oliver se aqueceu. Aquele era um clube de cavalheiros, onde homens da alta classe jogavam, bebiam e socializavam longe do olhar das mulheres. Nunca havia entrado em um clube assim por razões óbvias, mas, mesmo que *tivesse* sido reconhecido como um menino ao nascer, por certo não deteria a riqueza necessária para arcar com as taxas exorbitantes para se tornar um membro.

— Receio que não — respondeu com firmeza.

Darcy acenou com a cabeça.

— Eu suspeitava disso.

Se Oliver não havia corado antes, com certeza corou dessa vez. Que descaramento! Seria tal a maneira de Darcy lhe dizer que ele não era rico o suficiente para se associar aos dois? E havia acreditado que o rapaz estava começando a se aproximar dele... Talvez estivesse apenas sendo gentil por causa de Bingley e, agora que o amigo não estava por perto, a encenação tinha acabado.

E pensar que Oliver quase caíra nesse jogo.

— Entendo — falou.

Darcy franziu a testa, olhando-o com curiosidade. Então seus olhos arregalaram-se.

— Ah! Desculpe, não estava tentando insinuar... Só quis dizer que nunca o vi lá.

Ah. Os ombros de Oliver relaxaram, e ele se sentiu um pouco tolo. Darcy levou uma mão à testa e fechou os olhos, e quase pareceu que... era *ele* quem estava corando dessa vez?

O rapaz deixou a mão cair e abriu os olhos.

— Eu não sou... como Bingley. Não sou bom nisso — confessou, fazendo um gesto no ar.

Oliver teve de admitir que todo aquele espetáculo era estranhamente cativante. Ele se viu sorrindo sem querer.

— Nisso?

— Socializar. Conhecer pessoas novas. Já me conformei que esta é uma arte a qual nunca dominarei. Muitas vezes nem preciso, pois Bingley é habilidoso o bastante por nós dois, mas, quando tenho de interagir com alguém que não conhcço, sozinho... Bem. Ou as pessoas me aborrecem e eu não tenho a capacidade nem o desejo de fingir o contrário, ou é inevitável que faça papel de bobo. Peço desculpas.

O sorriso de Oliver aumentou. Darcy entediado podia ser um babaca, mas Darcy corado era adorável.

— Acho que fico feliz em saber que não o aborreço.

— Não, de maneira alguma — disse Darcy tão depressa que a simples justificativa aqueceu o peito de Oliver.

Foi então que Bingley saiu do Templo das Musas mais uma vez.

— Mil perdões! Perdi alguma coisa?

— Eu estava apenas convidando Oliver para se juntar a nós no Watier's — comentou Darcy.

Oliver arregalou os olhos. Ele estava?

— Ah! — exclamou Bingley. — É claro! Você precisa se juntar a nós, Oliver. Será muito divertido. O que acha?

Sua cabeça estava girando. Os dois queriam passar mais tempo com ele? No *Watier's*, ainda por cima? A ideia de ir até lá parecia assustadoramente ilícita, mas por que deveria ser? Ele *era* um jovem rapaz. O resto do mundo podia não ver isso na maior parte do tempo, mas Darcy e Bingley viam, e eles é que fizeram o convite.

— Têm certeza? — perguntou. — Achei que não fosse permitido entrar sem ser membro.

— Temos permissão para trazer um convidado — esclareceu Darcy. — Poderíamos levar alguém toda semana, se assim quiséssemos. Eu ficaria feliz em torná-lo meu.

Oliver arqueou uma sobrancelha.

Darcy corou.

— Meu... convidado, foi o que quis dizer.

Oliver sorriu. Como era possível que aquele fosse o mesmo rapaz da noite anterior? Ou o mesmo daquela manhã?

— Seria uma honra.

O sorriso de Darcy foi discreto e doce. E Oliver descobriu que não conseguia desviar o olhar.

Por alguma razão, ele não queria.

4

NA MANHÃ SEGUINTE, OLIVER PARECIA ATORdoado. Embora tivesse seguido a rotina sem grandes problemas — vestindo-se como esperavam dele e sentando-se à mesa bem a tempo para o café da manhã —, sua mente estava presa aos acontecimentos do dia anterior.

Passara o dia *inteiro* com Bingley e Darcy. Mal podia acreditar em como tudo havia transcorrido tão bem, e em como Darcy era diferente na companhia de rapazes. E ambos o convidaram para ir ao Watier's, entre todos os lugares, e ele havia aceitado sem pensar duas vezes!

Entretanto, na dura realidade da manhã, ir ao Watier's parecia uma péssima ideia. Passara o dia inteiro como rapaz apenas na companhia dos dois, mas será que conseguiria fazer isso em uma sala repleta de jovens cavalheiros abastados?

Por que não? Ninguém nunca o questionara. Por que seria diferente?, perguntou a si mesmo.

Era provável que não seria, mas ainda assim era aterrorizante levar aquela ideia em consideração. Nunca tinha entrado em um lugar tão exclusivamente marcado pelo gênero. Pelo menos, não um lugar destinado apenas a rapazes.

Mas não era isso que tornava o convite tão empolgante?

— Depois de dançar com a nossa querida Jane, ele não olhou para outra garota pelo resto da noite! — estava dizendo a sra. Bennet.

Ela já estava tagarelando sobre o baile de Meryton havia quase 48 horas seguidas. Oliver ainda não tinha se cansado, mesmo porque o foco em Jane significava que a sra. Bennet não estava concentrada em transformá-lo em "uma perfeita dama". De qualquer forma, sua irmã parecia estar se divertindo bastante com o entusiasmo da mãe, mesmo que fosse cautelosa demais para declarar uma vitória.

— Isso é maravilhoso, querida — respondeu o sr. Bennet pela quarta ou quinta vez durante a refeição, enquanto limpava as migalhas da boca com um guardanapo de pano.

Foi então que Oliver percebeu que quase todo mundo já tinha terminado o café, enquanto ele ainda não tinha comido quase nada. Então engoliu às pressas, dando grandes mordidas na torrada e virando o chá, que já havia esfriado à temperatura ambiente. Essa era uma transgressão que não teria passado despercebida caso a sra. Bennet não estivesse ocupada demais planejando o futuro de Jane e Bingley.

— Precisam ter uma porção de filhos. Pelo menos três, acredito eu. Ah, você me dará os netos mais *lindos*, Jane — continuou ela.

Oliver fez uma careta e encontrou o olhar do sr. Bennet, que ergueu as sobrancelhas e um ombro, como se perguntasse: "Isso surpreende você?". A careta do rapaz aprofundou-se, e ele parou de dar ouvidos antes que suas entranhas se transformassem em pó. Do outro lado da mesa, Kitty e Lydia estavam cochichando uma com a outra. Ele tentou se concentrar para distinguir os murmúrios, embora fosse difícil com a mãe tagarelando (agora propondo nomes para os netos que ainda não tinha) bem ao lado dele.

— Se formos ao centro da cidade, acho que conseguiremos vê-los. Poderíamos lhes propor uma caminhada — sussurrou Lydia.

Oliver franziu a testa. Quem as irmãs estavam planejando visitar? Os olhos de Kitty brilhavam de entusiasmo.

— Mal posso esperar. Haverá *tantos*...

— Elizabeth — chamou a sra. Bennet, possivelmente pela enésima vez.

Oliver olhou para cima, escondendo o esgar com um sorriso envergonhado.

— Sim?

Do outro lado da mesa, Mary riu dele. Oliver resistiu ao impulso de lhe mostrar a língua.

A sra. Bennet suspirou com força desnecessária.

— Estava comentando com Jane que, depois de ela se casar, *você* deverá ser a próxima.

Um arrepio de repulsa percorreu todo o corpo dele, da boca do estômago até os dedos dos pés. Não era tanto a ideia do casamento em si que lhe soava tão desagradável, apenas o papel que se esperava que desempenhasse em um matrimônio.

Não poderia ser a esposa de alguém. Isso o mataria.

— Bem, acho que talvez não devêssemos nos apressar — comentou baixinho, de alguma forma mantendo um sorriso. — Afinal de contas, Jane ainda nem está noiva. Ela e Bingley só se encontraram uma vez.

A sra. Bennet colocou a mão sobre o coração.

— Minha querida, você esteve perdida em devaneios esta manhã? Não ouviu sua irmã falando sobre a carta que recebeu hoje?

De fato, não tinha ouvido Jane falando da tal carta. Olhou para a irmã mais velha com surpresa, e ela sorriu, tímida.

— Os Bingley me convidaram para um chá no final desta semana — explicou-se sem alarde. — Pretendo aceitar.

— É *claro* que você deve aceitar! — exclamou a mãe, horrorizada com qualquer insinuação do contrário. — Não está vendo, Elizabeth? O sr. Bingley ficou tão encantado com a nossa Jane na outra noite que quer conhecê-la melhor! E é claro que ficará ainda mais apaixonado depois de passar mais tempo com ela. É apenas uma questão de tempo até que lhe peça a mão.

Oliver ainda considerava um exagero supor que o noivado da irmã era algo quase certo, mas, ainda assim, aquela era uma feliz reviravolta. Não podia compartilhar isto com a sra. Bennet, é claro, mas ele *havia* passado o dia com Bingley e o achado perfeitamente amigável. Seria uma boa combinação.

Ainda assim, não queria tomar partido na conversa da mãe. Em vez disso, voltou-se para Jane com um sorriso.

— Vamos decidir o que você vai vestir, então?

— Sei que não se importa com o vestido que usarei para a ocasião — declarou Jane assim que a porta do quarto se fechou atrás deles. — Está tudo bem?

Oliver pensou que era um péssimo sinal o fato de a irmã ter presumido que a tiraria de uma conversa animada para lhe dar más notícias. Mas ela *estava* certa ao imaginar que não se importava com o que vestiria.

— Não! — respondeu ele depressa. — Não há nada de errado. Na verdade, é justamente o contrário.

Sentou-se na cama, no canto do quarto mais distante da porta, e acenou para que Jane se sentasse perto. As paredes do quarto eram pintadas de um amarelo-esverdeado berrante, que lembrava a Oliver uma de suas refeições menos favoritas, a sopa de ervilhas. Uma fina faixa de papel de parede corria ao longo da parte próxima ao teto, representando um friso amarelo, com cortinas verde-escuras enfeitadas em dourado.

Enquanto a irmã se sentava, Oliver pressionou os pés descalços no tapete floral Wilton — também verde —, sentindo a maciez de suas fibras nas solas. Quando a primogênita Bennet enfim se acomodou, ele baixou o tom de voz:

— Não tive a oportunidade de lhe contar esta manhã sobre o dia de ontem.

Jane arregalou os olhos.

— Ah, sim! Eu queria perguntar, mas mamãe nos deixou tão ocupados ontem à noite...

Oliver assentiu. Nenhum dos dois havia aprendido a tocar piano-forte, como Mary, ou a pintar, como Kitty e Lydia, por isso, de tempos em tempos, a mãe insistia em dar aulas de costura para os dois. Jane não precisava, porque era uma excelente costureira, como ficava evidente por sua contribuição na bandagem que Oliver usava sob as roupas masculinas. Mas Oliver nunca havia desenvolvido o mesmo nível de habilidade que a irmã, o que com frequência frustrava a sra. Bennet e fazia com que as aulas se prolongassem por muito mais tempo do que ele gostaria.

— A feira em si foi ótima, mas você nem imagina quem encontrei enquanto estava lá — começou Oliver.

Janc franziu a testa.

— Quem?

— Bingley e Darcy!

Ela ofegou, levando a mão à boca.

— Ah, não! Eles o reconheceram do baile?

— Não! — Oliver riu, com um sorriso fácil, pois os acontecimentos do dia anterior lhe haviam enchido de alegria. — Essa é a melhor parte! Passei *o dia inteiro* com os dois, me apresentei como Oliver, e nenhum deles questionou. Eu era apenas... Era apenas mais um rapaz que conheceram na feira. Depois, até passamos algumas horas no Templo das Musas!

— Ah, Oliver, isso é maravilhoso! — exclamou Jane. — E Darcy...?

— Acho que... ele começou a se interessar por mim, no final. — Oliver sorriu de modo suave. — É uma pessoa completamente diferente na companhia de rapazes. Parecia mais à vontade e até me convidou para ir com ambos ao Watier's no final desta semana!

Jane arregalou ainda mais os olhos.

— Ele fez isso?

— Fez! — E foi aí que sua empolgação se transformou em algo semelhante a ansiedade. O sorriso vacilou, e o olhar desviou-se para o colo. — Cheguei a aceitar, mas... não tenho certeza se é aconselhável que eu vá.

Jane piscou.

— E por que não?

Oliver encarou a irmã com um semblante de desaprovação.

— Você sabe por quê, Jane. Se alguém perceber quem eu sou... Mulheres não são permitidas lá.

— Que bom que você não é uma — retrucou Jane sem perder o ânimo. — Oliver, *eu mesma* mal o reconheço quando você está vestido com suas roupas apropriadas, e olha que sou sua irmã! Você comentou que Darcy era uma pessoa diferente na companhia de rapazes... Bem, *você* é uma pessoa diferente quando lhe é permitido ser você mesmo. Sente-se muito mais à vontade, muito mais feliz. Não se trata apenas de roupas diferentes; todo o seu comportamento soa mais autêntico.

Oliver não sabia o que dizer. Era verdade que a pessoa que via no espelho era totalmente diferente quando usava roupas masculinas, mas sempre havia uma parte de seu cérebro sussurrando que ele era uma fraude. Que nunca seria como Darcy, ou Bingley, ou qualquer outra pessoa reconhecida como menino ao nascer. Havia sempre o medo de que alguém notasse a leve protuberância de seu peito sob a roupa, ou que achasse seus quadris largos demais ou a voz aguda demais para ser de fato um homem.

Ainda assim, quem olharia para ele tão de perto além de si mesmo? Se Jane estava lhe dizendo que era uma pessoa diferente como Oliver, quando podia ser seu verdadeiro eu, então deveria confiar nela.

— Acha mesmo que eu conseguiria me passar por um rapaz no Watier's?

— Sem dúvida alguma — respondeu ela com confiança. — Deixe-me fazer uma pergunta: se não estivesse preocupado com a possibilidade de alguém reconhecê-lo, acha que se divertiria no Watier's com Bingley e Darcy?

Oliver nem precisou pensar a respeito disso.

— Com certeza. Sei que parece impossível depois do baile de Meryton, mas foi muito mais agradável conviver com Darcy, embora um pouco estranho. E Bingley! Entendo perfeitamente o que você vê nele. Ambos são ótima companhia.

— Então você deve ir.

Jane levantou-se, esfregando as mãos como se o assunto estivesse resolvido.

E talvez estivesse.

5

ALGO RARO ACONTECEU NAQUELE DIA: QUANDO Oliver disse à mãe que ia visitar Charlotte, era isso mesmo que pretendia fazer. Infelizmente, Kitty e Lydia quiseram se juntar a ele por motivos que o irmão não conseguiu entender, o que significava que teria de fingir ser Elizabeth o tempo todo.

Estava longe de ser o ideal, mas, ao menos, dava credibilidade à alegação de que passava todo aquele tempo com a amiga.

Ao chegar, ficou feliz por encontrar Lu. Foi só quando Charlotte sugeriu que todos aproveitassem o dia escaldante para passear em Londres, ao que Lydia e Kitty gritaram de empolgação, dizendo que todos deveriam ir na mesma hora, que Oliver começou a entender por que as irmãos estavam tão desesperadas para acompanhá-lo. Por serem as Bennet mais jovens, as duas não tinham permissão para se afastar de Longbourn sozinhas, exceto se alguém como Oliver, Charlotte ou Lu estivesse com elas.

O que ele não entendia muito bem era por que as duas estavam tão empolgadas em ir para a cidade, mas supunha que isso não seria problema desde que elas não fizessem nada perigoso. Ainda assim, quando todos se encaminharam para a trilha, as meninas mais novas correram na frente, permanecendo à vista, mas abandonando toda a pretensão de querer passar algum tempo com Charlotte, Lu e Oliver.

Isso também era perfeito para ele, pois significava que poderia falar abertamente com Charlotte e Lu sem se preocupar com o fato de as irmãs ouvirem algo que não deveriam e contarem para a sra. Bennet.

— Elas parecem bastante animadas com alguma coisa — observou Charlotte, com um tom de diversão na voz.

— Achei mesmo suspeita a insistência delas em dizer que não a viam há muito tempo — respondeu Oliver, com uma risada. — Embora eu não saiba o que está acontecendo em Londres que as duas estejam tão ansiosas para ver. Alguma de vocês sabe de algo?

Charlotte franziu os lábios e balançou a cabeça.

— A Feira de Bartolomeu terminou no fim de semana, embora tenha sido em Smithfield. Mas, quando se trata de Londres, sempre há algo acontecendo.

Isso era verdade, pelo menos. Oliver pigarreou.

— Falando na Feira de Bartolomeu, fui sozinho há dois dias. Como eu mesmo.

— Ah, é mesmo? — Lu arqueou uma sobrancelha e abriu um sorriso. — E como foi?

— Tão bem que até fiquei assustado, verdade seja dita.

Lu sorriu.

— Não acho que isso seja uma *surpresa*. Você é um jovem muito bonito, Oliver. — Ela piscou para o rapaz, e o rosto dele esquentou, contendo um sorriso. — Não concorda, Charlotte?

— Claro — disse ela.

— Obrigado — respondeu Oliver. — Mas tenho mais coisas para compartilhar. Charlotte, você mostrou a Lu a minha carta sobre o que aconteceu em Meryton?

Na manhã seguinte ao baile, antes de ir para a feira, Oliver escrevera à amiga, detalhando os acontecimentos da noite anterior — inclusive, as exatas palavras de Darcy. Charlotte respondera com o devido horror.

Lu franziu a testa.

— Ela certamente me *contou*. O comportamento de Darcy foi de fato terrível.

Charlotte balançou a cabeça, piscando.

— Pensar que um jovem tão respeitável pode ser tão abjeto e desagradável.

— *Foi de fato* terrível — concordou Oliver. — Mas algo estranho aconteceu…

Oliver então contou a história da aventura do fim de semana, começando do encontro com Bingley e Darcy, passando pela manhã, na qual exploraram a feira juntos, até chegar ao Templo das Musas e, enfim, ao convite para o Watier's.

Quando acabou, os olhos de Lu estavam arregalados como duas moedas xelim.

— Por que não mencionou isso quando voltou para trocar de roupa?

— Eu precisava de tempo para processar tudo antes de falar com alguém a respeito disso — explicou, sacudindo a mão como se estivesse afastando uma mosca. — Nem sequer mencionei nada para Jane até ontem de manhã.

Lu riu, balançando a cabeça. Foi então que Oliver notou Charlotte, que, ao contrário do esperado, não parecia satisfeita. Sua boca estava fina, descontente. Uma ruga lhe franzia a testa e, por um momento incômodo, nenhum dos dois disse nada. Era uma reação muito diferente da de Lu, ou de quando Oliver havia compartilhado a notícia com a irmã. Não tinha certeza de como interpretar a súbita mudança de humor da amiga. Lu pareceu ter percebido isso também, porque, quando seu olhar desviou para Charlotte, seu sorriso escorreu do rosto feito gelo derretendo em um dia de verão.

Estavam entrando na parte mais populosa de Londres agora. Embora fosse impossível escapar dos sons dos cascos dos cavalos na rua lotada, das rodas das carruagens rangendo e das conversas das pessoas que passavam por eles, o silêncio de Charlotte pesava no ar. Como se Oliver tivesse caído em um sonho no qual nada escutava.

Enfim, a amiga perguntou com cuidado:

— E… o que você falou?

Oliver não tinha mais certeza de que queria ter aquela conversa, mas era tarde demais para mudar de assunto.

— Bem, teria sido rude recusar — respondeu, tentando infundir na voz mais confiança do que tinha. — De qualquer forma, Jane acha que eu deveria ir.

— Concordo com sua irmã. É uma oportunidade de conhecer mais rapazes da sua idade. Se você quiser, acho que deve ir — defendeu Lu.

Os lábios de Charlotte permaneceram fechados em uma linha reta. Oliver mordeu o lábio, forçando-se a não olhar para a clara desaprovação no rosto dela. O silêncio que se seguiu o fez querer se contorcer. Por que a amiga estava agindo como se ele estivesse fazendo algo errado? Sempre o havia apoiado antes.

— Posso lhe perguntar uma coisa? — indagou ela depois de longos segundos de constrangimento.

Dado o tom da interação até então, Oliver estava tentado a dizer não. Mas era sua melhor amiga, e ele tinha de confiar que Charlotte não conduziria a conversa de uma forma que o magoasse.

— Suponho que sim — respondeu, com o olhar voltado para as irmãs bem à frente deles.

Lydia fez uma pausa e olhou para trás, depois acenou, pedindo que se apressassem. Oliver fingiu que não percebeu.

— Aonde imagina que isso vai dar? — perguntou Charlotte.

Oliver enfim voltou-se para a amiga.

— Indo para o Watier's?

Ela negou com a cabeça.

— Não só. Tudo isso. Sabe que eu apoio que seja você mesmo e fico feliz que isso lhe traga alegria, mas como imagina seu futuro? Daqui a cinco anos, onde você se vê?

Oliver franziu a testa. A verdade é que não havia pensado tão longe. Só tinha começado a encontrar a felicidade alguns meses atrás. Ainda havia muito a ser explorado, muito a ser experimentado. Como poderia saber como seria sua vida adulta?

— Tenho tempo para descobrir — respondeu com indiferença.

— É isso que me preocupa.

A expressão confusa de Oliver se aprofundou.

— O que quer dizer com isso?

Charlotte suspirou, soando como a mãe dele soava toda vez que lhe apresentava um vestido novo que ele inevitavelmente detestaria.

— Sou apenas dois anos mais velha do que você, Oliver, mas já devo pensar em como vou moldar minha vida adulta. Você sabe o quanto gostaria que Lu e eu pudéssemos nos casar, mas essa não é a nossa realidade. Lu precisou encontrar um marido para se sustentar e teve a sorte de encontrar um que fica ausente por longos períodos de tempo, de modo que ainda podemos nos ver. Eu precisarei fazer o mesmo, porque nenhuma de nós nasceu com o capital necessário para sobreviver por conta própria. É provável que me case com o primeiro que me aceitar, independentemente de meus sentimentos em relação a ele, porque as pessoas em nossa situação não têm o luxo de se casar por amor. Temos de fazer sacrifícios se quisermos sobreviver. Só me preocupo que você não tenha tanto tempo quanto pensa que tem.

Oliver mal conteve o tremor em seu corpo inteiro diante da situação que Charlotte estava criando. A ideia de se casar, de fingir ser a esposa de alguém para o resto da vida, soava algo profundamente errado. Até mesmo a simples ideia de se casar com alguém de quem não gostasse, que olhasse para ele e visse uma mulher, era nauseante.

— É claro que você não espera que eu seja a esposa de alguém não é? — disse com firmeza.

Charlotte suspirou de novo.

— Não tenho nenhuma expectativa, Oliver, mas eu... espero que pense um pouco em seus planos de longo prazo. Precisa saber como sobreviverá quando seu pai não puder mais cuidar de você.

Os três caminharam em silêncio por um tempo, com Oliver ignorando a dor no fundo garganta. Por fim, ele soltou um suspiro trêmulo.

— Preferiria viver sozinho pelo resto da vida a me tornar a esposa de alguém. Talvez você consiga sobreviver a uma vida assim, mas eu não.

— Oliver...

Lu colocou a mão no braço de Charlotte e balançou a cabeça. Charlotte mordeu o lábio.

— *Isto* é fingimento. — Oliver fez um gesto para seu vestido diurno, seus cabelos compridos amarrados para trás. — Não sou *assim*. Quer saber como me vejo daqui a cinco anos? Eu *me* vejo. Não vou fingir ser quem não sou para sempre. Preferiria morrer.

Sua amiga arfou baixinho, mas Oliver não se importou. Cada palavra do que dizia era verdadeira. Ele enxugou os olhos, recompondo-se. E foi bom, porque Lydia e Kitty tinham parado e estavam olhando para os três, desconfiadas.

Oliver recomeçou a andar, e Charlotte e Lu se apressaram para acompanhá-lo.

— Desculpe-me. Não tive a intenção de aborrecê-lo. Só estou preocupada com o seu futuro — logo explicou a amiga.

— Em vez disso, tente se preocupar *comigo*. Não vou me submeter a uma vida que me deixaria infeliz, e você não deveria querer que eu o fizesse — retrucou Oliver.

Charlotte desviou o olhar, com o rosto ficando rosado. Parecia envergonhada.

Que bom.

— Talvez você consiga encontrar alguém com quem possa ser você mesmo em casa — comentou Lu após uma longa pausa. — Mesmo que tenha de fingir ser Elizabeth em certas situações públicas, talvez encontre alguém com quem possa ser um marido na privacidade de sua casa.

A sugestão era melhor do que o futuro ao qual Charlotte estava se referindo antes, mas a ideia de ter de fingir ser a esposa de alguém, mesmo que apenas em "certas situações públicas", revirava e azedava seu estômago. Ele supunha que poderia sobreviver a isso. Mas por que teria de ceder e se contentar com um futuro que era apenas *metade* do que queria?

Acha que um dia conhecerá alguém que o aceitará como marido? Oliver cerrou a mandíbula, forçando o pensamento a sair de sua mente. Mas, mesmo quando silenciou a dúvida, ela deixou para trás um vazio frio que o fez se sentir tal qual uma maçã sem caroço.

— *Vamos!* — gritou Lydia, com as mãos nos quadris enquanto caminhava em direção a eles. — Vocês três são muito lentas! Vamos perder os soldados!

Oliver franziu a testa ao se aproximar da irmã.

— Soldados?

— O 42º Regimento — respondeu Kitty, de modo sonhador. — Eles estão na cidade. Lydia e eu queríamos vê-los.

Ah. Então era por *isso* que as irmãs estavam tão ansiosas para sair. Para ver jovens bonitos.

— Mas *não* vamos conseguir se vocês três continuarem andando como se tivessem âncoras nos pés — reclamou Lydia. — Então, vamos lá!

Estavam caminhando há cerca de dez minutos quando Lu de repente se animou e se virou para Oliver com um sorriso conspiratório.

— Está vendo aquele prédio ali na frente? A taverna?

Ele olhou na direção indicada por Lu, observando os estabelecimentos. As fachadas eram todas construídas uma ao lado da outra, praticamente sem espaço entre elas, criando a impressão de partes de edifícios diferentes fundidos uns aos outros. Uma alfaiataria em um prédio de estuque com detalhes em madeira marrom-escura ficava ao lado de uma sapataria de tijolinhos vermelhos com um toldo azul-escuro que precisava ser lavado, ao lado de uma taverna de tijolos claros que se projetava à frente das outras duas. Sob o toldo desta, listrado de azul e branco, havia duas mesinhas e cadeiras colocadas para os clientes que quisessem comer alguma coisa do lado de fora. Uma placa pendurada bem acima do toldo identificava a TAVERNA DA AVERY.

— Estou vendo — respondeu Oliver com cautela.

— Sabe o que é?

Oliver franziu a testa.

— Se eu sei... o que é uma taverna?

Lu riu, depois se inclinou para ele, baixando a voz.

— Aquela é uma Molly House. Especificamente para pessoas mais jovens.

Oliver piscou, seu olhar deslizando de volta para a Avery com interesse. As Molly Houses eram uma parte discreta da sociedade, da qual os Bennet com certeza não falavam. Eram locais frequentados por homens que se sentiam atraídos por homens, mulheres que se sentiam atraídas por mulheres, pessoas que não pertenciam a nenhum dos gêneros e outros semelhantes. Já tinha ouvido falar que outros como ele às vezes as frequentavam — meninos confundidos com meninas e vice-versa. Só o fato de saber que *havia* outras pessoas iguais já tinha sido um alívio, embora ainda não tivesse pisado em uma Molly House. Mas Oliver não havia percebido que havia nichos de clientes mais jovens.

— Sério? Como você sabe? — perguntou.

— Era o lugar favorito de William antes de ficar velho demais para isso — respondeu Lu com um sorriso.

O rapaz era o irmão mais velho dela e o primeiro garoto que Oliver conhecera que se sentia atraído por outros garotos. Foi William quem havia lhe ensinado a verdade sobre as Molly Houses, afirmando que eram lugares seguros para as pessoas serem elas mesmas, e não os antros sexuais escandalosos que a sociedade em geral dizia serem. A última informação que Oliver ouvira era que William havia se mudado para Paris, onde era um pouco mais seguro para homens como ele serem eles mesmos.

— Eu mesma já estive lá algumas vezes — prosseguiu Lu. — É um ambiente muito acolhedor... Bastante agradável, não é, Charlotte?

A boca de Oliver quase se abriu; seu olhar se voltou para a amiga.

— *Você* esteve lá?

Charlotte corou e cobriu um pequeno sorriso com a mão.

— A ideia foi de Lu.

— E você adorou — emendou a outra.

— Foi... uma experiência surpreendentemente agradável — admitiu Charlotte.

Lu emitiu um som de triunfo enquanto Oliver ria.

— Talvez eu deva ir algum dia — comentou ele.

— Ah, Oliver, você deve! — exclamou Lu. — É muito divertido. Basta perguntar pela cafeteria no balcão do bar, e eles lhe mostrarão aonde ir.

Oliver nunca tinha entrado em uma Molly House, mas já fazia algum tempo que queria muito ir. Tudo parecia tão intimidador... E se chegasse e as pessoas rissem dele? Ou não o aceitassem como um garoto que gosta de garotos? Mas se essa Molly House era especificamente destinada a pessoas mais jovens e até mesmo *Charlotte* já tinha ido...

Talvez não fosse tão assustador quanto pensava.

— Com quem Lydia e Kitty estão falando? — perguntou Charlotte de repente.

As irmãs de Oliver permaneceram bem à frente deles durante toda a caminhada, o que não era nenhuma surpresa. A surpresa foi encontrá-las do lado de fora de uma alfaiataria de tijolos cinzentos com roupas masculinas expostas na vitrine, falando com um rapaz alto e loiro em um uniforme militar. Ele era bonito, com um maxilar forte e ombros largos.

Quando Oliver, Lu e Charlotte aproximaram-se, as irmãs estavam rindo e corando.

— Kitty, Lydia — chamou Oliver, equilibrando seu tom entre firme e educado. — Não deveriam ir tão longe. Quase perdemos vocês duas de vista.

O rapaz se virou para Oliver, que, mais de perto, percebeu que o outro era mais homem do que menino — tinha provavelmente vinte anos ou mais, em comparação com os catorze de Lydia e os quinze de Kitty. Algo no olhar do homem, enquanto o avaliava, fez Oliver estremecer e sentir vontade de desviar o rosto daqueles olhos azuis penetrantes, mas se obrigou a encará-los.

— Olá. Meu nome é Wickham.

Enquanto fingia ser uma moça, Oliver *desprezava* as apresentações. Já era bastante difícil forçar-se a responder a um nome que não combinava nem um pouco consigo, mas havia algo particularmente doloroso em forçar esse nome a sair da própria boca. No fato de negar quem ele era em voz alta, com palavras. Era uma traição a si mesmo que o machucava profundamente.

— Elizabeth Bennet — compeliu-se a dizer, depois que Charlotte e Lu se apresentaram. — Prazer em conhecê-lo.

— O prazer é meu.

O sorriso de Wickham era do tipo que faria muitos ficarem com os joelhos bambos. Oliver retribuiu com um sorriso antes de virar-se para as irmãs.

— Nós realmente deveríamos voltar para casa — declarou, preparado para ouvir o protesto das irmãs.

Para a sua surpresa (e profunda suspeita), Lydia se iluminou à menção da palavra "casa" e exclamou:

— Perfeito! Wickham acabou de nos dizer que estava caminhando na mesma direção e se ofereceu para nos acompanhar de volta. Ele poderia se juntar a nós!

— Ah, isso não será necessário... — interveio Oliver de imediato.

Mas Wickham o interrompeu:

— Que absurdo! Que espécie de cavalheiro eu seria se permitisse que cinco belas damas caminhassem para casa sem um acompanhante? Simplesmente não posso permitir isso. Devem aceitar a minha oferta.

O maxilar de Oliver cerrou-se, desprezando cada novo momento daquela conversa mais do que o anterior. Charlotte devia ter percebido a angústia dele, pois colocou a mão no braço do amigo e sorriu com gentileza para Wickham.

— Obrigada, é uma oferta muito generosa — disse ela.

O rapaz sorriu.

Enquanto caminhavam para casa, Lydia e Kitty conversavam com Wickham, e Oliver engolia sua humilhação ardente. Houvera um tempo em que ser chamado de menina ou mulher lhe gerava uma sensação *confusa*, como tentar forçar a junção de duas peças de quebra-cabeça incongruentes e assim acabar danificando ambas. Mas o desconforto que antes era ignorado com facilidade tornou-se cada vez mais doloroso a partir do momento que Oliver experimentou pela primeira vez a euforia de ser visto como si mesmo, como um rapaz. Parecia que, quanto mais tempo passava vivendo a felicidade de ser o rapaz que sempre deveria ser, mais infeliz tornava-se a tarefa de forçar-se a desempenhar o papel da menina que nunca tinha sido.

— Ora, aquele não é o mesmo sr. Bingley que dançou com Jane no baile de Meryton? — perguntou Lydia, arrancando Oliver de seus pensamentos como um peixe fisgado no anzol.

A irmã estava certa, mas não era apenas Bingley que estava passeando pela calçada do outro lado da rua. Ao lado dele estava, é claro, Darcy.

Oliver não soube como se sentir ao avistar os dois rapazes caminhando, alheios à sua presença. Mas agora que tinha passado várias horas com os dois como si mesmo, parte dele não queria que o vissem como Elizabeth nunca mais.

É claro que isso seria altamente impraticável, pois, dado o interesse de Jane por Bingley, era improvável que pudesse evitar a situação. Ainda assim, Oliver desviou o olhar dos dois garotos, forçando uma expressão de indiferença.

— Nossa irmã mais velha, Jane, teve uma noite *maravilhosa* dançando com Bingley no baile de Meryton — Lydia estava explicando a Wickham.

— Ele pareceu ser um homem gentil — acrescentou Kitty.

O rosto do rapaz contraiu-se, expondo algo parecido com uma careta antes de suavizar o semblante e desviar o olhar da dupla.

— Bingley é uma pessoa gentil, mas eu aconselharia todas vocês a evitarem Darcy o máximo que puderem — declarou ele lentamente.

Oliver franziu a testa, enquanto as sobrancelhas de Kitty se ergueram, em sinal de interesse.

— É mesmo? O que o faz dizer isso?

Wickham suspirou e balançou a cabeça.

— Eu… não vou fazer fofoca — afirmou, embora parecesse relutante. — Tudo o que direi é que é conhecido por ser rude com as mulheres.

O rosto de Oliver ficou ainda mais mal-humorado. Darcy *havia* sido rude com ele no baile de Meryton, quando estava vestido de mulher. Mas parecera diferente no dia da feira…

Pareceu, mas ele sabia que você não era uma mulher naquele momento, sussurrou uma vozinha em sua mente.

Quis afastar o pensamento com a mesma facilidade com que se limpava a poeira de uma mesa polida. Mas e se houvesse algum mérito na acusação?

6

EM PÉ NA ENTRADA DE UM SALÃO ABARROTADO de rapazes da alta sociedade, Oliver mal podia acreditar que havia concordado em ir até ali.

O local era enorme, e havia tantas pessoas que ele mal conseguia ver a extremidade oposta. As paredes eram revestidas de papel vinho, com um desenho sutil, mas intrincado, repetido em um tom brilhante da mesma cor. Não um, mas dois lustres imensos pendiam do teto. No lado esquerdo do cômodo havia uma longa mesa de jantar, tão comprida que talvez fossem duas mesas juntas, de ponta a ponta. Os lugares já estavam postos, e as cadeiras eram luxuosamente estofadas com almofadas de veludo vermelho com detalhes dourados.

O restante do salão parecia ter mais mesas de jogos do que Oliver conseguia contar, exceto pelo elaborado bar localizado na parede da direita. De onde estava, à porta, parecia que três quartos da parede direita, do nível do bar até o teto, eram forrados por prateleiras de bebidas alcoólicas. As garrafas brilhavam sob a luz do lustre, feito um arco-íris estrelado.

Havia uma algazarra: risadas e dezenas e dezenas de conversas sobrepostas umas às outras. O tilintar das taças, o barulho dos sapatos nos tapetes e na madeira, o rangido das cadeiras se movendo e as explosões de riso como se fossem fogos de artifício... Era estonteante. Oliver sentiu-se como se estivesse flutuando em um mar de som, piscando ao observar o ambiente, um pouco zonzo.

Será que tinha sido uma má ideia?

— É muita coisa para absorver logo de cara — comentou Darcy ao lado dele.

Oliver assustou-se, esquecendo-se por um momento de que o rapaz estava, de fato, presente. Assim como Bingley, mas este já estava indo em direção à mesa de jantar, cumprimentando alguns dos outros jovens com um sorriso largo.

A voz de Darcy soou estranhamente gentil. Oliver ainda não tinha ouvido aquela ternura de sua parte e, quando encontrou o olhar dele, o outro rapaz *sorriu* — de canto e só por um segundo.

Era um sorriso bonito.

Talvez não tivesse sido uma má ideia. Por razões que não quis examinar, o fato de encontrar o olhar de Darcy o acalmava. Como o suave vaivém da maré, Oliver se sentiu lentamente à deriva, mas isso não o assustou tanto quanto deveria.

Não estava sozinho naquele lugar estranho. Bingley podia ter se afastado, mas Darcy estava ali. Com Darcy ao seu lado, conseguiria enfrentar a situação.

— Francamente, eu não imaginava que você fosse do tipo que gosta de uma atmosfera tão tumultuada — disse Oliver, recuperando o juízo.

Darcy parecia tímido, passando a mão pelos cabelos desalinhados de uma forma adorável. Ele acenou com a cabeça em direção à mesa de jantar, chamando-o para que não bloqueasse a porta.

— Tem razão, não sou nem um pouco. Para ser sincero, a primeira vez que Bingley me trouxe aqui, eu detestei tanto que jurei nunca mais voltar.

— E, no entanto, você mesmo me convidou para vir aqui — respondeu Oliver com um sorriso irônico.

Darcy riu, e Oliver ficou tão chocado que não conseguiu esconder a surpresa em seu rosto. A risada do rapaz era genuína; subiu pela espinha de Oliver e encheu-o de calor. Não pôde deixar de retribuir o sorriso.

— Bem, eu não *continuo* detestando o lugar. Até aprendi a gostar. Espero que o mesmo aconteça com você — falou Darcy.

— Cuidado com o que você deseja. Se eu gostar *demais*, talvez queira vir toda semana — brincou Oliver.

— Espero que sim — respondeu Darcy, mantendo o tom.

O rosto de Oliver esquentou. Darcy estava dizendo que queria passar mais tempo com ele? Com cuidado, olhou para o rapaz mais alto e observou seus cabelos escuros ondulados e o maxilar afiado. Em contraste com caos ao redor dos dois, ele parecia tão relaxado.

No entanto, Oliver não teve a chance de levar essa conversa adiante, porque chegaram à mesa de jantar. Darcy puxou uma cadeira para Oliver, que o encarou com uma sobrancelha arqueada. O rosto de Darcy ficou vermelho, provavelmente percebendo que aquele era um gesto mais esperado com uma mulher, mas ele não soltou o encosto da cadeira até que Oliver se sentasse. Darcy se sentou ao seu lado, com as bochechas ainda um pouco coradas, mas estava sorrindo de modo brando, e Oliver descobriu que gostava mesmo do sorriso de Darcy.

— Cuidado. Se você for cavalheiro *demais*, posso pensar que está tentando me cortejar — murmurou.

No momento em que as palavras saíram de sua boca, Oliver quis chutar a si mesmo. O que estava fazendo, sendo assim tão direto? Mas manteve o tom leve para que Darcy pudesse interpretar plausivelmente a declaração como uma brincadeira...

O rapaz arregalou um pouco os olhos, mas sua expressão transformou-se em um sorriso conspiratório.

— Você tem razão, isso seria terrível — respondeu ele em voz baixa.

Oliver não conseguiu conter o sorriso quando o alívio inundou seu peito. Forçou-se a desviar o olhar, subitamente quente, subitamente mal conseguindo ouvir por causa das batidas de seu coração. Não conseguia acreditar que aquilo estivesse acontecendo. Tinha acabado de flertar com Darcy. E Darcy estava retribuindo o flerte.

Quando Bingley se sentou do outro lado do amigo, Oliver estava quase explodindo de empolgação. Não demorou muito para que a mesa estivesse cheia de comensais, e homens vestidos de preto e branco saíram de duas portas no fundo da sala, cada qual carregando bandejas. Espaçaram-se perfeitamente em ambos os lados da mesa, servindo a todos uma pequena tigela de sopa branca fumegante.

O estômago de Oliver roncou. Depois que todos foram servidos, ele olhou para Darcy de relance. O outro rapaz havia pegado a colher e estava a aproximando da tigela. Oliver fez o mesmo, tomando cuidado para deixar a sopa espalhar-se um pouco na colher antes de levá-la à boca. Era espessa, quente e rica em sabor. Parecia ser à base de frango, mas tinha um gosto que fez Oliver querer lamber a tigela. Limão, talvez?

Mal havia terminado de comer quando a onda de garçons voltou; um novo prato foi colocado diante dele e, para o seu espanto, ainda não era o principal. Em vez disso, o prato continha pequenos camarões delicadamente colocados sobre algum tipo de molho amarelo. Estavam perfeitamente macios, e o molho de limão complementava o sabor da sopa branca que permanecia em sua boca.

Em seguida, veio a refeição principal: peixe em um molho espesso de lagosta. Oliver tinha certeza de que havia muito tempo que não comia tanta comida refinada de uma só vez. Sabia que o Watier's era conhecido por sua refeição de qualidade, ao contrário da maioria dos clubes de cavalheiros, mas o jantar estava muito além de suas expectativas.

— Estou começando a ver por que este lugar lhe agradou — comentou com Darcy quando os garçons levaram seu prato e o substituíram por um copo de gelo com limão.

O rapaz riu.

— A comida não é o *único* motivo, mas com certeza teve sua contribuição.

— Pode ser motivo suficiente para mim — disse Oliver com um sorriso.

Depois do jantar, poucos permaneceram sentados.

A maioria parecia ansiosa para passar às mesas de jogo, o que, como supôs Oliver, devia ser o maior motivo pelo qual alguém ia a um clube como aquele.

Infelizmente, os jogos de carteado não faziam parte do repertório de *como se tornar uma dama* que sua mãe havia ensinado a ele e a suas irmãs. Quando Oliver deu uma olhada ao redor de seu assento, seu estômago se revirou diante da destreza que todos pareciam ter com as cartas.

Será que pareceria um tolo se não soubesse como jogar? Nem mesmo sabia *qual* jogo de carteado era aquele.

Bingley falou algo a Darcy que Oliver não captou e, em seguida, dirigiu-se a uma mesa no fundo da sala. Quando Darcy se virou para Oliver, ele fez o possível para evitar que a pontada de pânico transparecesse em seu rosto.

— Você joga macau? — perguntou o outro rapaz.

Oliver deu um sorriso envergonhado.

— Receio que não.

Mas, para a surpresa de Oliver, Darcy falou:

— Que bom.

Oliver arqueou uma sobrancelha.

— É mesmo?

— Acho que ninguém aqui de fato se dê *bem* jogando macau. É um jogo excelente se quiser jogar dinheiro fora, mas com certeza não é um hobby lucrativo.

Oliver assentiu, olhando ao redor do salão com interesse renovado.

— É isso que todos estão jogando? Dezenas de partidas separadas de macau?

— A maioria, e um pouco de lanterloo e uíste também. Conhece algum desses?

Oliver mordeu o lábio e se inclinou para Darcy, com o coração batendo forte enquanto mantinha a voz firme e fria.

— Posso compartilhar um segredo com você? — perguntou em tom conspiratório.

A sobrancelha do rapaz se contraiu e ele se inclinou, com o rosto a poucos centímetros do de Oliver.

— Minha boca é um túmulo.

— Não sei jogar carteado nenhum.

As sobrancelhas de Darcy se ergueram até a franja macia sobre a testa, depois ele abriu um sorriso.

— Posso compartilhar um segredo com você?

Oliver piscou.

— Não me diga que também não sabe.

Darcy riu.

— Não, não, não é isso.

— Pois diga, então.

O sorriso de Darcy ganhou certa malícia.

— Eu detesto carteado.

Oliver riu, sentindo uma onda de alívio invadi-lo como uma chuva fresca no meio do verão.

— Por que isso não me surpreende?

— Talvez você já tenha percebido que sou um indivíduo bastante meticuloso.

— *Meticuloso*, sim. Acho que essa é uma maneira de ver as coisas. Alguns poderiam dizer exigente, talvez.

— Estou errado? — Darcy recostou-se no assento, seu sorriso se transformando em um leve divertimento. — Gosto de pensar que isso significa que as pessoas e as coisas por que prezo são especiais. Acredito que as aprecio mais do que apreciaria de outra forma.

Oliver inclinou a cabeça.

— Acha que gostaria menos das coisas se desfrutasse de uma variedade maior de atividades?

— É lógico, não?

— Apenas se acreditar que há uma quantidade limitada de diversão e que esta pode se esgotar.

— Você não acredita nisso?

Oliver balançou a cabeça, desviando a atenção dos olhos intensos de Darcy. Ele notou Bingley do outro lado da sala — não era difícil perdê-lo de vista, com seus chamativos cabelos ruivos. Parecia muito concentrado em seu carteado.

— Eu tento aproveitar o máximo possível do mundo. A vida é curta... Que melhor maneira de passá-la do que tentar se divertir com o máximo possível?

— E você se diverte mesmo?

Oliver encarou a expressão questionadora de Darcy. Suas feições eram tão suaves, tão compostas; Darcy não desviou o olhar dele nenhuma vez. Parecia genuinamente interessado na resposta. Essa constatação fez o estômago de Oliver se revirar e lhe deu uma leveza nos ossos.

— Nem sempre — admitiu após uma pausa. — Mas não me impede de tentar.

— Considero isso admirável — disse Darcy.

Então, pela primeira vez desde que a conversa havia começado, o rapaz afastou o rosto para espiar ao redor. De repente, seus ombros se enrijeceram, a calma em seus traços se dissolveu e nele se formou uma expressão tempestuosa, tão próxima da fúria que chegava a preocupar.

Franzindo a testa, Oliver seguiu o olhar para o lado leste da sala. Bingley estava sentado ali jogando macau, mas Oliver achou improvável que o amigo tivesse causado a súbita mudança de temperamento de Darcy. Quando começou a se voltar para Darcy para perguntar o que estava acontecendo, um rapaz que também estava fazendo uma careta na direção deles chamou sua atenção. A respiração de Oliver ficou presa no peito — ele *conhecia* aquele jovem. Seu rosto era inconfundível. Afinal de contas, conhecera Wickham no dia anterior.

Darcy franziu os lábios e depois se voltou para Oliver, com o rosto mal escondendo a raiva. Mas, então, ele inspirou profundamente pelo nariz e, devagar, seu semblante foi se tranquilizando.

— Sei que o convidei para vir ao Watier's, mas gostaria de dar uma caminhada? — sugeriu com uma calma surpreendente.

Oliver hesitou.

— Bem, eu não gostaria de estragar a diversão de Bingley...

— Ele pode ficar aqui. Eu o avisarei de que estamos indo. Tenho certeza de que não se importará... Isto é, se você quiser. Também podemos ficar se preferir aprender a jogar um ou dois jogos de carteado.

Oliver sorriu.

— Achei que tivesse dito que não gosta de carteado.

— Acredito que eu tenha dito que os detesto, o que é verdade. Mas, mesmo assim, estaria disposto a ensiná-lo, se você quisesse aprender.

O fato de o rapaz oferecer tal coisa, apesar de claramente não querer mais estar ali, fez Oliver se sentir como se estivesse flutuando. Mal podia acreditar que estava tendo aquela conversa. E com Darcy, ainda por cima! Ainda mais incrível era o fato de Darcy querer passar mais tempo com ele, *sem* Bingley. Seria um escândalo inconcebível se fosse uma mulher.

Ainda bem que ele não era.

— Eu gostaria de dar uma caminhada.

Darcy sorriu.

— Eu estava esperando você dizer isso.

A noite de março estava fria, o ar fresco carregando o cheiro de orvalho de uma chuva recente. Os dois passeavam por um jardim público, tão próximos que seus ombros estavam quase se tocando. Se Oliver se inclinasse um pouco para a esquerda, esbarraria no braço de Darcy. Era uma tentação difícil de ignorar.

Esse é o mesmo Darcy que o tratara tão mal no baile de Meryton. Mesmo que não soubesse que era você, ainda assim não é um bom sinal de seu caráter, lembrou a si mesmo.

Isso era verdade, e deveria ser importante. Porém, quanto mais tempo passava com o outro rapaz, mais difícil ficava se importar com aquele momento.

— Gosto de caminhar até aqui para pensar. Ainda mais a esta hora da noite. É muito relaxante — comentou Darcy.

Oliver concordou com a cabeça, sentindo a fragrância da vegetação ao redor. Era difícil enxergar no escuro, mas imaginou que havia arbustos ainda não florescidos misturados entre as sebes. O ar frio noturno gelava seu nariz e suas bochechas, mas não se importou.

— Gosto de ir à ponte de Westminster pela mesma razão — compartilhou Oliver. — Eu me encosto no parapeito e fico olhando para o outro lado do Tâmisa. Isso ajuda a clarear minha cabeça, em especial quando preciso de um tempo sozinho.

Foi a vez de Darcy concordar.

— É difícil para você encontrar um pouco de espaço em casa?

Oliver riu um pouco.

— Bem, tenho quatro irmãs que moram em casa com os nossos pais, então, sim, é difícil.

Darcy arqueou uma sobrancelha.

— Quatro irmãs! Dá para imaginar.

— Você tem irmãos?

— Apenas uma, minha irmã caçula, Georgiana. — Ele fez uma pausa e depois acrescentou: — Nossos pais faleceram há dois anos.

Oliver franziu a testa.

— Meus sentimentos.

— Na época, ainda era jovem demais para assumir oficialmente o papel de chefe de família, por isso, até eu completar dezoito anos, nós dois morávamos com nossa tia. Agora, Georgiana e eu moramos na maior parte do tempo na propriedade de nossa família, Pemberly, embora ela às vezes opte por ficar com nossa tia quando estou fora.

— Então, é provável que você não precise sair de casa para encontrar um pouco de tranquilidade — disse Oliver com uma expressão irônica.

— Não — concordou Darcy, sorrindo de leve. Depois de certo tempo em silêncio, acrescentou: — Estou feliz por tê-lo conhecido, Oliver.

Oliver piscou para o rapaz com uma leve risada.

— Isso é um alívio, dadas as circunstâncias. Esta seria uma caminhada bem diferente se você secretamente não gostasse de passar tempo comigo.

Darcy riu, emitindo um som rápido de espanto.

— Impossível.

Oliver ficou muito animado. Não esperava por isso... De nenhum rapaz, na verdade, muito menos de alguém como Darcy. Mas Darcy estava apenas sendo amigável, ou era algo mais?

E será que ele ainda se sentirá assim quando souber da existência de Elizabeth?

E, com esse único pensamento, uma nuvem escura pairou sobre sua cabeça. Darcy poderia até ser amigável naquele momento, mas parecia improvável que já tivesse conhecido um garoto como Oliver. A noção de que aquela nova amizade poderia estar condicionada a algo sobre o qual Oliver não tinha controle o fez sentir-se mal.

Seus próprios pais nunca o aceitariam como ele realmente era. Por que seria diferente com Darcy?

Em geral, quando Oliver voltava de suas saídas noturnas, todos já tinham ido dormir fazia muito tempo. Ainda não havia levantado suspeitas. Todos o viam indo dormir na mesma hora que os outros, e Jane sempre o protegia nas poucas vezes em que eram incomodados.

O sr. Bennet era sempre o último a se deitar, mas na maioria das noites isso não importava; quando Oliver voltava, até ele já estava adormecido.

Porém, ao atravessar o jardim da frente, viu a luz da vela do escritório do pai. O amarelo quente das chamas tremeluzentes se espalhava pela grama, pintando uma mancha de luz na noite fria.

Um calafrio subiu pela espinha de Oliver, que diminuiu a velocidade dos passos. A árvore que levava ao quarto compartilhado com Jane passava diretamente sobre a janela do escritório do sr. Bennet. Isso nunca havia sido um problema.

Ainda assim, aquela noite estava se provando uma exceção, o que o fez hesitar. A única maneira de subir sem passar pelo interior da casa era escalando a treliça até a janela, que não estaria trancada. Em teoria, poderia entrar pela porta da frente também, pois sabia onde a chave ficava para o caso de alguém se trancar sem querer do lado de fora, mas não havia como destrancar a porta, abri-la, fechá-la e subir até o quarto sem que o pai percebesse. E isso se ninguém mais acordasse com o barulho.

Não, a treliça era a única alternativa. Oliver cogitou esperar o pai ir dormir — afinal, já *era* tarde, e o sr. Bennet devia se retirar logo —, mas e se ele não fosse? A única coisa em que conseguia pensar capaz de manter o homem acordado até tão tarde era o trabalho, e não era possível saber quanto ainda havia por fazer. Sem mencionar que ele próprio estava exausto. E fazia frio.

Talvez, caso se movesse silenciosa e rapidamente, pudesse escalar a lateral da casa sem que o pai percebesse. Oliver mordeu o lábio, aproximando-se da treliça fora da vista da janela. Havia cerca de quinze centímetros de espaço entre a treliça e a parede de tijolos, depois já começava a janela do escritório, o que amedrontou Oliver, mas não o impediu de se aproximar.

Com os dedos trêmulos, agarrou a treliça com a mão esquerda. A ideia de ser pego estava fazendo suas mãos suarem, o que não era ideal para escalar. Ele suspirou, secando a palma nas calças, e tentou respirar o mais profundamente possível para acalmar o coração acelerado.

Vai dar tudo certo, garantiu a si mesmo. *Você já fez isso dezenas de vezes sem problemas. Consegue escalar de olhos fechados. Basta se mover rápido e, mesmo que ele o ouça, não o verá.*

Com um último suspiro Oliver agarrou a treliça e se alçou. Ele agiu depressa, prendendo a respiração enquanto as mãos e os pés encontravam pontos de apoio. Seu tronco ficou diretamente sobre a janela do pai por apenas alguns segundos, depois apenas as pernas, depois apenas as botas.

Após sair por completo de vista, Oliver fez uma pausa, pressionando a testa contra a madeira fria, desacelerando os batimentos cardíacos ainda disparados. Conseguira! Com uma risadinha nervosa, ergueu-se para continuar a escalada.

Seu pé esquerdo resvalou, e ele ofegou ao deslizar alguns centímetros e se arranhar. Oliver enfiou o pé direito na treliça com força, agarrou-se à madeira e se levantou antes que…

O barulho de uma janela se abrindo o paralisou. Agora que havia escorregado, estava *logo* acima da janela do escritório. Não ousou se mexer. Mal respirava, pressionando o rosto contra a treliça, rezando para que o pai não olhasse para cima.

Não olhe para mim. Deve ter sido só um animal passando. Vá para a cama. Por favor, implorou.

Por um longo momento, houve apenas silêncio. A pulsação de Oliver rugia em seus ouvidos, os braços e pernas ardiam, tremiam, enquanto ele se mantinha totalmente imóvel. Seu hálito quente soprou contra o tijolo atrás da treliça e lhe aqueceu o rosto. Os músculos estavam começando a ceder. Não tinha certeza de quanto tempo mais conseguiria se segurar.

— Lizzy, é você?

Oliver gemeu, pressionando a testa contra o tijolo.

— Não — respondeu, sabendo muito bem o quão ridículo soaria para o pai, embora fosse a verdade.

Foi estranho, mas seu pai deu uma risadinha.

— Embora admire sua aptidão física, talvez seja mais fácil agarrar-se à minha janela.

Não havia como contornar a situação. Oliver estava tremendo tanto que era um milagre não ter escorregado e caído. Ele então se abaixou devagar até a janela aberta, balançou as pernas para dentro e aterrissou sem estrondo em um grande tapete. Seu coração retumbava nos ouvidos. Ali estava ele, no escritório do pai, com o sr. Bennet em pessoa, vestido da cabeça aos pés em roupas masculinas. Poderia desmaiar de ansiedade. Ou vomitar.

Às suas costas, o sr. Bennet fechou a janela com um *rangido*. Oliver ficou congelado enquanto o pai o rodeava, encarando-o com um olhar avaliador. Por fim, seus olhos encontraram os de Oliver, e a coisa mais inesperada aconteceu.

O sr. Bennet sorriu.

— Bem. Esta é uma surpresa e tanto.

Oliver abriu a boca, pronto para dizer que poderia explicar, mas... poderia? Não havia nenhuma desculpa que fosse capaz de inventar rápido o suficiente para explicar por que a segunda "filha" mais velha do sr. Bennet tinha saído no meio da noite vestida como um rapaz. E, de qualquer maneira, não tinha certeza se queria mentir. Pelo menos, não para o pai.

Isso significa que não havia mais nada além da verdade.

A realidade da situação o deixou com calor e frio por todos os lados. Suas axilas e palmas ficaram úmidas. Ali estava ele. Era hora de contar a verdade ao pai. Mas, mesmo quando tentou reunir coragem para falar, o medo sufocou sua voz.

— Devo dizer — começou o sr. Bennet, com uma voz surpreendentemente gentil — que você está *muito* bonito.

Foi então que Oliver viu o brilho nos olhos do pai, quase como de...

Orgulho?

— Obrigado — enfim conseguiu responder, embora em voz baixa.

Mas o pai não parecia aborrecido. Na verdade, continuava sorrindo e, quanto mais Oliver olhava para ele, mais certo ficava de que o sr. Bennet estava, de fato, inexplicavelmente orgulhoso.

— Pai — Oliver se forçou a falar antes que a voz falhasse de novo. — O senhor deveria saber... — Como ele estava tremendo. Suas entranhas pareciam cordas reverberando uma nota. — O senhor deve saber que meu nome é Oliver. E eu sou... sou seu filho.

O sorriso do sr. Bennet se abriu, espalhando-se pelo rosto como uma planta que vira as folhas para o sol.

— Certamente, você é — declarou, e então seus braços envolveram Oliver.

Oliver se derreteu no abraço, fechando os olhos enquanto o alívio tomava conta de si. Abraçou o pai com força, as lágrimas escorrendo pelo rosto, apesar dos esforços para controlá-las.

— Meu filho — disse o sr. Bennet, e Oliver quase desabou de felicidade.

Filho. A palavra que estava tão desesperado para ouvir, a palavra que achava que *nunca* ouviria, não dirigida a ele. A palavra soou verdadeira saindo do sr. Bennet, ecoando no peito de Oliver e enchendo-o de calor.

O pai se afastou primeiro e segurou os ombros do filho, que teve um sobressalto quando viu que as lágrimas também escorriam pelo rosto dele.

Oliver franziu a testa.

— Papai...

— Estou muito contente, Oliver — afirmou o sr. Bennet. — Estou muito orgulhoso de você. E estou muito feliz por ter me contado. Obrigado por me contar.

Oliver sentiu que, se sorrisse mais, seu rosto poderia se partir ao meio.

— O senhor não parece surpreso — comentou com uma leve risada.

O sr. Bennet arqueou uma sobrancelha.

— Eu deveria estar?

Oliver hesitou. Teria pensado que sim, mas talvez seu pai estivesse certo. De todos na família, Jane e o sr. Bennet sempre o conheceram melhor. Seria tão absurdo pensar que o pai poderia ter visto algo nele antes mesmo de Oliver estar pronto para admitir em voz alta?

— Oliver, você realmente acredita que nunca o vi subindo e descendo a treliça do seu quarto? — Ao ouvir isso, o rosto de Oliver esquentou. O sr. Bennet riu e bateu em seu ombro. — Não se preocupe, filho. Não mencionarei nada disso para a sua mãe.

Ele deu uma piscadela.

Oliver abriu um sorriso fraco, mas a menção à mãe trouxe uma nova onda de náusea.

— Sobre isso... Jane e meus tios sabem quem eu sou, mas não estou pronto para contar nada à mamãe.

O rosto do pai ficou sério, e ele assentiu.

— Entendo. Na verdade, não sei como ela reagiria. Acho que é sensato não contar por enquanto, mas você *deve* um dia.

O olhar de Oliver desviou para as botas.

— Eu sei.

O pai lhe apertou os ombros.

— Quando estiver pronto, filho, estarei ao seu lado.

Oliver não havia percebido o quanto precisava ouvir aquelas palavras. Todo o seu corpo relaxou com um suspiro inaudível e, embora as lágrimas se acumulassem nos cantos de seus olhos, ele estava sorrindo.

7

COMO ERA TÍPICO DA PRIMAVERA LONDRINA, estava chovendo. E não era só uma garoa, mas do tipo que encharcava até os ossos no momento em que você saía de casa. O vento também estava forte, fazendo a chuva bater na vidraça com tanto vigor que quase parecia estar chovendo de lado.

Oliver franziu a testa ao olhar pela janela, com os braços cruzados sobre o peito, enquanto o zumbido interminável das gotas batendo contra a casa ressoava como um trovão silencioso. Ele não iria a lugar algum, não se o tempo não melhorasse. Não tinha nenhum plano específico em mente — nos últimos dias passados em casa, fora forçado a realizar as tarefas habituais, mas passara a maior parte do tempo relembrando a noite com Darcy. Ainda assim, se fosse ficar em casa, queria que fosse por vontade própria, não porque o tempo o estava prendendo ali dentro.

Com um suspiro, Oliver desceu as escadas, tentando ignorar a forma como as saias batiam em seus tornozelos. Estava em casa, então, pelo menos, não precisava usar um corpete para acentuar o busto. Seu vestido de dia era simples, azul-escuro, e parecia leve no corpo, em contraste com os corpetes e as roupas apertadas que em geral tinha de vestir.

Isso tornava a roupa um pouco menos sufocante, um pouco mais fácil de ignorar. Mas também significava que ele sentia o movimento dos seios ao caminhar, difícil de passar despercebido. *Como seria mais simples e confortável se meu peito tivesse permanecido sem volume*, pensou.

Era uma realidade sobre a qual, infelizmente, nada podia fazer, mas isso não impedia o desejo de mudar seu corpo.

Ao entrar na sala de jantar, viu-se no meio de uma conversa enérgica.

— Está frio e *chovendo*. Decerto será preciso recorrer à carruagem — disse Jane.

— Minha querida, é justamente *porque* está chovendo que *não* devemos recorrer à carruagem — respondeu a sra. Bennet. — Você pode ir a cavalo. Será sem dúvida suficiente para levá-la à casa dos Bingley com a rapidez necessária.

Oliver franziu a testa.

— Mamãe, Jane vai ficar encharcada se for a cavalo. Também não está nada quente lá fora. Ela vai congelar.

De maneira inexplicável, os olhos da sra. Bennet brilharam de alegria quando ela se voltou para Oliver.

— Espero que sim — declarou. — Se pegar um resfriado, *terá* de ficar hospedada na casa dos Bingley por mais tempo, para se recuperar. Assim poderá ficar mais tempo com um Bingley *específico*.

Jane e Oliver ficaram boquiabertos com a mãe. Até mesmo Mary, que estava comendo em silêncio enquanto ignorava educadamente a discussão, olhou para cima, com os olhos arregalados.

— A senhora não pode estar falando sério — disse Oliver. — Quer *mesmo* que ela fique doente?

— Pegar um resfriado não é motivo de preocupação — afirmou a sra. Bennet. — É o suficiente para que as pessoas educadas exijam que ela fique, sem que isso coloque sua vida em risco. Confie em mim, é o que há de melhor para a nossa Jane.

Jane olhou para baixo, e algo parecido com raiva se acendeu dentro de Oliver. A irmã ia aceitar aquilo. Iria debaixo de uma chuva torrencial e chegaria à casa dos Bingley parecendo um cachorro molhado.

Aquele era o plano brilhante da mãe para que Jane atraísse Bingley? Chegar como uma donzela em perigo?

Oliver balançou a cabeça, a raiva se infiltrando em sua voz quando respondeu:

— Não acredito que esteja fazendo isso com ela.

A sra. Bennet fez uma careta.

— Você vai me agradecer quando o sr. Bingley estiver se preocupando com Jane e cuidando dela na própria casa.

Oliver duvidava muito disso, mas, quando abriu a boca para argumentar, Jane olhou para o irmão e fez que não.

— Está tudo bem. A viagem não é tão longa. E pode estar um pouco frio, mas usarei um casaco e levarei um guarda-chuva.

— Um guarda-chuva não será muito útil com esse vento — murmurou Oliver, mas se a irmã ou a mãe o ouviram, nenhuma demonstrou.

Não foi um choque para ninguém quando um mensageiro chegou horas depois, trazendo uma carta dos Bingley. A sra. Bennet aceitou o bilhete com muito entusiasmo e, com um sorriso vitorioso, virou-se para Oliver, sentado em uma poltrona de leitura próxima, com um livro aberto no colo.

— Está vendo? É dos Bingley! — anunciou.

O rapaz não respondeu.

A sra. Bennet passou o dedo por baixo do lacre de cera e abriu a carta às pressas. Depois de um momento, deu um grito de triunfo e exclamou:

— Jane está doente!

Oliver fechou o livro devagar, encarando a empolgação da mãe com um olhar fixo.

— É estranho uma mãe comemorar o infortúnio de sua filha, não acha?

— Ora, pare com isso — repreendeu a sra. Bennet, virando a carta para ele. — Os Bingley escreveram para dizer que sua irmã ficará com eles por alguns *dias* para se recuperar. Dias! No plural! Que oportunidade incrível para a nossa Jane, para se familiarizar melhor com os Bingley.

— Não tenho certeza de quanta *familiaridade* ela terá em seu leito de doente. — Oliver levantou-se, mal conseguindo conter o calor furioso que fervilhava no peito. — Eu deveria ver como ela está.

Os olhos da sra. Bennet arregalaram-se, depois seu rosto se encheu de ânimo.

— Sim! Que excelente ideia, Elizabeth. Para que os Bingley se aproximem ainda mais da nossa família...

— *Não vou* pelos Bingley. Vou por Jane — respondeu entre dentes.

— É claro que sim, querida.

Oliver mordeu o lábio. Não havia sentido em discutir o assunto ainda mais.

— Acho que a senhora não permitirá que *eu* pegue a carruagem.

A sra. Bennet olhou para ele, horrorizada.

— O que pensariam se eu enviasse Jane a cavalo em meio a uma tempestade e depois a mandasse de carruagem? De jeito nenhum.

Oliver levou a mão à testa e olhou pela janela mais próxima. A chuva havia diminuído significativamente, embora continuasse garoando. Mesmo assim, não estava tão ruim quanto quando a irmã saíra naquela manhã.

— Tudo bem, eu pego o outro cavalo — resmungou.

— Receio que o sr. Bennet já tenha pegado o segundo cavalo — respondeu a mãe. — Mas a caminhada não é muito longa, não é mesmo?

Quando a bota de Oliver afundou alguns centímetros na lama escorregadia e fria pela enésima vez, ele xingou aos quatro ventos. Já era ruim o suficiente ter que fazer aquela travessia logo após uma forte tempestade, pior ainda era não poder calçar suas próprias botas nem vestir suas próprias calças enquanto caminhava.

A sra. Bennet o obrigara a trocar seu vestido simples de dia antes de sair, é claro, então agora estava preso dentro do corpete sufocante que o fazia sentir náuseas toda vez que olhava para o busto volumoso. Não estava usado seu melhor vestido de dia, pelo menos, pois a sra. Bennet demonstrara algum bom senso quando Oliver lhe disse que caminharia na lama pela maior parte do caminho, assim que saísse da cidade propriamente dita. Não que se importasse com a lama na roupa, mas a sra. Bennet com certeza se importaria, ainda que tivesse insistido para que ele fizesse a caminhada logo após uma tempestade.

Oliver soltou o pé com um ruído molhado e indecoroso, tomando cuidado para pisar nos tufos mais grossos de grama. A caminhada estava lenta, forçando-o a andar desajeitadamente em trechos isolados de grama mais espessa, com maior capacidade de suportar seu peso, e tendo de parar para limpar as botas a cada cinco metros. Não ajudava o fato de estar levando uma pequena mala cheia de roupas dele e de Jane, o que o desequilibrava ainda mais. Durante todo o trajeto, imaginou como tudo seria mais fácil se estivesse de calças. Ainda estaria enlameado, mas pelo menos não *sentiria* a lama fria espirrando nas pernas, e a ausência de cadarços nas botas masculinas as tornaria muito mais fáceis de limpar.

— Isso nunca teria acontecido se eu estivesse de calças — sussurrou para ninguém em particular.

8

QUANDO A IRMÃ DE CHARLES BINGLEY, CAROLINE, cumprimentou Oliver à porta, o olhar dela passou lentamente das botas imundas dele para a bainha enlameada do vestido, depois para as saias manchadas e, por fim, para o rosto levemente suado. Seus olhos se estreitaram durante a dura avaliação, e os lábios se afinaram até ficar quase invisíveis contra a pele pálida.

— Você... veio a pé? — perguntou a moça, pronunciando cada sílaba.

— Vim — respondeu Oliver prontamente. — Peço desculpas por meu desalinho. Posso limpar as botas aqui fora, se a senhorita tiver a gentileza de me fornecer um pano e um pouco de água.

— Claro. Acho que seria melhor — respondeu Caroline com firmeza.

Dez minutos depois, Oliver entrou com as botas úmidas e encardidas (mas bem menos enlameadas), cobertas pelas barras das saias manchadas. Havia pouco que pudesse fazer quanto a isso, e, francamente, não se importava. Ignorou a expressão de repulsa no rosto de Caroline, que permaneceu imóvel ao seu lado.

— Onde está minha irmã? Sabe me dizer como está se sentindo? — perguntou.

— Está descansando. Vou lhe mostrar o quarto de hóspedes.

Nem Oliver nem Caroline disseram uma palavra um ao outro durante a curta e incômoda caminhada até o local. Assim que a moça fez um gesto para a porta, ele agradeceu e entrou sem olhar para trás. Caroline não o seguiu.

Quando a porta se fechou atrás de si, Oliver piscou os olhos diante do cômodo bem iluminado e amplo. As paredes estavam revestidas de papel azul-claro, as janelas eram grandes e repletas de cortinas de seda. O piso era de madeira de lei, mas havia vários tapetes turcos espalhados pelo cômodo, todos de um azul profundo. Uma escrivaninha e uma cadeira ficavam à janela mais distante, perto de uma pequena estante cheia de livros.

— Bem decorado, não? — perguntou Jane com uma risadinha.

Oliver girou em direção à voz dela, encontrando a irmã em uma cama de dossel tão grande que comportaria três pessoas. Meia dúzia de travesseiros estava amontoada ao lado dela, e os lençóis pareciam ser também de seda, a julgar por sua luminescência.

— Nossa. Talvez a mamãe tivesse razão, no fim das contas — comentou o rapaz.

— Oliver! — sibilou Jane, mas estava rindo.

Ela deu um tapinha na cama, ao lado de si, abrindo espaço para o irmão.

— Não sei se é uma boa ideia. — Oliver apontou para suas saias enlameadas. — Não gostaria de sujar a cama.

Os olhos de Jane arregalaram-se, como se estivesse percebendo o estado dele pela primeira vez.

— Não me diga que mamãe o fez *caminhar* até aqui.

Oliver forçou um sorriso.

— Ela argumentou que seria mal vista se me mandasse de carruagem depois de recusá-la a você.

Jane gemeu e apontou para um grande guarda-roupa branco encostado na parede esquerda.

— Caroline disse que eu poderia usar qualquer um dos vestidos. Por favor, escolha um.

Oliver recuou diante da sugestão.

— Ah, eu certamente não farei isso.

A irmã franziu a testa.

— Tenho certeza de que Caroline não se importará.

— Tenho certeza de que você está errada. De qualquer forma, não é necessário. — Ele ergueu a mala cheia de roupas de Jane. — Trouxe alguns trajes para você usar nos próximos dias. E um vestido extra para mim, por precaução.

Depois de se trocar e limpar a lama seca das pernas com um pano úmido, o rapaz se sentou na cama, aos pés de Jane.

— Então, o que há para fazer por aqui?

Para a agradável surpresa de Oliver, a estante de livros no quarto de hóspedes tinha uma variedade de títulos interessantes. Escolheu um deles e, quando Jane mencionou que queria descansar um pouco, ele saiu do quarto e foi até a sala de estar.

Ao chegar, encontrou o que esperava, dado o luxo do restante da propriedade: um cômodo desnecessariamente grande, com enormes janelas, um lustre de cristal, algumas mesinhas com pares de cadeiras espaçadas ao longo das paredes e duas áreas de estar no centro. Não ficou surpreso ao deparar-se com as irmãs de Bingley, Caroline e Louisa, já na sala de estar, falando em voz baixa.

O que não esperava encontrar era o rapaz alto, de cabelos escuros, sentado a uma mesa perto de um janelão, com as longas pernas esticadas à frente, cruzadas na altura dos tornozelos. Pensando bem, era improvável que fosse uma surpresa tão grande encontrar Darcy em Netherfield — afinal, Oliver sabia que os Bingley e os Darcy tinham alugado a propriedade juntos. Mas havia se esquecido disso e não tinha se preparado para ver o rapaz, muito menos para interagir com ele.

Oliver congelou à porta, com o livro fechado em sua mão ao lado do corpo. Fazia apenas alguns dias que tinha ido ao Watier's com Bingley e Darcy, e que Darcy e ele tinham dado um passeio noturno juntos. Mas havia cerca de uma semana que o outro rapaz interagira com "Elizabeth"... e não tinha sido nada bom.

Oliver mordeu o lábio e, antes que alguém o notasse parado à porta olhando para Darcy, foi até a mesa mais próxima e puxou uma cadeira para o lado. Tentou movê-la fazendo o mínimo de barulho possível, mas as pernas de madeira rangeram contra o piso encerado, fazendo-o estremecer. No silêncio da sala, era praticamente como ter batido uma porta. Darcy, Caroline e Louisa olharam ao mesmo tempo.

Oliver encolheu-se, as bochechas esquentando enquanto fingia não perceber os olhares da sala. Sentou-se às pressas e logo abriu o livro, olhando para a página enquanto esperava que o rosto esfriasse. Por fim, o silêncio da sala foi restaurado, e apenas os sussurros de Caroline e Louisa o interrompiam.

— Ainda não consigo acreditar que ela *andou* cinco quilômetros até aqui, em meio a toda aquela lama — disse Caroline.

— É *de fato* um comportamento espantoso e inadequado — respondeu Louisa.

Oliver virou a página do livro, embora não tivesse ideia do que estivesse escrito na anterior. As duas moças deviam saber que conseguia escutá-las, mas não pareciam se importar.

— Mamãe nunca teria permitido que nos comportássemos dessa maneira — comentou Caroline.

— Ah, certamente não.

— Imagino que não deveríamos esperar nada diferente de alguém com o status *deles*. É mesmo uma pena; Jane é muito bonita, mas você consegue imaginar nosso irmão se juntando a uma família assim?

As duas começaram a rir. Oliver mal conseguia respirar. Serem tão descaradamente rudes — falando de sua família *enquanto ele estava no mesmo cômodo* —, a audácia! Sua pulsação acelerou. Todas as interações com Bingley o fizeram concluir que ele era uma pessoa agradabilíssima, mas as irmãs do rapaz o faziam querer jogar o livro nelas.

Darcy fechou o próprio livro com um estalo, sobressaltando Oliver. As moças se calaram quando Darcy se levantou abruptamente, empurrando a cadeira para trás e saindo da sala.

O cômodo ficou em silêncio e, desta vez, nenhum cochicho venenoso arruinou a atmosfera.

Oliver esperava que pudesse concluir aquela visita indesejada sem a presença da mãe, mas logo se decepcionou. Não haviam se passado nem 24 horas antes que a sra. Bennet enviasse a notícia de sua chegada e, apenas 2 horas depois, aparecesse em Netherfield com Mary, Kitty, Lydia e dois baús cheios de roupas de Jane e Oliver a reboque.

De carruagem, é claro.

— Ora, já tinha ouvido falar que Netherfield era linda, mas nunca imaginei *isto*! — cantarolou a mulher. — A propriedade é simplesmente linda. Há algum jardim?

Bingley sorriu, sem jeito.

— Há, nos fundos. A senhora gostaria de vê-lo?

— É melhor não, pois sou bastante alérgica a várias flores. Mas o jardim deve colaborar para toda essa atmosfera tranquila — respondeu a sra. Bennet.

Tudo que Oliver conseguiu fazer foi evitar uma careta. A sra. Bennet tinha boas intenções, mas tendia a se entusiasmar demais em situações como aquela, o que poderia facilmente degradar ainda mais a reputação de sua família aos olhos dos Bingley. Considerando a maneira como as irmãs haviam tratado a *ele* até então, Oliver tinha grandes suspeitas de que isso não passaria despercebido. Pelo menos Jane ainda estava se recuperando no quarto de hóspedes, de modo que foi poupada do constrangimento.

— Incrível este lugar — comentou a sra. Bennet, pois continuava falando. — Planejam ficar muito tempo?

Bingley hesitou, depois ergueu um ombro.

— Ainda não decidimos a duração total de nossa estadia.

A mulher ofegou.

— Ah, mas os senhores *precisam* ficar! Esta é uma propriedade tão adorável, com uma localização tão conveniente! Devem considerar a possibilidade de fixar residência aqui. Acredito firmemente que valeria a pena.

Bingley riu um pouco.

— Bem, por certo levaremos isso em consideração. No entanto, creio que a decisão caberá, em última instância, à tia de Darcy. Foi ela quem escolheu este local para ficarmos.

— Não diga!

Oliver pigarreou.

— Receio que minha irmã ainda não esteja bem.

A sra. Bennet olhou para o filho como se o estivesse notando pela primeira vez.

— Ah! Minha pobre Jane, é claro. Alguma melhora?

— Não tenho certeza — admitiu Oliver. — Ela tem dormido a maior parte do dia. Espero que todo esse descanso de hoje possa lhe dar energia amanhã.

A mãe acenou com a cabeça.

— Espero que sim. Minha pobre e linda Jane! Vê-la doente desse jeito me deixa bastante comovida.

— Eu lhe asseguro que ela está sendo bem cuidada. Chamamos o médico da família, que nos garantiu que alguns dias de descanso devem ajudar muito — Bingley apressou-se a informar.

— É um alívio ouvir isso. Obrigada mais uma vez por cuidar tão bem de nossa Jane. É um gesto maravilhoso — agradeceu a sra. Bennet.

Bingley sorriu.

— Fico feliz em fazê-lo.

— Dizem que Jane é uma das moças mais bonitas de Londres — prosseguiu a sra. Bennet, confiante. — Sabia? É de fato muito bonita. O orgulho de nossa família.

Oliver arregalou os olhos até parecerem dois pires. Que diabos a mãe estava fazendo? Jane *era* linda, é claro, mas isso estava na cara.

De pé alguns metros atrás do irmão, Louisa e Caroline riram baixinho. O rapaz, sempre um cavalheiro, acolheu aquela exibição humilhante com naturalidade.

— Tenho de concordar. É a moça mais vistosa que já vi. Eu me sinto muito afortunado por ter tido a oportunidade de conhecê-la no baile de Meryton.

Embora ele estivesse apenas sendo educado, a declaração encorajou ainda mais a sra. Bennet.

— Ah, de fato! É maravilhoso isso. Vocês dois formam um belo par — exclamou ela.

Bingley apenas sorriu.

Oliver esforçou-se para pensar em um assunto menos delicado, mas no fim não precisou, porque Lydia falou primeiro.

— Sr. Bingley, o senhor tem mesmo uma propriedade deslumbrante aqui em Netherfield. Pensa em oferecer um baile?

Presumivelmente ansioso para falar de qualquer outra coisa, Bingley entrou de cabeça na nova conversa.

— Um baile! Bem, que ideia.

— O senhor deve pensar nisso — insistiu Lydia. — Netherfield seria *perfeita* para um baile. Não acha, Elizabeth?

Oliver estremeceu.

— Hum, seria bom, imagino. Se o sr. Bingley estiver inclinado a fazer isso, é claro.

Bingley concordou lentamente com a cabeça, ponderando.

— Teríamos de esperar até Jane se recuperar por completo, mas *estou* disposto a acatar a ideia. Vou pensar seriamente a respeito.

— Esplêndido! — exclamou Lydia.

— De fato! — concordou a sra. Bennet.

Oliver rezou para que a irmã melhorasse logo para que pudesse despachar a família antes que os Bingley os eliminassem para sempre.

9

AS MULHERES DA FAMÍLIA BENNET ACABARAM indo embora.

Tinha sido um dia exaustivo, no qual Oliver suportara o entusiasmo indulgente e a fanfarronice interminável da mãe. Ele entendia perfeitamente o que a mulher estava tentando fazer: apresentar Jane da melhor forma possível, para convencer Bingley de que os dois dariam um excelente casal. Mas parte dele temia que, na verdade, ela tivesse feito um desserviço a Jane — e ao resto da família.

Mais exaustivo ainda era ignorar Caroline e Louisa cochichando sobre sua mãe, e toda a sua família, bem na frente de todos. Oliver achava que a sra. Bennet não tinha notado, mas o desrespeito das moças certamente não passara despercebido por *ele*.

No entanto, não havia o que fazer a respeito disso. Confrontá-las durante a visita não teria resultado em nada além de colocar os holofotes sobre o constrangimento de sua família e se rebaixar ainda mais aos olhos das irmãs de Bingley. Isso talvez não o incomodasse nem um pouco se não fosse pelos sentimentos de Jane pelo irmão delas e pela forma como seu próprio comportamento se refletiria no restante dos Bennet.

Oliver lia — ou tentava ler — na sala de estar enquanto Darcy estava sentado a algumas mesas de distância, escrevendo uma carta. Caroline tocava piano-forte, e Bingley estava sentado na sala de visitas, batendo o pé ao ritmo da música da moça. Ela tocava piano-forte de modo mediano, certamente não tão bem quanto Mary, mas, sem dúvida, melhor do que Oliver. Ainda assim, demorava-se um pouco demais nas notas, criando um volume constante e alto e um efeito staccato não intencional. Na verdade, aquilo poderia ter passado despercebido não fosse o fato de ser impossível ignorar a maneira de ela tocar, e o abuso que Oliver sofrera nas mãos dela o tornara menos caridoso com qualquer uma das irmãs Bingley.

Elas dariam péssimas cunhadas, pensou com grande desgosto. Caroline e Louisa seriam, sem dúvida, a pior parte do casamento de Jane e Bingley, se este acabasse se concretizando.

— Nós deveríamos dançar! — declarou Louisa de repente. — Irmão, você não acha? Junte-se a mim!

Bingley riu e levantou-se.

— Uma ideia esplêndida. Darcy...

— Não — respondeu Darcy de prontidão.

— Ah, vamos lá. Tenho certeza de que Elizabeth gostaria de dançar com você — respondeu Bingley.

Oliver ficou paralisado e, em seguida, ergueu lentamente o olhar do livro. Bingley estava sorrindo para ele. Será que havia se esquecido do que havia acontecido no baile de Meryton? Será que ia submetê-lo a mais humilhações nas mãos de Darcy?

Embora esperasse que o rapaz recusasse na mesma hora, em vez disso, ele ponderou e o observou. O pânico logo se instalou no peito de Oliver, queimando-o por dentro, ao encontrar o olhar de Darcy. Os dois haviam trocado olhares apenas algumas noites atrás. Será que Darcy o reconheceria se prestasse atenção suficiente?

— Talvez eu possa — concordou o rapaz, para o total espanto de Oliver.

Não podia dançar com Darcy, não como Elizabeth. Não podia correr o risco de Darcy se aproximar dele, de olhar de fato para ele. Bingley podia não estar olhando para Oliver de perto, mas Darcy *estaria* e, se percebesse...

— Tem certeza? Pelo que me lembro, não sou bonita o bastante para o seu gosto — comentou Oliver secamente.

Os olhos de Darcy arregalaram-se, e Bingley riu. Oliver voltou ao livro, com o coração palpitando no peito, rezando para que a conversa terminasse. Depois de um minuto inteiro encarando a mesma página sem que ninguém o interrompesse, Oliver ousou olhar de volta para Darcy.

O rapaz havia voltado a escrever a carta. Oliver relaxou, respirando aos poucos e se acalmando. Mal podia acreditar em como tinha se saído bem daquela situação.

Por fim, Bingley levantou-se e disse algo sobre dar uma olhada em Jane antes de sair da sala. Pouco tempo depois, Caroline parou de tocar, bufando ao levantar-se, e fechou a tampa sobre as teclas do piano-forte.

— Ah, não! Estávamos nos divertindo tanto! — lamentou Louisa.

— *Você* estava, com certeza — respondeu Caroline com rispidez. — Meus dedos estão cansados. Acho que vou ler um livro em vez de tocar.

A moça foi até o outro lado da sala, onde havia prateleiras embutidas. Arrastando o dedo pelas lombadas, ela cantarolou alto enquanto considerava a seleção.

— Ah! — Caroline tirou um livro da prateleira. — *Um ano incomum em tempos comuns*. Não é a continuação do que o senhor estava lendo outro dia, Darcy?

O rapaz não tirou os olhos da carta.

— É.

— Que maravilha! Então, tenho certeza de que vou gostar.

Ela atravessou a sala, com os saltos batendo ruidosamente na madeira de lei abaixo dos tapetes, antes de se acomodar a uma mesa de distância de onde Darcy estava sentado. Abriu o livro e começou a ler, enquanto o rapaz continuava a trabalhar na carta.

Foi então que ocorreu a Oliver que Caroline não estava sendo desagradável só por ser desagradável. A moça suspirou alto enquanto olhava para a página com estranha ferocidade. Também era coincidência demais que o volume que escolhera fosse um que Darcy conhecia tão bem. Até se esforçara para lhe dizer isso. *E* agora estava sentada ao lado dele, suspirando a cada dois segundos, tentando ler da maneira mais barulhenta possível.

Evidentemente entediada, Caroline fechou o exemplar e o colocou sobre a mesa ao lado.

— Devo dizer que não há nada como ler! Na verdade, todas as outras formas de entretenimento são insignificantes em comparação. Um dia, quando me casar e administrar uma bela residência, ficarei desanimada se não tiver uma extensa biblioteca própria.

Oliver começou a se perguntar se Caroline já havia lido um livro.

No entanto, se o objetivo era chamar a atenção de Darcy, nem mesmo essa declaração funcionou. Ele continuou escrevendo, sem desviar a atenção nem fazer uma pausa sequer. Oliver quase teve vontade de rir. Caroline estava franzindo a testa para o outro rapaz, e ele não estava nem aí.

De repente, a moça se levantou e pôs-se a passear pela sala.

— Eu adoro caminhar. É tão bom esticar as pernas e sentir o ar fresco — comentou em voz alta.

Oliver não tinha certeza de qual ar fresco ela estava sentindo naquele cômodo grande sem uma única janela aberta, mas ignorou.

— Elizabeth! — chamou Caroline.

Oliver deu um pulo, pois o som *desse* nome soou tão irritante nos lábios de Caroline que foi como se ela tivesse cravado as unhas em sua carne. Ele ergueu os olhos do livro com cautela, arrependendo-se de tê-lo feito no momento em que encontrou o olhar da moça.

— Você precisa caminhar comigo! Venha, junte-se a mim.

Oliver encolheu-se.

— Ah, acho melhor não. Eu...

— Que bobagem! Caminhar é muito importante, não podemos nos permitir *ficar sentadas* o dia todo. Junte-se a mim.

Era mais uma ordem do que um pedido, mas, quando ninguém mais se manifestou para salvá-lo, ele fechou o livro com certa relutância e levantou-se. Ao fazer isso, Darcy demonstrou algo parecido com curiosidade ao encontrar o rosto de Oliver.

Não olhe demais, implorou ele em silêncio, depois desviou o olhar, forçando um sorriso para Caroline. Era como tentar esticar um músculo rígido e sem uso. A jovem Bingley estendeu o braço, e, não vendo como recusar sem ser grosseiro, ele o entrelaçou ao dele. Juntos, caminharam pela sala em círculos lentos, com as tábuas rangendo sob seus pés.

— Não é muito melhor assim? — perguntou Caroline. — É mesmo muito revigorante se movimentar depois de um longo dia sentada no mesmo lugar.

Oliver não podia falar pela moça, mas, ocupado entretendo a mãe e as irmãs e verificando Jane periodicamente ao longo do dia, ele *não* tinha tido um longo dia *sentado no mesmo lugar*. Mas não se deu ao trabalho de tentar corrigi-la. Não achava que ela estivesse de fato prestando atenção em metade do que dizia. Estava claramente falando para preencher o silêncio.

— É agradável — admitiu.

— *O que* estão fazendo? — perguntou Darcy.

Isso pareceu encantar Caroline. Ela deu uma risadinha e lhe lançou um sorriso animado.

— Ora, estamos fazendo uma caminhada, é claro.

— Ao redor da sala?

— Pois é.

— Por que caminhariam por aqui? Não é possível que seja tão divertido andar pelo perímetro de uma sala em que você já esteve dezenas de vezes.

Oliver não pôde deixar de concordar. Ainda assim, fingiu que não estava prestando atenção à conversa travada desajeitadamente, permitindo que seu olhar vagasse pela sala, captando as listras brilhantes nas paredes decoradas.

— É um prazer simples para simples damas — respondeu Caroline.

Oliver não conseguiu evitar a expressão de repulsa que tomou conta de seu rosto. Mesmo que *fosse* uma mulher, nunca se descreveria como uma "simples dama". Essa era a tentativa de flerte de Caroline?

Darcy se recostou no assento, esticando as pernas à frente.

— Foi por isso mesmo que decidiu caminhar? Ou convenceu Elizabeth a dar uma volta pela sala para chamar a minha atenção?

Caroline arfou, fingindo ofensa.

— Sr. Darcy!

— Isso não foi um não.

Ela riu de novo.

— Eu não saberia dizer. Está funcionando?

Essa era sem dúvida a caminhada mais excruciante que Oliver já havia feito na vida — pior do que a vez em que andara três quilômetros com botas de couro sem antes amaciá-las.

— Só para esclarecer — interrompeu ele por fim —, *eu* estou caminhando apenas porque Caroline insistiu. Não poderia me importar menos se isso seria suficiente para despertar o seu interesse.

Isso era verdade, pelo menos enquanto tivesse de se apresentar como Elizabeth. Quanto menos interagisse com Darcy como mulher, melhor. Já era humilhante o suficiente ter de estar no mesmo cômodo que ele vestido daquele jeito, depois de terem passado tanto tempo juntos em sua verdadeira forma de rapaz.

Darcy sorriu.

— É claro. Nunca esperaria isso da senhorita.

Oliver franziu a testa.

— Está tentando dizer algo sobre o meu caráter?

— Se tivesse de fazer uma declaração sobre seu caráter, srta. Bennet, tenha certeza de que eu o faria diretamente. Não tenho interesse algum em perder tempo com jogos verbais.

Oliver bufou e, antes que pudesse se conter, disparou:

— O senhor não tem interesse algum em *perder tempo com outra pessoa*.

Ele se arrependeu de imediato daquelas palavras. Não porque não fossem verdadeiras, mas porque "Elizabeth" não deveria conversar com Darcy. Darcy não deveria notar "Elizabeth" de forma alguma.

Infelizmente, era muito difícil para Oliver recusar uma troca perspicaz de farpas.

— Sou criterioso com o meu tempo, é verdade — respondeu Darcy. — Mas gosto de pensar que isso significa que aqueles com quem *passo* meu tempo são merecedores da minha atenção.

— O senhor não acha petulante presumir que os outros não o merecem?

— E não é mesmo! — Caroline interrompeu em voz alta. — Precisamos jogar um jogo, Elizabeth. Para nos divertir, vamos determinar quais são as piores qualidades de Darcy.

Oliver não podia acreditar que concordava com a moça em alguma coisa, mas tinha de admitir que aquilo *parecia* divertido. E a maneira como os olhos de Darcy se estreitaram diante da sugestão só o convenceu ainda mais de que era uma excelente ideia.

— Sabe de uma coisa, Caroline? Essa parece ser uma ideia esplêndida. A senhorita gostaria de começar?

— E eu não tenho de consentir com esse jogo? — perguntou Darcy.

— Não — declararam Oliver e Caroline ao mesmo tempo.

Oliver riu, expressando o que estava acumulado em seu peito.

— Eu posso começar — ofereceu-se Caroline. — Darcy se acha mais inteligente do que todos ao seu redor. Ele *é* muito inteligente e, por isso, parece intimidador.

Oliver resistiu à vontade de olhá-la de canto. Deveriam estar zombando do caráter de Darcy, mas aquela mais parecia uma tentativa de Caroline de continuar flertando com o rapaz.

— Hum. Acho que posso aceitar isso — aquiesceu Darcy.

Oliver revirou os olhos.

— É claro que pode, esse nem é um defeito.

— Mas não sei se concordo. Eu diria que minha pior característica é que minha estima, uma vez perdida, fica perdida para sempre. — Darcy cruzou os braços sobre o peito e sorriu com ironia. — E qual é a *sua* conclusão sobre o meu caráter?

— Acho que sua inclinação a odiar tudo e todos convém melhor como uma descrição de seu pior defeito — respondeu Oliver.

— E o seu é a inclinação para entender mal tudo e todos.

Oliver abriu a boca para argumentar, mas Caroline largou o braço dele e bufou.

— Estou entediada. Tenho uma ideia melhor. Quem gostaria de tocar piano-forte? Eu toquei da última vez, então deve ser outra pessoa agora. Elizabeth, não quer fazer a gentileza de tocar para nós?

Oliver cerrou a mandíbula, cansando-se rapidamente de ouvir aquele nome sendo usado repetidas vezes contra ele. Era óbvio o que Caroline estava fazendo, pois, em seguida, insistiria para que Darcy dançasse com ela, garantindo assim toda a atenção dele. Embora o rapaz não parecesse mais interessado em seus flertes do que antes, a moça tinha conseguido ao menos uma coisa: Oliver estava exausto de lidar com ela.

— Na verdade, acho que vou ver Jane. Obrigada a todos pelo entretenimento.

E, com isso, saiu da sala, ignorando o sorriso triunfante de Caroline e o olhar fixo de Darcy em suas costas.

Encontrou a irmã não no quarto de hóspedes que estava ocupando, como esperava, mas sentada em um banco no corredor com Bingley ao lado. Os dois estavam rindo de algo que Oliver não tinha ouvido, e o tom da risada gentil de Jane fez com que parasse no meio do caminho. Conhecia muito bem a diferença entre a risada educada e tranquila de Jane e sua genuína diversão. Aquela pertencia a esse último tipo.

Ele hesitou, não querendo os incomodar. Os dois estavam inclinados um para o outro, talvez um pouco mais próximos do que o adequado, mas não de forma indecente. E, embora Oliver não pudesse ver o rosto de Jane, conseguia ouvir o sorriso em sua voz.

— Preciso agradecê-lo de novo pela hospitalidade — falou ela. — Fiquei muito decepcionada quando comecei a me sentir mal. Esperava ter uma visita agradável e sem intercorrências.

— Seria absolutamente horrível da minha parte dizer que estou feliz pela senhorita ter tido motivos para ficar mais tempo do que o esperado? — perguntou Bingley com um pequeno sorriso também. — É claro que não estou feliz por estar se sentindo mal, mas foi bom ter a oportunidade de lhe oferecer alguns cuidados extras.

— Acho que posso perdoar isso — respondeu Jane timidamente.

A boca de Oliver quase se abriu em choque.

A irmã estava *flertando*!

Ambos riram, e a alegria fácil deles deveria tê-lo deixado contente, e deixou. Mas também o atingiu no estômago com uma pontada. Porque a verdade é que ele queria aquela alegria. Queria ser capaz de cortejar alguém sem temer como essa pessoa reagiria se soubesse toda a verdade sobre quem era. Queria se abrir com alguém sem medo, sem preocupação. Queria aquela facilidade, mas tudo isso parecia impossível. Quais eram de fato as chances de encontrar uma pessoa que soubesse amar alguém como ele?

A verdade é que não sabia. E o fato de não saber doía mais do que queria admitir.

10

Mamãe,

Jane e eu estamos prontas para voltar para casa. Embora minha irmã ainda não esteja totalmente recuperada, ela concordou que se sente bem para viajar e prefere terminar sua recuperação no conforto do próprio quarto. Se puder providenciar a carruagem a fim de nos levar para casa, ficaremos muito agradecidas.

Com amor,
Elizabeth

Elizabeth,

Seu pai está usando a carruagem hoje, então receio que isso não seja possível. Talvez seja melhor ficarem mais um dia. Tenho certeza de que Jane não se importará de passar mais tempo com o belo sr. Bingley.

Com amor,
Sua mãe

OLIVER QUASE RASGOU A CARTA AO RECEBÊ-LA. Embora fosse plausível que o sr. Bennet de fato estivesse usando a carruagem naquele dia, o restante da mensagem o fez suspeitar do contrário. Será que a mãe queria apenas prolongar a estada deles?

Supunha que a sra. Bennet não achasse possível alguém se cansar de Jane, e talvez isso fosse verdade, mas *ele* também estava lá e, depois de dois dias, certamente estava exausto de ficar perto das irmãs Bingley, em particular.

Depois de terminar um café da manhã de bolinhos com geleia de morango e uma xícara de chá, Oliver vagou por Netherfield à procura de Bingley. Mas a propriedade era extensa, e ele logo percebeu que, apesar de ter passado certo tempo ali, só tinha visitado alguns cômodos, nenhum dos quais contava com a atual presença do rapaz ruivo.

Quando foi por fim à biblioteca, não ficou surpreso ao encontrar Darcy lá, lendo o livro que havia lhe indicado no Templo das Musas. A capa trouxe de volta, de forma tão intensa, a lembrança de ter passeado pela livraria com o rapaz que ele parou. Quase podia sentir o cheiro quente do papel e da cola, e o sorriso de Darcy...

Oliver desviou o olhar do outro rapaz. Não estava ali por causa de Darcy. E Bingley também não estava presente. Com um suspiro, ele se virou. Tinha acabado de encarar a porta para sair quando uma voz o deteve.

— Posso ajudá-la, srta. Bennet?

Oliver fechou os olhos. Aquele tratamento, vindo de Darcy, parecia um chute no estômago. Não que estivesse desacostumado a ser chamado de *srta.* Bennet, mas parecia diferente — pior, de alguma forma — vindo de Darcy depois de já o ter ouvido usar o nome verdadeiro de Oliver.

Pior ainda, fazia *dias* que não conseguia ser ele mesmo. A cada momento que passava atuando como Elizabeth, ficava mais difícil respirar.

Quando Oliver abriu os olhos e se virou, Darcy estava encarando-o com expectativa. Sua pausa tinha sido longa demais.

— Peço desculpas — disse depressa. — Estava procurando pelo sr. Bingley. Por acaso sabe onde ele está?

— Não.

Oliver esperou mais, porém, depois de alguns segundos, ficou claro que essa seria toda a resposta de Darcy. O rapaz encarou Oliver com um olhar de puro desinteresse, com um quê de irritação. Como se não pudesse acreditar que estava sendo interrompido por uma conversa tão banal.

Oliver não queria acreditar na acusação de Wickham de que o rapaz odiava mulheres, mas estava ficando cada vez mais difícil negar essa possibilidade.

— Certo, então. Não vou tomar mais incomodá-lo — falou Oliver.

— A senhorita pretende ficar em Netherfield por muito mais tempo? — perguntou Darcy com frieza.

O rosto de Oliver esquentou. O outro rapaz sabia, é claro, que ele e Jane haviam ultrapassado o tempo desejável de permanência, justamente o motivo pelo qual estava tentando encontrar Bingley. Mas foi humilhante ouvir isso de forma tão insinuada, de alguém que estava fazendo pouco para esconder o desdém.

Oliver lutou para evitar que o constrangimento transparecesse em seu rosto. Ele encolheu os ombros e pigarreou.

— Na verdade, é por isso que estava procurando pelo sr. Bingley. Esperava que Jane e eu pudéssemos pegar emprestada a carruagem dele para voltarmos a Longbourn. Jane já se recuperou para conseguir voltar para casa, mas recebi uma carta de nossa mãe esta manhã informando que nosso pai está usando a carruagem, portanto não poderão enviá-la hoje.

— Ah. As senhoritas estão de partida, então — comentou uma voz suave atrás dele.

Sobressaltado, Oliver virou-se e encontrou Bingley, enfim, olhando para ele com algo parecido com tristeza. Isso quase o fez se sentir mal por insistir para que fossem embora. Quase.

— Receio que tenhamos de ir — admitiu.

— São bem-vindas para ficar mais um dia, se desejarem. Espero que saibam que a senhorita e Jane não estão impondo sua presença de forma alguma — afirmou Bingley.

Oliver forçou um pequeno sorriso e fez questão de não olhar para Darcy. Ainda assim, mesmo que o amigo de Bingley *tivesse* concordado que poderiam ficar, a ideia de ficar preso ali, fingindo ser Elizabeth por mais um dia, deixava-o nauseado.

— É muita generosidade de sua parte, mas acredito que minha irmã prefira completar a recuperação no conforto da própria cama.

Bingley assentiu.

— É compreensível. É claro que ficaríamos felizes em lhes emprestar uma carruagem.

Assim que Jane e Oliver entraram pela porta da frente de casa, a sra. Bennet os cumprimentou com uma expressão que transmitia seu descontentamento.

— Como voltaram para casa? — indagou. Em seguida, voltou-se para Oliver, com o humor rapidamente azedo lhe distorcendo as feições. — Você não forçou sua irmã a voltar *andando* para casa no estado em que ela se encontrava, correto?

Jane abriu a boca para responder, mas tossiu fracamente, então Oliver deu um passo à frente.

— Não, mamãe. O sr. Bingley teve a gentileza de nos emprestar a carruagem.

Os olhos da sra. Bennet se estreitaram.

— Ele pediu que fossem embora?

— Foi o sr. Darcy — respondeu Oliver, o que, em grande parte, era verdade.

— Eu queria voltar para casa — interrompeu Jane, antes que a sra. Bennet pudesse argumentar mais. — Ainda não estou bem, mamãe. Quero descansar em casa, em meu quarto.

A expressão da mulher se suavizou.

— É claro, pobrezinha. Precisa de alguma coisa?

Jane balançou a cabeça.

— Não, obrigada, mamãe. Mas se alguém puder trazer meu baú…

— Levarei junto ao meu — informou Oliver.

A irmã lhe agradeceu e continuou subindo as escadas para o quarto que dividiam. Oliver tentou segui-la, mas a sra. Bennet o impediu.

— Só um momento, querida. Gostaria de saber tudo sobre a visita. Jane conseguiu passar algum tempo com o sr. Bingley?

O rapaz mordeu o lábio e colocou os dois baús no chão antes que seus braços começassem a doer.

— Um pouco. Ela passou a maior parte da visita descansando, mas o sr. Bingley com frequência ia ver como Jane estava.

— Ótimo! Ah, que notícia excelente. E quanto a você? Aprendeu alguma coisa com as irmãs de Bingley?

Oliver piscou, confuso.

— Perdão?

— As irmãs de Bingley são duas moças muito bonitas e femininas. Achei que poderia ser benéfico para você passar algum tempo com duas damas de verdade, dadas as suas propensões.

O coração de Oliver batia tão forte que seu peito doía, o calor subindo pelo pescoço. A sra. Bennet não sabia que ele saía vestido de homem e não havia a menor chance de ela não explodir depois de descobrir a verdade. Portanto, se a mãe não sabia que Oliver preferia se vestir como rapaz — que ele *era* um rapaz —, então a que diabos ela estava se referindo?

— Não entendi — respondeu com cuidado. — Que "propensões", exatamente?

A sra. Bennet soltou um suspiro exasperado.

— Sinceramente, Elizabeth, achou mesmo que sua própria mãe não notaria o quanto você detesta seus vestidos mais bonitos? Ou o quanto você se comporta mal quando se espera que dance com um cavalheiro? Sem mencionar a maneira como se encolhe à menor menção de um pretendente...

— Tudo bem — interrompeu Oliver. — Entendo o que quer dizer. Mas, mamãe, nada disso é novidade. Eu *nunca* gostei dessas coisas.

— Exato. É por isso que acredito que seja de seu interesse passar mais tempo com damas de verdade. Talvez comportar-se como uma não seja tão natural para você quanto é para as suas irmãs, mas isso não é nada que não possa ser superado. Só precisa dos exemplos certos.

O calor no pescoço de Oliver espalhou-se pelo resto do corpo, queimando-o vivo enquanto seu estômago se revirava em ondas repugnantes. O que a sra. Bennet estava sugerindo fez seu sangue rugir nos ouvidos e seus pulmões se contraírem. Precisava sair daquela conversa, e precisava sair *naquele instante.*

— Não, obrigada — disse Oliver, lutando para manter o tom casualmente educado.

Sua voz soou distante, e seus movimentos foram desajeitados quando se abaixou para pegar os baús. Era como se estivesse vendo a si mesmo falar e se mover, mas outra pessoa estivesse controlando seu corpo. Ele era apenas um observador, flutuando, agitado por seu pulso ecoando feito uma tempestade nos ouvidos.

— Estou bem — afirmou, com o tom de voz quase falho. — Vou dar uma olhada em Jane agora.

Com isso, subiu as escadas para o primeiro andar, com a cabeça leve enquanto se esforçava para manter os pés fincados no chão. A sra. Bennet não o impediu.

A irmã estava dormindo, o que era perfeito para Oliver.

Jogou-se na cama, desabando no colchão com um baque que quase o deixou sem fôlego. Deitado ali, com os braços cruzados atrás da cabeça, as palavras da mãe giravam em sua mente, deixando-o tonto de medo.

Sentiu de repente o tecido de seu vestido apertar com força. Oliver ficou em pé, assustando-se ao ouvir o rangido do piso sob os pés, e puxou a roupa por cima da cabeça, atirando-o depois ao chão.

Livre da prisão de tecido, pegou uma cadeira de madeira da pequena escrivaninha e a apoiou contra a porta para evitar que alguém entrasse sem avisar. Satisfeito, Oliver voltou para o colchão, ajoelhou-se e estendeu a mão por baixo da cama para empurrar os outros baús para o lado e alcançar aquele que ficava escondido.

Embora gostasse de vestir o traje completo — colete, gravata, botas e tudo o mais —, seria muito mais difícil trocar de roupa rapidamente, se necessário, então optou por usar apenas calças, o compressor de tórax e uma camisa. Trajado, passou a mão sobre o peito agora plano e suspirou, sentindo um alívio frio, enquanto um pequeno sorriso se desenhava em seus lábios. O compressor de tórax estava apertado ao redor das costelas feito um abraço, estranhamente reconfortante.

À medida que o pânico foi diminuindo, Oliver pegou uma caneta de pena, um tinteiro e uma folha de papel. Como havia usado a cadeira para bloquear a porta, não podia se sentar à escrivaninha. Em vez disso, acomodou-se no chão em frente ao baú aberto, fechou-o e colocou o papel sobre a tampa. Mergulhando a caneta no tinteiro, escreveu "Aspirações" e, abaixo, começou uma lista:

- *Conhecer uma Molly House*
- *Passar vários dias seguidos vestido como eu mesmo, sem fingir ser uma dama*
- *Contar ao restante da família e aos criados quem eu sou para que me tratem como eu mesmo dentro de casa*

Oliver hesitou. O último item que queria acrescentar parecia impossível. Mas aquela era uma lista de aspirações e, se não pudesse se permitir nem mesmo a sonhar com isso, então qual seria o objetivo dela?

Então, respirando fundo, escreveu o impossível com os dedos trêmulos:

- *Beijar um rapaz sendo eu um rapaz*

11

PARA A ALEGRIA DE LYDIA, NÃO DEMOROU MUITO depois de sua partida de Netherfield para que Jane se recuperasse. E logo receberam um convite para o baile de Bingley. Lydia falou sobre os moços bonitos que certamente estariam lá, enquanto Jane tentava minimizar a própria empolgação quanto a passar mais tempo com o rapaz sem estar doente.

— Faz apenas uma semana desde a última vez que os vimos, mas será bom vê-lo de novo — comentou, com as bochechas rosadas. — É claro que tenho certeza de que haverá muitas pessoas lá. Não posso esperar ser o único objeto da atenção dele.

— Talvez não possa — admitiu Oliver. — Mas suspeito que você esperará.

Ele, por sua vez, não teve a oportunidade, nem uma vez sequer, desde que voltara de Netherfield, de sair por conta própria. Sentia-se como um animal capturado por uma armadilha, os dentes das expectativas de sua mãe afundando-se mais e mais a cada vez que o filho tentava escapar.

Durante toda a semana, a sra. Bennet havia insistido para que Oliver *preparasse a casa* para o primo deles, o sr. Collins, que os havia informado de que em breve iria visitá-los pela primeira vez. Como os Bennet não tinham nenhum filho legalmente reconhecido, Collins herdaria Longbourn no caso de falecimento do pai de Oliver. Oliver não tinha o menor interesse em conhecer o homem, mas a sra. Bennet parecia achar que o primo poderia gostar de uma de suas filhas e querer se casar com ela. Era uma péssima ideia, o que aumentava o mau humor do rapaz.

Naquela noite, porém, Oliver não precisava se preocupar com Collins; iria ao baile de Netherfield. Quando chegaram à propriedade e seguiram a multidão até o salão de baile, ficou impressionado com a grandiosidade do local. Apesar de ter ficado por vários dias hospedado ali, nunca havia se aventurado até o salão de baile — afinal, não havia motivo para isso. Agora, ele se via olhando ao redor do imenso salão, com os olhos arregalados.

Os pisos de madeira escura de lei estavam recém-encerados e brilhavam à luz de dois grandes lustres, que espalhavam luz pelo grande cômodo feito estrelas cintilantes; a madeira estava tão bem polida que Oliver conseguia ver o próprio reflexo no chão. As paredes eram de um azul real profundo, e as cortinas de seda tinham detalhes dourados.

Enquanto o de Meryton tinha sido um evento público, aquele era um baile particular, o que significava que todos estavam em seus melhores trajes. Oliver fez o possível para não olhar para o seu vestido de noite. Sabia que era azul, não muito diferente da cor das paredes. O espartilho o apertava logo abaixo dos seios toda vez que ele se sentia tentado a se curvar para disfarçar o formato do busto. Não quisera olhar para o próprio reflexo conforme se vestia, com a ajuda da sra. Bennet. Ao menos seus cabelos estavam penteados para cima. Tivera de argumentar com a mãe que assim ficaria melhor, e, no fim, ela concordara.

De qualquer forma, não era em seu traje que estava interessado. Oliver tinha uma oportunidade única naquela ocasião para estudar o melhor da moda masculina. Não era uma oportunidade que tinha com frequência e não a desperdiçaria.

Mal tinham entrado no salão quando Bingley se aproximou deles, radiante. O rapaz olhou para Jane como se ela fosse a mulher mais linda que já tivesse visto, o sorriso reluzindo sob os lustres.

— A senhorita está absolutamente deslumbrante — elogiou ele, oferecendo a mão. — Poderia me conceder o prazer de uma dança?

Jane corou, sorrindo ao pegar a mão dele.

— Quantas vezes quiser, sr. Bingley.

E, com isso, os dois partiram.

Ao ver Bingley, Oliver se lembrou de que Darcy também devia estar ali. Afinal, também morava em Netherfield. Por razões que não se importou em investigar, Oliver se viu olhando ao redor do salão, tentando identificá-lo na multidão. Não demorou muito para avistá-lo encostado na parede, de braços cruzados. Exibia um semblante mal-humorado, o que soou estranho para Oliver. É claro que já sabia que Darcy não era um grande apreciador de danças, mas aquele baile *ele* tinha ajudado a organizar. Certamente devia estar menos irritado do que em Meryton.

Quanto mais observava Darcy, mais parecia que o outro rapaz estava encarando alguém em particular. Oliver seguiu seu olhar pelo salão e deparou-se com Wickham, vestido com o traje cerimonial de soldado. Parecia estar retribuindo o olhar de Darcy.

Oliver entendia, de certa forma, por que Wickham não gostava do outro rapaz. Mas por que Darcy parecia tão furioso ao vê-lo?

Lydia, Kitty e Mary saíram correndo para algum lugar no meio da multidão. Oliver estava caminhando na direção oposta quando a mão de alguém segurou seu ombro.

— Querida — chamou a sra. Bennet, apertando seu ombro com força. — Quero incentivá-la a dançar acompanhada esta noite. Com Jane praticamente noiva do sr. Bingley…

— Isso é um pouco presunçoso, não acha? — interrompeu Oliver com um sorriso.

— Presunçoso! — surpreendeu-se a mãe. — Lembre-se de minhas palavras, minha querida, o sr. Bingley não tirará os olhos de Jane nenhuma só vez esta noite! Tenho certeza absoluta de que não dançará com mais ninguém.

— Veremos, então — disse Oliver, virando-se, mas a sra. Bennet agarrou seu braço de novo. Ele suspirou e olhou para trás. — Desculpe, havia algo mais?

— Quero que me prometa que dançará com pelo menos um cavalheiro esta noite.

O rapaz fez uma careta.

— Tenho certeza de que Kitty e Lydia dançarão com cavalheiros mais do que suficientes para nós três. — Os olhos da sra. Bennet se estreitaram, e Oliver mordeu o lábio e acabou cedendo. — *Se* um cavalheiro me convidar para dançar, eu aceitarei. Mas não vou ficar desfilando na frente dos homens como um pavão à procura de uma companheira.

— Tudo bem. — A sra. Bennet soou triunfante demais para o gosto do filho. Foi então que percebeu que a mãe não estava olhando para ele, mas para algo por cima de seu ombro. — Ah, sr. Collins! Que bela surpresa.

O estômago de Oliver gelou. Sr. Collins? Seu primo, sr. Collins? *Ali?* Ele só deveria chegar na noite do dia seguinte...

— Boa noite, sra. Bennet. Srta. Bennet. — Um homem aproximou-se delas, tirando o chapéu ao acenar para as duas. — Que surpresa agradável! E eu que não esperava ter o prazer de sua companhia por mais 24 horas.

Oliver se forçou a sorrir, embora tudo dentro dele implorasse para encontrar uma desculpa a fim de ir embora imediatamente. A sra. Bennet não poderia ter planejado o encontro melhor se tivesse tentado, o que talvez tenha sido o caso.

— Ora, srta. Bennet, você está absolutamente encantadora — disse Collins.

Oliver reprimiu um tremor da cabeça aos pés. Enfim encontrou o olhar do homem, arrependendo-se na mesma hora. Collins o estava encarando com interesse demais. Ele devia ser a "irmã" mais antipática das Bennet, mas, mesmo assim, não parecia estar adiantando muito.

Collins era um sujeito desajeitado, com uma testa brilhante, os cabelos curtos úmidos com a transpiração de nervosismo, e o que quer que tivesse feito de penteado fazia as mechas parecerem tão rígidas que Oliver teria acreditado que era uma peruca de pelo de javali. A gravata era de babados, o que já estava saindo de moda. O restante das roupas estava de acordo com a as últimas tendências, mas era sem graça. Camisa de linho branca, sobretudo preto, calças pretas, botas pretas. No entanto, o corte do paletó e da camisa era quadrado, como se não tivesse sido feito sob medida para ele — ou, pelo menos, não na exata medida.

Ao todo, criava a impressão de um jovem tentando calçar os sapatos grandes demais de seu pai.

— É bom vê-lo, sr. Collins — Oliver forçou-se a dizer. — Soube que o senhor visitará Longbourn amanhã.

— Isso mesmo. Percebi recentemente que ainda não tinha visitado a propriedade, o que me pareceu absurdo, já que um dia será minha. Como é estranho que não tenha me ocorrido visitar antes! Mas não importa, estou muito ansioso para conhecer o local e sua família, é claro. Acho que será bom, de fato, importante até...

— Também anseio por isso — interrompeu Oliver. — Se me der licença, acho que Mary está prestes a se sentar ao piano-forte e eu realmente deveria impedi-la.

— Ah, não se preocupe, querida — falou a sra. Bennet em tom alegre. — Eu lidarei com Mary.

— Não há problema, mamãe. Não me importo...

— Na verdade, srta. Bennet, eu esperava que me desse a honra de uma dança?

Aí estava. Oliver enrijeceu-se, o sorriso forçado esvaindo-se do rosto enquanto a mãe o encarava com seu olhar mais exigente. A sra. Bennet arqueou as sobrancelhas para o filho, com uma mensagem muito clara: *Você prometeu que aceitaria se alguém pedisse.*

Mas Collins*? Ele é meu primo, não um cavalheiro!*, queria argumentar. Não precisava dizer nada para saber que essa discussão não levaria a lugar algum. Sua mãe, infelizmente, tinha vencido.

Então o rapaz se voltou devagar para Collins, que ainda o estava encarando com expectativa, a mão estendida.

— É claro — respondeu com frieza.

Pegou a mão dele, escorregadia de suor e um tanto fria, como se estivesse segurando um peixe deixado sobre o balcão por tempo demais. Desta vez, não conseguiu reprimir o calafrio que percorreu sua espinha, mas, de alguma forma, conseguiu sorrir de leve para o primo.

— A senhorita tem quadris ideais para engravidar — comentou Collins no momento em que chegaram ao centro do salão, aparentemente conseguindo pensar na pior coisa possível para dizer.

Se um raio atravessasse o teto de Netherfield e atingisse diretamente o coração de Oliver, seria um alívio.

— Sua gravata é... tradicional — respondeu, sem ânimo.

O sr. Collins sorriu.

— Ah, a senhorita notou!

Oliver se esforçou para manter a expressão animada. Como poderia *não ter* notado? A monstruosidade de babados que saía do peito do primo lembrava um guardanapo rendado.

— Pode-se dizer que sou uma espécie de tradicionalista — continuou Collins com quê de orgulho na voz. — Na maneira de me vestir, é claro, mas também na vida. Acho que o mundo prosseguiu com sucesso por um motivo, portanto, como sociedade, devemos aprender com o passado para melhorar o futuro.

— Como podemos melhorar o futuro se continuarmos imitando o passado? — retrucou Oliver, sem conseguir se conter.

Collins piscou, e era nítido que não esperava que Oliver o desafiasse.

— Bem — disse o homem, confuso —, essa pergunta pressupõe que nós, como sociedade, não cairemos em desordem por nos afastarmos do passado. Mas a senhorita não pode acreditar nisso.

— Com certeza, não — respondeu ele de modo seco.

Collins assentiu, visivelmente aliviado, sem entender o sarcasmo. Então, talvez desconfortável com o assunto, sorriu quando a música mudou de uma simples valsa para uma dança em fileiras.

— Ah! Que maravilha, eu gosto muito dessa.

Oliver também ficou feliz com a mudança, só pelo fato de que aquele tipo de dança significava menos tempo passado com Collins. Ele se dirigiu à fileira de mulheres, ignorando a profunda sensação de não pertencimento ao fazer isso. Com mulheres sorrindo de ambos lados, de repente se lembrou da maneira como o resto do mundo o via. Olhando para ele agora, Collins via uma moça de vestido, como todas as outras moças. Oliver mordeu o lábio, afastando o desconforto para o fundo de sua mente. Mas toda vez que tentava ignorar a sensação angustiante em suas entranhas, que o implorava para retirar-se da fileira, mais difícil era tirá-la de sua cabeça.

Suspeitava que não demoraria muito para que tentasse enfiar esses sentimentos na caixa do fundo de sua mente, apenas para descobrir depois que a caixa já estava explodindo de tão cheia.

A música começou, e Oliver se distraiu com os passos. Ele se concentrava apenas nos próprios movimentos, na coreografia, fingindo como podia que seu parceiro não era Collins. Quando chegou a hora de trocar de lugar com a moça à esquerda e dançar com o par dela, sentiu-se aliviado por ficar longe do primo, mesmo que apenas por alguns segundos.

Deu um passo em direção ao novo parceiro e, com um sobressalto, viu Darcy indo em sua direção. Os dois se encontraram, com a palma das mãos não chegando a se tocar, e fizeram um círculo enquanto o coração de Oliver palpitava.

— Boa noite, srta. Bennet — cumprimentou Darcy, em tom neutro.

Oliver engoliu com dificuldade.

— Boa noite, sr. Darcy.

— Está se divertindo?

— Não sei se diria isso.

Inesperadamente, o outro rapaz sorriu, de leve, e Oliver se viu sorrindo de volta.

— Seu parceiro parece ser bastante tagarela.

— Bem observado. Por sorte, parece ser do tipo de tagarela que só quer ouvir a si mesmo falar.

Darcy arqueou uma sobrancelha.

— Isso é uma coisa boa?

— É, quando eu não tenho absolutamente nenhum interesse em conversar com ele.

— Ah. — O sorriso do rapaz cresceu. — Bem, espero que esse não seja o meu caso.

Ele... esperava? Oliver não tinha certeza do que pensar daquela mudança de comportamento. Todas as outras vezes em que, vestido de mulher, interagira com Darcy, teria achado um bloco de gelo uma companhia mais calorosa. Mas desta vez ele parecia... quase agradável?

— Se gosta mais do diálogo do que do som da própria voz, já está um passo à frente do meu parceiro de dança — declarou Oliver.

Darcy abriu a boca como se fosse dizer algo, mas então era hora de inverter parceiros de novo. Oliver acenou para Darcy e deu um passo de volta à direita, trocando de lugar com a parceira original do outro rapaz. Podia ter sido sua imaginação, mas a moça pareceu aliviada por voltar para Darcy.

Entrelaçando-se com Collins, Oliver se viu mais uma vez na posição nada invejável de dançar com o primo por um longo período de tempo. O homem logo se pôs a falar sobre *a qualidade questionável das mulheres dali* e, para o bem da própria sanidade, Oliver permitiu que sua mente divagasse. A voz de Collins se tornou distante, como se estivesse embaixo d'água, e a música avolumou-se em sua cabeça, conduzindo seus passos hipnóticos.

Oliver deixou o olhar flutuar, captando o balançar do paletó de Darcy, o giro de seus sapatos engraxados quando ele se virava, o corte das calças escuras e o colete trespassado bem ajustado. As roupas do rapaz eram feitas sob medida na cintura e nos ombros, acentuando o invejável formato em Y de ombros largos e cintura fina, mas estava claro que a peça principal era o sobretudo. *Meu Deus*, que sobretudo lindo — diferentemente de muitos sobretudos pretos na sala, o de

Darcy era azul-marinho bem escuro, com gola e punhos contrastando em veludo preto. Os botões eram prateados e se destacavam contra os tons profundos do tecido. Oliver queria ter um igual.

Tinha várias roupas para homens, mas ainda não tinha roupas formais masculinas. Na verdade, nunca tivera ocasião para tanto. Afinal, qualquer evento que exigisse esse tipo de traje seria frequentado por sua família, e ele não poderia fingir que não iria e depois aparecer em roupas masculinas. O público em geral talvez não percebesse que Oliver e Elizabeth eram, na verdade, a mesma pessoa, mas o rapaz não tinha a menor dúvida de que a sra. Bennet perceberia.

Agora que estava ali, cercado por homens vestidos em seus melhores trajcs, queria mais do que tudo arrancar o vestido feminino e vestir calças elegantes, sapatos de couro lustrosos, uma camisa de seda, uma gravata e um sobretudo perfeitamente ajustado; talvez bordô ou verde-floresta, com uma gola preta, semelhante ao de Darcy. Havia tanta moda para admirar naquele salão, dos sobretudos como o do rapaz aos coletes lindamente coloridos contrastando com coletes pretos, passando por elegantes botas pretas Hessian sem todos os laços e babados das botinhas femininas. Ele podia se ver usando tudo aquilo, podia imaginar como seria ver seu peito comprimido sob um traje montado com o máximo de perfeição. Queria muito aquilo, mas parecia impossível que algum dia tivesse tal oportunidade.

Uma dor no pé esquerdo de Oliver o arrancou de seus pensamentos errantes. Ofegou e puxou a perna para trás, tropeçando no passo da dança.

— Ah! — exclamou Collins. — Sinto muito. Essa música me deixa confuso às vezes. A senhorita está bem?

Oliver ficou olhando para o primo, com o pé latejando. A dor não era excruciante, mas forte o bastante e, de repente, o rapaz reconheceu aquele momento infeliz como uma oportunidade.

— Acho que devo me sentar — disse.

— É — respondeu Collins na mesma hora. — Claro. Precisa de ajuda para se acomodar em uma cadeira?

— Não, não. Está tudo bem. Encontre outra parceira de dança. Sinto muito pelo incômodo.

— Srta. Bennet, por favor, eu é que peço desculpas...

Mas Oliver já estava se afastando, deixando Collins para trás com suas desculpas.

O rapaz andou com cuidado, sem precisar fingir que mancava, pois seu pé de fato doeu durante o minuto de caminhada que levou para encontrar um canto com algumas cadeiras dispostas.

Uma vez sentado, fechou os olhos e encostou a cabeça na parede. Aquela noite podia ter sido um desastre, mas pelo menos o primos tinha se mostrado gentil o suficiente para lhe dar uma saída, mesmo que por acidente.

— Com licença, srta. Bennet, está tudo bem?

Oliver gemeu por dentro. Será que nunca teria paz? Relutante, abriu os olhos e, com um sobressalto, encontrou ninguém menos que *Wickham* diante de si, com a preocupação gravada em sua testa.

— Hum, está — disse, preenchendo apressadamente o silêncio incômodo. — Meu último parceiro de dança pisou no meu dedo, mas estou muito bem.

As sobrancelhas do rapaz ergueram-se.

— Pisou em seu dedo! Que brutamontes! Tem certeza de que está bem?

— Certeza — respondeu Oliver com firmeza. — Eu lhe asseguro que não há com o que se preocupar.

— Fico feliz em saber disso. Nesse caso, como seu último parceiro de dança não a deixou com uma ferida grave, a senhorita me daria a honra de uma dança? Prometo não pisar em seus pés.

Wickham sorriu de uma forma supostamente encantadora. Poderia ter funcionado, se a manipulação não fosse tão óbvia — e se Oliver já não tivesse tido uma interação desagradável com ele.

Mas o que deveria dizer? Não podia fingir que estava machucado, agora que havia garantido a Wickham *duas vezes* que estava bem. Astuto, Wickham o havia encurralado em um canto, e ele sabia disso.

Não confiando que não deixaria transparecer irritação na voz, Oliver pegou a mão dele sem dizer nada e se levantou. Foi assim que se viu *mais uma vez* na posição nada invejável de dançar com um rapaz por quem não tinha nenhum interesse.

— A senhorita é tão linda — elogiou Wickham enquanto rodopiava com ele na pista. — Acho que está claro que um dia será uma esposa muito bonita para um homem extremamente afortunado. Talvez até mesmo em breve!

Oliver recusou-se a responder, mas perguntou:

— Em breve? Espero que não. Certamente não conheci ninguém que eu gostaria que fosse meu marido.

Wickham sorriu com malícia.

— Talvez você tenha conhecido e só não tenha percebido ainda.

Talvez, se Oliver não tivesse gastado toda a paciência com Collins, teria sido capaz de conter o desgosto que se manifestou claramente em seu rosto diante da insinuação de Wickham. Olhou para o outro rapaz como se fosse uma jarra de leite deixada ao sol e disse:

— Não. Acho que não.

O sorriso desapareceu do rosto do outro em um piscar olhos, substituído por uma expressão sombria. Os dois passaram o resto da música dançando em um silêncio constrangedor, enquanto Wickham mal conseguia conter um olhar de reprovação. Pela lógica, Oliver sabia que deveria se desculpar, mas não queria encorajar seus avanços.

Por sorte, a música acabou e o rapaz se afastou de modo abrupto, fez uma reverência educada e voltou para o meio da multidão. Enquanto o observava se afastar, Oliver não sentiu arrependimento nenhum.

12

NO DIA SEGUINTE AO BAILE DE NETHERFIELD, Oliver enfim encontrou uma oportunidade de sair sozinho. Era o dia da chegada programada do sr. Collins, então Longbourn estava caótica. A sra. Bennet corria de um lado para o outro, enquanto distribuía tarefas para os criados e as filhas, preocupando-se com o estado da casa (que, depois de dias de limpeza, estava praticamente imaculada) e com os planos para o jantar.

Oliver já havia passado dias preparando Longbourn para a chegada de seu estimado primo, de modo que estava armado com uma desculpa inegável quando anunciou que ia visitar Charlotte.

— Agora? — grasnou a sra. Bennet. — Você sabe muito bem quem vai chegar hoje à noite, e quer sair *agora*? Está tentando irritar meus pobres nervos?

— Acho que é tarde demais para isso, mamãe — respondeu Oliver com um sorriso atrevido. — E, de qualquer forma, eu a ajudei a preparar a casa para a chegada do sr. Collins nos últimos três dias. Não acha que mereço um descanso?

A sra. Bennet abriu a boca, provavelmente para negar o pedido, mas o sr. Bennet tirou os olhos do jornal e disse:

— Está tudo bem, meu bem. Temos mais quatro filhas para ajudar a dar os últimos retoques. Tenho certeza de que não será preciso mais do que uma hora de trabalho para terminar os preparativos.

Oliver sorriu. A boca da sra. Bennet se fechou. Furiosa, a mulher bufou e depois ergueu os braços.

— Tudo bem! Se você *precisa mesmo* visitar Charlotte na véspera da chegada de seu primo…

— Preciso — respondeu Oliver com seriedade.

— … então creio que eu deva aceitar, desde que prometa voltar para casa antes da chegada dele esta noite.

— Obrigada, mamãe.

Oliver deu um beijo na bochecha da mãe e sorriu para o pai, que piscou para ele antes de voltar a prestar atenção ao jornal. Em júbilo, o rapaz saiu pela porta antes que a sra. Bennet tivesse a chance de fazer qualquer outro pedido.

Duas horas depois, estava vestindo peças mais apropriadas, recém-saídas do guarda-roupa que mantinha na casa de Charlotte, e sentando-se para assistir a uma apresentação de acrobacias ao ar livre em um parque próximo. O espetáculo ainda estava sendo montado, mas o palco era enorme, e Oliver havia conseguido um lugar na terceira fileira, bem no centro. Seria uma apresentação excelente, sem dúvida — já tinha visto aquela trupe em particular se apresentar uma vez, um ano antes, e ficado surpreso com a fluidez das acrobacias.

— Este assento está ocupado?

Ele olhou para cima.

Não era outro senão Wickham. Oliver ficou paralisado, por um momento aterrorizado com a possibilidade de o outro reconhecê-lo. Lentamente, porém, ele se forçou a relaxar. Ninguém mais o havia reconhecido. Por que seria diferente dessa vez?

— *Eu* não o estou guardando a ninguém. Não posso falar pelos outros — respondeu Oliver.

O rapaz deu de ombros e se sentou ao lado de Oliver.

— Meu nome é Wickham. E o seu?

— Oliver Blake.

— É um prazer conhecê-lo, Blake.

Ele sorriu de forma simpática, e Oliver sorriu de volta. Não tinha certeza do que pensar de Wickham. Não ficara exatamente impressionado com o soldado no baile, mas poderia dizer o mesmo da maioria dos homens presentes na ocasião. Darcy parecia detestá-lo, mas, por outro lado, segundo o próprio admitia, ele não gostava da maioria das pessoas. Então, será que o fato de Wickham ser alguém de quem Darcy não gostava era mesmo digno de nota? Provavelmente não.

— Já nos encontramos antes? — perguntou o outro, franzindo a testa.

O coração de Oliver quase parou no peito. Ele engoliu em seco, forçando-se a respirar com calma enquanto Wickham continuava a encará-lo de curiosidade.

— Creio que não — respondeu, orgulhoso da própria serenidade.

— Podemos não ter sido apresentados, mas tenho certeza de que já o vi em algum lugar — insistiu Wickham.

Oliver sentiu como se fosse desmaiar. Havia se saído tão bem mantendo separadas suas duas vidas — até Darcy, que conversara longamente com ele em ambas, não estabelecera a conexão! Como Wickham poderia reconhecê-lo? Nunca deveria ter concordado com aquela dança.

— Bem, eu moro em Londres, então é possível que tenha me visto andando por aí em algum momento — disse Oliver. — Talvez tenha ido à Feira de Bartolomeu no início deste ano?

Wickham balançou a cabeça.

— Não, não é isso. Não fui à feira.

Oliver apenas levantou um ombro, mantendo uma compostura fácil, mesmo enquanto as mãos tremiam.

— Infelizmente, não me lembro de termos nos cruzado. Talvez esteja me confundindo com outra pessoa?

— Watier's! — exclamou Wickham. — É! Você foi ao Watier's esses dias?

Oliver piscou, sentindo o alívio inundá-lo. O outro rapaz não reconhecera *Elizabeth*, mas reconhecera *Oliver*. Ali estava ele, em pânico absoluto com a ideia de alguém entender errado quem era e lançar um escândalo sobre sua família, e Wickham simplesmente reconhecera *Oliver*.

— De fato, sim. — Oliver riu, relaxando no assento. — Mas acho que não fomos apresentados.

— Não, acho que não. — Ele sorriu e voltou a olhar para o palco. — Bem! Mistério resolvido. Já viu essa trupe se apresentar?

Oliver respondeu que sim.

— Esplêndido! É a minha primeira vez. Estou precisando de um pouco de diversão depois da semana terrível que estou tendo.

Era óbvio que Wickham queria que ele perguntasse por quê, mas Oliver não sabia se queria fazê-lo. O soldado parecia bastante agradável, mas estava claramente tentado a atrair Oliver para uma conversa que não tinha certeza se estava preparado para ter. Havia saído com a intenção de passar algum tempo sozinho. Wickham, como se via, saíra com a intenção de encontrar alguém com quem pudesse reclamar de sua semana.

Ainda assim, quanto mais Oliver ficava quieto, mais constrangedor era o silêncio. Enfim, ele cedeu e comentou:

— Sinto muito em ouvir isso.

— Obrigado, é gentil da sua parte. Talvez tenha sido um pouco de exagero... Suponho que, se parar para pensar, minha semana estava indo muito bem até a noite passada. Mas a situação desagradável que vivenciei ontem ofuscou uma semana bastante normal.

Oliver talvez não quisesse ter aquela conversa, mas já havia caído em uma armadilha. Um pensamento indesejável se desenrolou em sua mente: será que Wickham estava prestes a reclamar com Oliver sobre, bem, *ele mesmo*? De fato havia sido um tanto rude com o outro rapaz na noite anterior, mas Wickham se comportara de modo tão grotescamente atrevido que parecia ser a única maneira de deixar claro seu desinteresse. Ou será que havia acontecido algo mais no baile de Netherfield que não havia notado? Talvez estivesse se referindo à troca de olhares coléricos com Darcy.

— O que aconteceu? — perguntou, apesar de seu instinto de evitar a conversa.

— Receio ter cometido um terrível erro de julgamento. Recebi um convite para o baile de Netherfield e achei que só podia ser completamente benigno, como de praxe. Mas agora temo que meu convite tenha sido enviado para fins muito mais sinistros.

Oliver resistiu à vontade de rir. Fins sinistros? O soldado estava fazendo parecer que havia descoberto uma conspiração para assassiná-lo. No entanto, Wickham não entrou em detalhes, o que demonstrou que pretendia tornar Oliver um participante ativo naquela estranha conversa.

— Que fins? — perguntou, então.

Wickham olhou em volta, como se o que estivesse prestes a revelar fosse uma informação secreta. Em seguida, inclinou-se na direção de Oliver e baixou o tom de voz.

— Você *conhece* certo Darcy de Pemberly, não é? Se bem me lembro, acho que os vi juntos no Watier's.

Oliver afastou-se discretamente de Wickham.

— Conheço.

— Foi o que pensei. Vocês não são próximos, espero?

— Que coisa estranha de se esperar.

Wickham sorriu com culpa.

— Só me preocupo se o que vou dizer pode ser perturbador, caso você tenha um relacionamento próximo de Darcy.

— Eu o conheço bem, mas não sei se nos consideraria próximos — disse Oliver.

Wickham assentiu.

— Então foi uma sorte ter encontrado você! Se tivesse se familiarizado *mais* com Darcy, poderia ter se tornado amigo de um vilão.

A fachada de apatia distante cuidadosamente construída por Oliver quase se rompeu. Ele engoliu uma risada, mas não conseguiu conter o sorriso.

— Um vilão?

— De fato — confirmou Wickham de modo sombrio. — Darcy de Pemberly praticamente arruinou o futuro de uma pessoa querida.

O sujeito está noivo de minha prima Genevieve, sabe, e nós sempre fomos muito próximos. Eles foram prometidos em casamento desde crianças e, por muito tempo, tudo estava bem até que ambos se aproximaram da idade de se casarem. Nos últimos dois anos, Darcy tem tratado minha prima com muita frieza. Não a vê por vontade própria e nunca responde às suas cartas. Quando são reunidos por pessoas de fora, ele a trata como uma estranha. É de fato horrível, e tem sido muito perturbador para minha prima, coitada.

Oliver franziu a testa. Darcy certamente nunca havia mencionado que estava noivo.

— Se ele não quer se casar com sua prima, por que não terminam o noivado?

— Pois essa seria a solução, não seria! — exclamou Wickham. — Mas o vilão se recusa, deixando minha pobre prima sozinha e incapaz de cortejar qualquer outra pessoa. Só de pensar, meu sangue ferve. Mas, infelizmente, acho que não deveria me surpreender, pois ele já deixou claro seu desdém pelas mulheres.

Oliver fechou o rosto. O que Wickham descrevera era cruel e frio, e Oliver queria negar que Darcy fosse capaz de tal coisa. Mas, quanto mais pensava sobre o que sabia dele — sobre como Darcy havia se descrito, inclusive —, mais difícil era negar a capacidade de tal ato em seu caráter. Embora tivesse tido momentos perfeitamente amigáveis com Darcy quando vestido como si mesmo, o rapaz se mostrara uma pessoa totalmente diferente quando Oliver estava fingindo ser mulher.

— Isso é terrível — concordou, e desta vez não precisou fingir uma preocupação genuína. — Lamento ouvir isso.

Wickham assentiu.

— É uma realidade da qual poucos têm conhecimento, o que é uma pena. A família Darcy sempre foi bem relacionada, sabe, então é natural que tenham feito de tudo para manter esse caso longe dos olhos do público. Mas lhe asseguro que o que digo é verdade.

Oliver não tinha certeza do que pensar de tudo aquilo. Não sabia por que Wickham inventaria uma história tão hedionda. Afinal, não era como se Oliver fosse alguém importante, cuja opinião sobre Darcy fosse apreciada em nível social.

— Sinto muito — repetiu, sem saber como responder.

— Você acredita que há mais?

O estômago de Oliver revirou-se. Não sabia se queria ouvir mais nada, para falar a verdade. Sua mente já estava girando com aquelas novas informações. Será que Bingley tinha ciência do que Darcy fazia com a prima de Wickham? Não achava que isso fosse possível, mesmo que ambos fossem grudados, e Bingley certamente não escondia sua afeição pelo amigo. Não conseguia imaginar que uma alma doce como a dele se associaria a Darcy se soubesse do que o sujeito era capaz.

Oliver lançou um olhar desconfiado para Wickham, o que pareceu encorajá-lo, pois ele se inclinou para ainda mais perto.

— Ouvi dizer — sussurrou o soldado, seu hálito quente contra a face de Oliver — que Darcy é um visitante assíduo de uma variedade de Molly Houses.

Ele se inclinou para trás com um sorriso petulante, cruzando os braços sobre o peito.

Oliver piscou, sentindo uma pontada de calor no rosto, no pescoço e no peito. Descobrir que Darcy poderia se sentir atraído por outros rapazes não era surpreendente — o fato de Wickham estar compartilhando aquele boato com ele, no entanto, era. Dadas as implicações óbvias de alguém frequentar uma Molly House, aquela fofoca era particularmente perigosa. Sem dúvida era o suficiente para arruinar a reputação de uma pessoa, uma realidade que só enfurecia Oliver. De que importava para os outros o fato de Darcy ser atraído por alguém do mesmo gênero?

— Sabe, espalhar um boato como esse pode ser muito prejudicial — comentou.

Wickham arqueou uma sobrancelha.

— Se for verdade, as pessoas merecem saber.

— Por quê? — O tom de Oliver foi mordaz; talvez até mesmo de forma suspeita, porque os olhos do soldado se estreitaram. Ele forçou um pouco do veneno a deixar sua voz. — Não acho que isso seja algo que você deva espalhar por aí, até porque nem sabe se é verdade.

— Depois do que lhe disse sobre o caráter dele, por que você deveria se importar? — perguntou Wickham, incrédulo. — Depois do que o sujeito fez com minha prima...

— Acho — interrompeu Oliver — que sua insistência em repetir essa fofoca perversa, sabendo muito bem o mal que pode causar, diz mais sobre o *seu* caráter do que sobre o dele.

O rosto do outro rapaz fechou, mas não fazia diferença. Oliver não estava interessado em passar mais um momento naquela conversa. Pediu licença e se levantou, incapaz de controlar o tremor em suas mãos ao sair do teatro ao ar livre.

A mente de Oliver estava fervilhando. Depois de trocar de roupa na casa de Charlotte, voltou para casa tentando processar tudo o que havia ouvido sobre Darcy. A novidade sobre o comportamento questionável em relação à prima de Wickham era perturbadora, mas, se *fosse* verdade que ele frequentava Molly Houses, Oliver entendia por que Darcy não queria se casar com a moça.

No entanto, se fosse esse o caso, por que simplesmente não rompia o noivado? E, de qualquer forma, isso não explicava a frieza em relação a Oliver quando ele estava vestido de mulher.

Oliver não fingiria que parte dele não esperava que Darcy pudesse gostar de outros rapazes, sobretudo depois da noite que tiveram no Watier's. No entanto, pedir tal confirmação seria perigoso, por isso não se atreveria. Mas talvez não precisasse pedir. Talvez tudo o que precisasse fazer era ter a coragem de visitar algumas Molly Houses e perguntar se Darcy era um visitante. Isso *estava* em sua lista de aspirações, independentemente das inclinações do outro, de modo que a visita poderia servir a dois propósitos.

Por outro lado, será que um estabelecimento tão discreto compartilharia tais informações? Era provável que não. Mas de que outra forma poderia descobrir com certeza a veracidade do boato?

Oliver franziu a testa. Lu havia indicado aquela Molly House em particular, voltada para clientes mais jovens. Talvez, se fosse até lá...

O estalo de um graveto quebrado em algum lugar atrás dele o tirou de seus pensamentos. Oliver olhou por cima do ombro, deparando-se com a calçada vazia. As cercas vivas ao longo do caminho pareciam tão desertas quanto de costume, e até mesmo a rua lamacenta, em geral cheia, estava vazia, exceto pela inevitável pilha de esterco de cavalo.

Ele balançou a cabeça e continuou em frente, ajustando o vestido incômodo. Devia tratar-se apenas de um esquilo.

Dobrou a esquina e entrou na curta trilha que levava a Longbourn. Passou pelas duas carruagens quase em transe e caminhou até a porta da frente antes de fazer uma pausa.

Espere um pouco. *Duas* carruagens?

Oliver voltou-se para as carruagens e era inegável que havia mesmo duas. Suas entranhas se reviraram de ansiedade. Será que já era mais tarde do que achava? O sol ainda estava alto, não poderia passar das três. Collins havia dito que chegaria *à noite*, mas Oliver não reconhecia a carruagem. Quem mais poderia ser?

Mordendo o lábio, abriu a porta da frente e entrou casualmente, fazendo o máximo de silêncio possível ao fechá-la atrás de si. Mas foi em vão porque, na sala de estar ao lado do saguão, Oliver viu as irmãs, a mãe e o sr. Collins, todos juntos. O primo estava sentado em uma das poltronas, mas a sra. Bennet e Jane estavam em pé. Ao vê-lo, os olhos da irmã mais velha arregalaram-se e ela se apressou em ir até lá.

— O sr. Collins chegou mais cedo — sussurrou de maneira apressada. — Já está aqui há duas horas, e o amigo dele também acabou de chegar.

Oliver piscou.

— Amigo?

— Não havia como esconder que você não estava aqui, sinto muito…

— Finalmente! É a srta. Bennet desaparecida? — perguntou Collins, ficando em pé e aproximando-se.

Mal teve tempo de dar um sorriso falso antes de o homem o encarar. Embora Oliver estivesse sorrindo com educação, Collins não retribuiu. Ele cruzou os braços sobre o peito, como um pai desaprovador, franziu a testa e balançou a cabeça, fazendo uma reverência condescendente.

— Ora, ora, srta. Bennet. Imagine minha surpresa quando a sra. Bennet me disse que a senhorita havia saído sozinha, sem um acompanhante! Um comportamento verdadeiramente chocante, de fato. Eu nunca permitiria que *minha* filha se comportasse de tal maneira.

Por algum milagre, Oliver conseguiu manter o sorriso, mesmo quando um calor subiu por seu pescoço.

— Creio que seja uma coisa boa eu não ser sua filha, então — respondeu com doçura.

Os olhos do sujeito arregalaram-se, mas, antes que pudesse se pronunciar, um moço loiro e conhecido apareceu e congelou, com os olhos arregalados encarando Oliver. Oliver, por sua vez, encarou de volta, mal conseguindo evitar que a boca se abrisse.

Que diabos *ele* estava fazendo ali?

— Ah. Olá, mais uma vez — disse Wickham.

Oliver não conseguia acreditar na própria má sorte. Quais eram as chances de o *amigo* de Collins não ser outro senão o único rapaz que Oliver conseguira ofender tanto como si mesmo quanto como "Elizabeth"? Wickham devia ter ido diretamente do espetáculo de acrobacias para lá, pois chegara antes de Oliver. Se ele não tivesse parado na casa de Charlotte para se trocar, os dois provavelmente teriam se seguido até Longbourn, embaraçados.

Sem saber o que dizer, Oliver apenas acenou educadamente com a cabeça para Wickham. Por sorte, o sr. Bennet o salvou de qualquer outro constrangimento.

— Lizzy! — chamou, entrando na sala com um sorriso genuíno. — Que bom ver você. O sr. Collins estava contando a todos nós a história mais fascinante sobre sua vizinha, Lady Catherine de Bourgh.

— Ah — soltou Collins. — Bem, eu não diria que é exatamente minha *vizinha*, mas é verdade que moramos perto um do outro. Estava contando à sua família sobre como fui abençoado por ter permissão para frequentar com certa regularidade as instalações da propriedade dela, Rosings. Na verdade, antes de começar minhas viagens para cá, jantei com a estimada senhora.

— Mas que fascinante — comentou Oliver, tentando inutilmente manter a voz livre de sarcasmo enquanto não olhava para Wickham. — Preciso ouvir mais. Vamos nos sentar juntos, então?

Collins voltou para a sala e começou a descrever detalhadamente o que comeram, enquanto Wickham o seguia de perto. Oliver gesticulou um agradecimento ao pai, que piscou com um sorriso.

— Você se divertiu? — sussurrou ele.

— Sim, papai, obrigado.

O sr. Bennet deu um tapinha em seu ombro e, com isso, os dois seguiram os homens até a sala de estar para ouvir outra história na qual nenhum dos dois estava remotamente interessado.

O jantar não foi muito diferente. Oliver teve a infelicidade de ser colocado ao lado de Collins e em frente a Wickham, mas julgou que essa era uma punição justa por não estar presente quando os dois haviam chegado. Kitty e Lydia sentaram-se no canto mais afastado da mesa, cochichando uma com a outra entre olhares furtivos para Wickham, que, de modo educado, enquanto comia, ouvia o amigo falar sem parar. O sr. Collins não parecia notar as meninas Bennet mais jovens, o que era melhor, de todo jeito.

No meio de sua história sobre um gato de rua que encontrara perambulando pelas dependências de Hunsford, sua casa, Collins abaixou abruptamente a faca e o garfo.

— Devo fazer uma pausa para agradecê-los por sua hospitalidade. Admito que não tinha certeza do que esperar ao chegar, dada a circunstância incomum de terem cinco filhas solteiras, todas com idade suficiente para se casar, mas minhas expectativas foram superadas.

Todos se remexeram de desconforto. Oliver não sabia ao certo por onde começar. Por certo não classificaria "*todas* elas" como tendo idade suficiente para se casar — Lydia tinha apenas catorze anos! É verdade que ele já tinha ouvido falar de garotas que se casavam aos quinze, mas isso não era esperado de alguém tão jovem, e por um bom motivo. E que *expectativas* o primo poderia ter, aliás? Certamente parecia que estava dizendo que havia estabelecido um padrão bastante baixo para a família.

— Na verdade, Jane ficará noiva muito em breve! — A sra. Bennet entrou na conversa, um pouco forçada. — Você deve tê-la visto no baile de Netherfield dançando com o sr. Bingley. Ele passou a noite inteira com ela e não olhou para outra moça nem uma vez sequer.

— Eu notei isso. Parabéns — falou Wickham.

O rosto de Jane ficou vermelho com a atenção repentina, mas ela sorriu sem alarde. Embora a mãe talvez estivesse exagerando um pouco sobre a certeza de um noivado, o que dissera era verdade. Até mesmo Oliver esperava que Bingley fosse pedir-lhe a mão em breve, embora não considerasse esse um fato inquestionável.

— Que notícia maravilhosa! O sr. Bingley é um bom homem — respondeu Collins.

A sra. Bennet acenou com a cabeça, animada.

— Ele e minha filha mais velha se dão muito bem. Espero que se casem antes do final do ano. É muito emocionante.

— E quanto a você, Elizabeth?

Oliver assustou-se com o som daquele nome nos lábios de Collins. Até agora, o primo o tinha chamado de *srta. Bennet*, mas supôs que a mudança para seu nome de batismo tinha fundamento, dado o fato de que havia muitas srtas. Bennet na sala naquele momento. Ainda assim, tal intimidade era desconfortável.

— O que tem eu? — perguntou em voz baixa, sem olhar para o homem.

— Também chamou a atenção de um belo rapaz?

— Espero que não — respondeu com uma risada. Foi estranho, mas ninguém mais riu. Oliver pigarreou e tentou de novo: — Acho que não.

Collins assentiu.

— Bem, talvez você tenha e só não esteja ciente ainda.

Oliver olhou para o primo de esguelha, seu sorriso educado escapando da fachada cuidadosamente composta. Chegava a ser tão suspeita a semelhança entre aquelas e as perguntas de Wickham no baile de Netherfield que não pôde deixar de imaginar se os dois haviam conversado sobre a interação do soldado com Oliver na noite anterior. Será que Collins estava tentando insinuar que Wickham continuava interessado nele? A menos que... Certamente o primo não quis dizer que *ele mesmo* estava interessado... não é?

Oliver concentrou-se em seu prato e continuou comendo, determinado a não morder a isca. Foi então que Wickham virou-se para a mãe e comentou:

— Sra. Bennet, devo elogiá-la por sua família tão bonita. Tive a honra de dançar com Elizabeth no baile de ontem. Passar um tempo de qualidade com estimada companhia foi o ponto alto da minha noite.

A sra. Bennet praticamente se iluminou de orgulho enquanto os olhos de Oliver se estreitavam. Sabia que não tinha sido nada cordial com Wickham, e que o rapaz havia levado aquela troca para o lado pessoal. Aonde ele queria chegar?

— Fico muito feliz em ouvir isso! Que sua experiência tenha sido agradável — respondeu sra. Bennet, satisfeita.

— Com uma parceira de dança tão bela, acho que isso seria inevitável — respondeu ele, o que só serviu para confundir Oliver ainda mais.

E, no entanto, embora estivesse elogiando *Oliver*, o soldado estava apenas olhando para a *sra. Bennet*. Será que pensava, talvez, que não importava se Oliver gostava dele, desde que a matriarca gostasse?

Oliver estremeceu ao pensar que poderia não estar errado.

Enquanto Collins iniciava uma nova história entediante, Wickham continuou a falar com a sra. Bennet, fazendo-a rir e corar com uma constância cada vez mais nauseante. Oliver acabou percebendo que não seria incluído naquela conversa e que não lhe faria muito bem continuar ouvindo, então concentrou a atenção em outro lugar. Deixou que as palavras combinadas de Collins e Wickham o inundassem, como se estivessem à distância, enquanto sua mente vagava para lugares mais agradáveis.

Como passear com certo rapaz no escuro, lado a lado, tão perto que suas mãos quase se tocavam. Um espaço sussurrante e fino entre os dois, sob a lua e as estrelas, infinitas possibilidades à frente.

13

NO DIA SEGUINTE, COLLINS INSISTIU QUE TODOS fizessem uma caminhada juntos para "saborear plenamente o início de um novo mês".

O sr. Bennet desculpou-se por não comparecer, alegando que tinha de dedicar-se ao trabalho. Como o sr. Bennet era um homem, Collins não protestou.

Oliver nem tentou obter a mesma cortesia. De qualquer forma, na noite anterior — mesmo depois de Wickham ter ido embora —, Collins os manteve acordados até tão tarde com suas histórias intermináveis que Oliver não teve a oportunidade de falar com Jane sobre o que havia ouvido. Assim, enquanto o primo conduzia o grupo por um parque local, ele chamou a atenção da irmã e afastou-se um pouco do restante do grupo.

Jane diminuiu a velocidade também, até que os dois ficaram alguns metros para trás. Collins não notou — é claro que não, pois estava absorto demais na história que contava, a qual tinha a ver com a vez em que torceu o tornozelo em uma caminhada até Rosings.

O parque estava repleto de londrinos que passeavam e desfrutavam do ar ameno do início da primavera. Ao contrário de alguns dos aromas menos favoráveis da cidade, o local cheirava à doce glicínia roxa plantada ao longo da passarela, um aroma que era transportado pela brisa fresca. Forte, mas não pungente.

Jane acompanhou seu passo e perguntou baixinho:

— Está tudo bem?

— Acho que sim — respondeu Oliver. — Nada urgente, apenas ouvi algo interessante sobre Darcy que eu queria compartilhar com você.

A sobrancelha arqueada de Jane foi todo o convite de que Oliver precisava. Explicou o que Wickham havia lhe contado sobre sua prima, deixando de fora a parte sobre Molly Houses — esse boato era específico e perigoso demais para ser repetido. Ainda o incomodava muito o fato de o soldado estar compartilhando isso com outras pessoas.

— Que terrível — sussurrou Jane depois que o rapaz terminou. — Acha que é verdade?

— Não sei — respondeu Oliver. — Prefiro pensar que não. Não sei se você notou, mas Wickham estava no baile de Netherfield, e ele e Darcy estavam trocando olhares letais.

— Bingley não deve saber. — A irmã pareceu preocupada. — Ele certamente não teria um relacionamento tão próximo com Darcy se soubesse do que o amigo é capaz.

— *Se* for verdade — corrigiu Oliver. — Também não tenho certeza se posso confiar em Wickham. Ele parecia bastante determinado a arruinar a reputação de Darcy em nossa conversa. Pelo que sei, a história toda pode ter sido inventada para manchar o nome dele.

Jane ficou ainda mais receosa.

— Você acha que foi inventada?

O rapaz não respondeu. Não queria pensar que poderia ser verdade que Darcy se deleitaria em arruinar o futuro de uma moça, mas, no contexto da frieza dele em relação a mulheres e do boato sobre as Molly Houses... parecia plausível. E se estivesse usando o noivado para evitar perguntas sobre suas inclinações?

Oliver não sabia o que pensar, mas toda aquela situação deixava um gosto amargo em sua boca.

A presença de Collins significava que Oliver não podia escapar de casa. Nem de dia, nem à noite. Logo descobriu que o primo tinha o hábito de ir para a cama muito tarde e, pior, a tendência de manter os outros acordados consigo. Na única noite em que Oliver tentara sair escondido, acabara sentado à porta do quarto, que mal estava entreaberta, ouvindo Collins contar aos pais dos planos que guardava para Longbourn quando herdasse a propriedade.

Assim, quando o homem deveria retornar a Hunsford, três dias após sua chegada, Oliver estava ansioso por sua partida. Naquela manhã, estava de muito bom humor. Afinal de contas, só teria que lidar com o primo insuportável por mais algumas horas, depois poderia "visitar Charlotte" e tomar um pouco de ar.

Foi com esse pensamento agradável que se sentou à mesa de café da manhã, passando manteiga em uma fatia de pão recém-assado enquanto infundia o chá logo à frente. Todos os Bennet estavam presentes, mas Collins não se juntou a eles, o que não era tão estranho. Embora não dormisse demais, parecia começar o dia mais tarde do que os outros. Provavelmente por ficar acordado até de madrugada.

Oliver tinha acabado de morder a crosta grossa quando Collins entrou todo pomposo na sala, com os ombros para trás e a cabeça erguida. Em vez de sentar-se, ele pigarreou.

— Bom dia a todos. Gostaria de solicitar a presença de Elizabeth a sós.

O silêncio que se abateu sobre eles foi tão chocante que, por um momento, parecia que o próprio tempo havia parado. O estômago de Oliver se revirou, seu rosto ficou quente. Não conseguia imaginar muitos motivos para que o primo quisesse falar com ele a sós, ainda mais depois de anunciar isso para toda a família daquela maneira.

E o único motivo que *conseguiu* pensar fez com que o pão em sua boca parecesse areia molhada.

Lydia deixou cair a faca de manteiga no prato com um estrondo, tirando a sra. Bennet de seu estupor. A mãe delas se levantou, gesticulando para que todos saíssem.

— Vamos lhes dar um pouco de privacidade, meninas. Para cima, para cima! — ordenou.

Oliver agarrou a mão de Jane enquanto ela se levantava.

— Não me deixe! — pediu baixinho.

A irmã o encarou com ar de desculpas.

— Sinto muito — sussurrou. — Você sabe que mamãe não me deixará ficar. Estarei por perto, não se preocupe.

E, então, ela também se foi.

Oliver sentou-se perfeitamente imóvel na cadeira, com o sangue rugindo nos ouvidos quando o sr. Bennet, o último a sair da sala, parou à porta para encontrar o olhar do filho, oferecendo um pequeno e reconfortante aceno de cabeça antes que a porta se fechasse atrás de si. Collins assentiu, pigarreou outra vez e aproximou-se de Oliver, parando alguns passos à frente. Ele não se sentou e, felizmente, tampouco se ajoelhou, mas a maneira como se elevou sobre Oliver não o fez se sentir muito melhor.

— Elizabeth — começou o primo, e Oliver estremeceu. Apesar de estar olhando diretamente para ele, Collins não pareceu notar. — Tenho certeza de que sabe por que a chamei para conversar.

— Devo admitir que não sei — respondeu em voz baixa, enquanto suas palmas ficavam escorregadias de suor. Ele as pressionou com força contra as coxas, tentando esconder o tremor nos dedos.

Collins ergueu a sobrancelha.

— Bem, suponho que será uma surpresa agradável, então. Vim para Longbourn com a intenção de conhecer a propriedade que um dia herdarei e a família que a habita atualmente. Ouvi dizer que as filhas dos Bennet eram de fato senhoritas muito bonitas, e agora posso afirmar isso com confiança.

Oliver não conseguiu olhar para o homem. Em vez disso, concentrou-se na testa dele, brilhando de suor. Quando um silêncio constrangedor se seguiu à frase de Collins, Oliver percebeu que, apesar da esterilidade de seu tom, aquele era um elogio para o qual o primo esperava uma resposta.

— Obrigada — forçou-se a dizer, mesmo quando as palavras "filhas" e "senhoritas" pareciam deslizar por suas costas com pernas de aranha.

Collins assentiu com um movimento brusco.

— Sendo assim, decidi que seria do interesse de todos que eu me casasse com uma das senhoritas. A princípio, pensei que Jane seria a esposa ideal, mas, depois de descobrir que já estava quase noiva de outro, percebi que a segunda filha mais velha também seria perfeitamente aceitável. Sendo assim, acredito que devamos nos casar.

Oliver o encarou. O primo estava falando sério? Um pedido de casamento era o que temia, mas nem mesmo em seus pesadelos mais loucos esperava que fosse... *assim*. Será que o homem tinha mesmo acabado de dizer que preferiria se casar com Jane, mas que cederia e aceitaria Oliver?

Não conseguia imaginar como responder, mas não precisou fazê-lo porque Collins continuou falando.

— Eu seria o marido ideal para a senhorita, e a senhorita a esposa ideal para mim. É bastante bonita, bem-educada, e as mulheres de sua família são claramente hábeis em ter filhos. Além disso, nosso casamento significaria que uma Bennet sempre poderia ficar em Longbourn, mesmo após a morte de seu pai. Isso garantiria que, de certa forma, a propriedade continuasse sendo de vocês por muitas gerações.

De forma assustadora, Oliver entendeu. O quadro que Collins pintou era familiar, um quadro que o perseguia como uma tempestade teimosa e iminente. Viu-se preso em um vestido sufocante, com o espartilho sufocando seu peito e anáguas afogando suas pernas; o sr. Collins, referindo-se a ele como *sua esposa*, chamando-o de *Elizabeth* sem parar, falando com Oliver o dia todo, todos os dias, sem nenhuma chance de descanso; dividindo a cama com o sr. Collins, tendo filhos dele; seu corpo se contorcendo e mudando de uma forma que o deixava enjoado só de pensar, pois seria forçado a carregar uma criança que nunca quis ter. A perspectiva de uma vida assim era nauseante.

Era inacreditável, mas o sr. Collins não havia percebido a angústia de Oliver e continuava falando, mas o rapaz sentia como se sua cabeça estivesse cheia de algodão. Não podia se casar com o primo. De jeito nenhum poderia ser sua esposa. Percebeu que preferiria fins muito mais sombrios, sem um pingo de exagero.

Por mais estranho que parecesse, foi essa constatação que clareou sua mente. A voz do sr. Collins voltou a ele devagar, como a aproximação inevitável da maré, lavando-o e deixando-o frio.

— Também acredito que eu seria o marido ideal para a senhorita graças ao meu status — prosseguiu o o primo.

A essa altura, ele nem estava olhando para Oliver, o que Oliver supunha não ser tão surpreendente. Será que o sr. Collins o via? Ou será que o rapaz era apenas um elemento necessário para continuar a construir sua reputação na alta sociedade?

— Sou muito respeitado, e minha riqueza também elevaria seu status. Sou paciente, inteligente e acredito que minha mão firme a ajudará a se tornar uma dama e esposa apropriada. Acredito que você só precise de....

— Sinto muito — interrompeu Oliver, não conseguindo mais ficar calado enquanto o pedido de Collins se tornava mais horrível a cada segundo. — Posso opinar sobre esse seu plano? Ou acredita que já aceitei seu pedido?

O sr. Collins piscou e por fim encarou Oliver, com os olhos arregalados. O homem pareceu assustado, quase como se tivesse se esquecido de que ele estava na sala.

— Ah. Bem, é claro que pode opinar sobre o assunto, mas não consigo imaginar nenhuma razão para a senhorita recusar.

Oliver riu.

— Ah, não?

O rosto do sr. Collins ficou vermelho.

— Claro que não — afirmou sem pestanejar. — Nossa união melhoraria seu status na sociedade e o de sua família também. Além disso...

— Sr. Collins — interrompeu Oliver com firmeza —, ao contrário do que o senhor pode esperar, eu me recuso a tratar o curso do meu futuro como uma transação comercial. Não posso, sob circunstância alguma, ser sua esposa. Não somos o par que o senhor acredita sermos e, por mais que fique lisonjeada com o seu pedido, simplesmente não posso aceitar.

Oliver não estava nem de longe lisonjeado, mas aquela parecia ser uma amenidade necessária a fim de amortecer o impacto de sua recusa, mesmo que fosse apenas para que o sr. Collins não usasse sua falta de consideração contra ele — ou, mais importante, contra sua família — por toda a eternidade.

Mas o homem não pareceu irritado, nem mesmo chateado. Em vez disso, parecia confuso, por razões que Oliver não compreendia.

— Não estou entendendo — falou após uma pausa dolorosamente longa. — É claro que a senhorita pode aceitar meu pedido. Seria benéfico para nós dois e, como sua irmã Jane já está noiva, a senhorita é naturalmente a melhor escolha para essa união.

— O senhor acha que é decoroso deixar bem claro que, mesmo que eu *me casasse* com o senhor, coisa que não farei, eu seria um prêmio de consolação, porque sua primeira escolha é a minha irmã mais velha, que não está disponível? — indagou Oliver, categórico.

A testa do sr. Collins se franziu.

— Não estou entendendo — repetiu.

— Não — concordou Oliver, levantando-se. — Suponho que não. Tudo o que precisa entender é que estou recusando seu pedido.

— Mas, Elizabeth... — O nome irritou os ouvidos de Oliver como unhas arranhando uma lousa. — A senhorita não vê como essa união seria vantajosa para ambas as partes? O quanto deixaria sua família feliz... sua mãe, em especial? Nossos filhos poderiam crescer na mesma casa em que a senhorita cresceu! Que união poderia ser mais apropriada? Mais adequada?

Oliver não podia acreditar que continuava naquela discussão. Quantas vezes teria de dizer não para que o sr. Collins entendesse?

Como poderia ser mais claro em sua recusa? Alguma coisa quente e furiosa subiu em seu peito, inundando sua mente e sua alma com o impulso de sair da sala *imediatamente* antes que o sr. Collins o prendesse no cômodo para sempre. Precisava sair dali. Precisava que Collins fosse embora. E, acima de tudo, precisava deixar bem claro que *nunca* seria a esposa de ninguém, muito menos do primo.

— Minha resposta é não — enfatizou, se esforçando para manter a voz calma. — Não há nada que o senhor possa dizer ou fazer que me convença a agir de outra forma. Não me casarei com o senhor nem hoje, nem amanhã, nem nunca, sr. Collins. Peço desculpas por qualquer mal-entendido entre nós e por qualquer inconveniente que minha recusa tenha causado, mas minha resposta não mudará.

O homem olhou para Oliver por um momento, boquiaberto, antes de fechar a boca com um clique. Ele acenou com a cabeça uma vez, ajeitando o colete, não que fosse necessário.

— Muito bem — disse por fim. — Admito que essa não era a resposta que eu esperava, mas, se mudar de ideia...

— Não mudarei.

— Certo. — O sr. Collins engoliu com força, com um movimento na garganta. — Bem, nesse caso, devo me retirar. Obrigado por seu tempo, srta. Bennet.

E, com isso, ele enfim se virou e saiu, a porta se fechando atrás de si com um baque retumbante. Oliver ficou de pé, tremendo, sozinho, antes de desabar em uma cadeira e pressionar o rosto na palma das mãos.

Não ia chorar. Não por causa do sr. Collins. Mas permaneceu naquela posição por longos minutos.

14

NÃO FOI SURPRESA PARA OLIVER ENCONTRAR as irmãs esperando do outro lado da porta quando enfim saiu da sala de jantar. Ficou surpreso, *porém*, com a ausência da sra. Bennet, até que Jane explicou, com um sorrisinho:

— Mamãe está falando com o sr. Collins.

Ah. É claro que estava.

Oliver suspirou e sentou-se ao lado da irmã mais velha no canapé. Ela colocou a mão em cima da dele e apertou de leve. Oliver forçou um sorriso discreto.

— Espero que não esteja tentando fazê-lo mudar de ideia. Foi preciso muito esforço para convencê-lo de minha recusa.

— Ele parecia bastante determinado a casar-se com você — disse Lydia com leveza.

— Ele estava decidido a casar-se com *qualquer uma* de nós — corrigiu Oliver. — Acho que não se importaria muito com quem seria quando percebeu que não seria Jane.

— Isso é verdade — concordou Kitty. — Ele disse duas vezes que preferiria casar-se com Jane.

A Bennet primogênita fez uma careta. Oliver se virou para a irmã mais velha com uma risada.

— Você chamou a atenção de Bingley na hora certa.

Jane sorriu um pouco, e suas bochechas ficaram rosadas.

— Não foi com a intenção de atrair as atenções do sr. Collins para você.

— Não, claro que não. — Oliver gesticulou no ar. — Foi apenas um momento oportuno. Estou feliz por você, de verdade. Bingley é um par muito mais admirável do que nosso primo.

Embora a alta sociedade exigisse discrição, Jane não negou.

De repente, a porta que dava para o corredor se abriu, e o sr. e a sra. Bennet entraram. O pai parecia estranhamente alegre para um homem cuja filha acabara de envergonhar o hóspede que herdaria sua casa, enquanto a mãe parecia tão furiosa quanto Oliver esperava. O rosto dela estava vermelho, e os olhos arregalados e desvairados. Quando ela dirigiu seu olhar enervado para Oliver, o instinto de fugir foi forte. Mas o rapaz permaneceu no lugar, encarando a mãe com o máximo de calma.

— Você vai pedir desculpas ao sr. Collins e aceitar o pedido dele *neste exato instante* — disse a sra. Bennet com acidez.

Oliver deu de ombros, ainda encarando a mãe.

— Eu *já* me desculpei. Mas não aceitarei o pedido. Deixei bem claro que não vou me casar com ele, tampouco vou mudar de ideia. Minha decisão está tomada.

— Mas você *precisa* se casar com ele! — exclamou a sra. Bennet. — Onde estava com a cabeça ao *recusar* um homem com o status dele? Um homem que vai herdar nossa casa? Como você pôde, Lizzy?!

Oliver mordeu o lábio. O apelido, embora trivial durante a infância, parecia um par de sapatos apertado. Um desconforto adicional em uma situação que já era desconfortável.

— Devo ser uma pessoa desconhecida para a senhora, se realmente acredita que sou capaz de me casar com o *sr. Collins*, entre todas as pessoas — respondeu com um tremor na voz. — Não vou me casar com ele, mamãe. Não há nada que possa dizer que me faça mudar de ideia.

A sra. Bennet ergueu as mãos.

— Como meus nervos devem ser irrelevantes para você! Mocinha, não pode continuar assim... Se recusar todos os homens que encontrar, nunca se casará!

Oliver zombou.

— Rejeitar *um* homem não está me condenando a uma vida de solidão.

A sra. Bennet balançou a cabeça.

— Do jeito que você se comporta, vai ter sorte se receber outro pedido de casamento.

A boca de Oliver quase se abriu. Do jeito que *ele* se comportava? Não sabia se ria ou chorava. No que lhe dizia respeito, ele era perfeitamente bem-comportado na frente da mãe. Ela nem sabia de suas saídas noturnas, de seu nome, de... nada! Mas a mulher o considerava tão impróprio *assim* a ponto de ser destinado à solidão?

Teria doído menos se ela tivesse lhe dado um tapa no rosto.

A sra. Bennet voltou-se para o sr. Bennet, que, até então, estava sentado tranquilamente em sua cadeira favorita, com a testa cada vez mais franzida.

— Diga-lhe, sr. Bennet — exigiu a mãe. — Elizabeth precisa se casar com o sr. Collins. — Ela se voltou de novo para Oliver, com o rosto vermelho. — Ora, se você se recusar, nunca mais falarei com você!

O rapaz mal podia acreditar no que ouvia. Será que a sra. Bennet realmente achava que tão impossível que qualquer outro homem quisesse se casar com ele? *Ela já acha que é impossível e mal sabe o quanto a situação é mais complicada do que pensa.*

Foi um pensamento angustiante, mas, no fim, não mudava nada. Oliver não queria ficar sozinho, mas, se a escolha era entre ser a esposa de alguém e ficar sozinho, não havia dúvidas. Não era o ideal, mas ele sempre gostou da própria companhia.

Com os olhos de toda a família voltados para o pai, o sr. Bennet suspirou e encontrou o olhar do filho. *Por favor*, Oliver suplicou com o olhar. *Não me force a fazer isso.* O sr. Bennet não podia ler sua mente, é claro, mas, mesmo assim, algo se suavizou em seu rosto.

— Receio que um infeliz ultimato esteja diante de você — declarou o pai. — Daqui para a frente, seu relacionamento com um de seus pais nunca mais será o mesmo. Sua mãe nunca mais falará com você se não se casar com o sr. Collins, e eu nunca mais falarei com você se você se casar.

Oliver piscou. Será que ele tinha acabado de dizer que...?

A sra. Bennet ofegou.

— Sr. Bennet! Como o senhor pôde? *Alguém* nesta família se importa com meus pobres nervos?

Com isso, a mulher saiu da sala e, quando a porta se fechou atrás de si, Oliver sorriu.

Com três passos rápidos, atravessou a sala e abraçou o pai.

— Obrigado — agradeceu contra o ombro dele. — Obrigado, obrigado, obrigado.

O sr. Bennet deu uma leve risada e um tapinha nas costas do filho.

— Saiba que tudo o que me importa é a sua felicidade. Nunca o forçarei a se casar com alguém com quem não queira se casar, mesmo que isso signifique nunca se casar.

Oliver fechou os olhos e, embora suas bochechas estivessem molhadas de lágrimas, ele sorriu.

15

— E, DURANTE TODO O PEDIDO DE CASAMENTO, ele falou comigo como se minha opinião sobre o assunto fosse irrelevante!

Charlotte franziu a testa enquanto tomava sua xícara de chá fumegante. Conforme Oliver se lembrava do desastroso pedido de casamento feito mais cedo naquela manhã, apenas o assobio de uma colher raspando a porcelana enchia o ar: Lu estava mexendo um torrão de açúcar na bebida, seu rosto sem a surpresa que ele esperava.

— Como a sra. Bennet reagiu? — perguntou Charlotte de forma diplomática.

Oliver gemeu e se recostou com força na cadeira, buscando conforto ao passar a mão sobre o peito retilíneo graças à bandagem. O encosto de madeira bateu em sua coluna e ele fez uma careta, endireitando-se.

— Ficou furiosa, claro. Exigiu que eu pedisse desculpas ao sr. Collins e aceitasse o pedido dele, porém resisti e meu pai apoiou minha decisão de forma inequívoca, então ela acabou deixando para lá. — O rapaz fez uma pausa. — Bem, parou de insistir, pelo menos. Mas continua irritada.

— Ela vai perdoá-lo com o tempo — disse Lu.

— Ela vai — concordou Oliver —, mas não me parece certo que eu deva ser punido por me recusar a me casar com um homem que me faria infeliz pelo resto da vida.

Charlotte colocou a xícara de chá em uma mesa lateral próxima, suas botas brancas com cadarços cavando as cerdas do tapete verde.

— Sua mãe só está preocupada com seu futuro — justificou a amiga. — Ela quer que você se case para que tenha segurança financeira quando seu pai morrer.

— Prefiro ficar sem dinheiro a me casar com um homem como Collins — resmungou Oliver.

Charlotte suspirou. Ela olhou para Lu, que levantou um ombro em resposta a uma pergunta não dita.

— O que foi? — perguntou o rapaz.

Com um leve aceno de cabeça, Charlotte voltou-se para ele.

— Sabia que, se Collins me pedisse a mão hoje, eu aceitaria sem hesitar.

Oliver levou um susto.

— Você concordaria em se casar com *Collins*?

A amiga sorriu um pouco.

— Ele é um homem chato e muito convencido, é verdade. Mas não é cruel e tem capital para sustentar a si mesmo e a uma família. É uma situação melhor do que a de muitas mulheres.

— Pode ser — concordou Oliver —, mas você parece estar se esquecendo de que não sou uma mulher.

Charlotte fez uma careta e olhou de novo para Lu, que a encarou com as sobrancelhas erguidas.

— Ele tem razão quanto a isso — disse Lu. — E acho que vale a pena mencionar que eu e você temos sorte, Charlotte, por não sermos menosprezadas pelos homens como algumas mulheres que amam mulheres são.

— Isso é verdade — aquiesceu Charlotte com outro suspiro, voltando-se de novo para Oliver. — Você não é uma mulher, Oliver. Mas sua mãe não sabe disso, nem Collins, nem a maioria das pessoas.

O rapaz balançou a cabeça, olhando para a janela à sua esquerda. Era um lindo dia ensolarado, e as ruas estavam cheias de carruagens puxadas por cavalos e pessoas circulando. A alegria da cena lá de fora contrastava com o mau humor dele, e Oliver voltou a atenção para as amigas, que o observavam com a preocupação estampada em suas sobrancelhas.

— Só não acredito que nenhum de nós deva aceitar circunstâncias que impeçam nossa felicidade — declarou, por fim. — Inclusive você, Charlotte.

— Em um mundo ideal, onde Lu e eu tivéssemos nascido ricas, não teríamos de nos sacrificar. Mas as circunstâncias são bem diferentes — respondeu Charlotte.

— Oliver, por que você acha que escolhi me casar com um homem? — interveio Lu.

O rapaz hesitou.

— Bem... não é possível que você se case com uma mulher.

Lu assentiu.

— Isso é verdade, mas não acha que eu teria preferido permanecer solteira e viver com Charlotte para sempre?

Oliver concordou com a cabeça. É claro que as amigas teriam sido mais felizes assim. Não era inédito duas mulheres dividirem uma casa sem um homem, embora fosse raro. Mas as que não nasceram em uma família rica precisavam de um homem para ter segurança financeira, e isso, Oliver percebeu, era exatamente o que Charlotte estava querendo dizer. A conclusão deve ter transparecido em seu rosto, porque Lu assentiu e falou:

— Ninguém quer negar a si mesmo a felicidade, Oliver. Contudo, muitos de nós temos de escolher um meio-termo se quisermos sobreviver.

O rapaz sabia que ela tinha razão. Mas casar-se com um homem que o forçaria a fingir ser uma mulher, *uma esposa*, pelo resto de sua vida, não soava em nada como sobrevivência.

— Oliver! Venha nadar comigo!

Os dedos dos pés dele afundaram na lama fresca à beira de um lago grande e tranquilo. Já havia tirado a camisa e estava apenas de calças, com o sol aquecendo o peito nu da clavícula aos quadris. A extensão lisa de sua pele, feito cerâmica esmaltada, era tão fácil. Natural. Dele.

— Oliver! — A voz veio do lago, onde Darcy estava entrando na água. Seus cabelos compridos castanhos estavam escuros e molhados, seu sorriso quase brilhava à luz. Ele acenou sobre a cabeça, a água escorrendo pelo antebraço e bíceps. — Entre! A água está tão refrescante, você vai adorar.

Então, com um sorriso, Oliver tirou as calças e pulou no lago, com a respiração presa no peito quando a água fria o envolveu. Ele subiu à superfície com uma gargalhada e nadou em direção a Darcy, dando braçadas, os pés batendo, o peito subindo e descendo de volta para o lago. Nunca havia nadado daquela maneira, com tanta facilidade e despreocupação. Nunca tinha parecido tão natural estar na água, senti-la beijar a pele de seu peito retilíneo. Era perfeito. Um sonho.

Estava sonhando.

À frente, Darcy ficou embaçado mesmo quando Oliver se aproximou. Ele piscou com força, limpando a água dos olhos. O rosto do outro rapaz ficou mais nítido e, em seguida, desapareceu novamente, como se ele estivesse usando os óculos de um estranho. Oliver nadou com mais força, batendo as pernas mais rápido, e chegou *tão perto*, mas Darcy ainda estava embaçado, e a água morna. Mal conseguia senti-la na sua pele. Até mesmo a tensão em suas pernas sumiu, pois o mundo ao seu redor ficou tão embaçado que ele mal enxergava. Oliver parou, ofegante, boiando, mexendo pernas e braços, apertando os olhos em uma névoa sem fim.

Não conseguia enxergar. Para onde Darcy havia ido? A escuridão estava se aproximando por todos os lados, mas ele não queria acordar, não queria acordar, não queria…

Oliver sentou-se na cama, com o peito arfando. Suas mãos saltaram para o peito, e a maciez de seus seios lhe revirou o estômago feito um copo de leite estragado. Como aquilo não encaixava. Seus olhos arderam em lágrimas, e ele cobriu a boca quando um soluço escapuliu. A injustiça lhe retorcia o peito tal qual um punhal. Era tão fácil para a maioria dos meninos, impensável de tão simples.

Ele se deitou de volta na cama, devagar, abraçando o travesseiro contra o peito e pressionando o rosto contra o tecido. Talvez, caso se concentrasse, pudesse retornar ao sonho, mesmo que apenas por alguns minutos. Aqueles momentos em que estava à beira do lago, com o calor do sol se espalhando por sua pele nua. Seu peito retilíneo e macio. Conseguia imaginar aquilo. Repetiu o momento, várias vezes, concentrando-se no alívio patente de ter seu corpo alinhado com a alma.

Foi com essa concentração cuidadosa que ficou deitado por algum tempo no travesseiro úmido de lágrimas, com um pequeno sorriso estampado nos lábios. Ainda assim, por mais que tentasse, não conseguiu voltar a dormir.

Não conseguia parar de pensar na liberdade que sentira no sonho, na euforia de nadar sem o peso dos seios. Em Darcy, chamando seu nome e acenando para ele.

Doía saber o quanto queria aquilo. Mas não conseguia imaginar como seria possível alcançar tal conjuntura na realidade.

Oliver não tinha seios grandes, fato pelo qual era extremamente grato, pois tornava muito mais fácil usar o compressor torácico. Mesmo então, deitado no escuro com apenas a luz da lua entrando pela janela, enxergava-os sob o cobertor, a pequena colina que formava um buraco em seu estômago toda vez que olhava para ela.

Na maior parte do tempo, simplesmente tentava *não* olhar.

Mas o sonho havia rompido sua frágil determinação, como uma mão destrói uma teia de aranha.

Oliver sabia do que precisava e não ia conseguir ficar na cama, acordado. Saiu de debaixo dos lençóis com a facilidade de sempre, colocando os pés descalços no local do piso de tábuas que não rangia. Do outro lado do pequeno quarto, Jane estava dormindo profundamente.

Apesar de a irmã nunca reclamar quando a acordava ao sair — ou ao voltar — na calada da noite, ainda assim ele tentou ser o mais silencioso possível ao ajoelhar-se. Abaixando a cabeça, olhou para baixo da cama, puxou o baú escondido ali e colocou-o em cima da cama.

O baú estava trancado, mas, mesmo no escuro, Oliver apressou-se em pegar a chave que estava embaixo do colchão e enfiá-la no buraco da fechadura com facilidade. Uma vez aberto, encontrou um par de calças cuidadosamente dobradas, o compressor de tórax, uma camisa e um colete, além de uma gravata, um chapéu e um sobretudo. Vestiu-se logo, com a tensão nos músculos diminuindo à medida que apertava o compressor em torno das costelas, dando ao peito o formato adequado. Trabalhou rápido em meio à escuridão: abotoando a camisa de linho branca, enfiando as calças justas nas botas, ajeitando a gravata verde-escura na medida certa, fechando o colete preto de abotoamento duplo na cintura, prendendo os cabelos em um coque alto e apertado e escondendo-os sob o chapéu e, enfim, vestindo o sobretudo — uma peça elegante com a frente bem cortada e uma longa cauda atrás.

Enfim, estava pronto.

Havia poucos lugares abertos até tão tarde. Mas a Taverna da Avery com certeza estava.

Quando Lu lhe indicara a Molly House pela primeira vez, a ideia de ir até lá soara empolgante. Mas, uma vez do lado de fora do estabelecimento despretensioso, suas entranhas se contraíram de nervosismo. Como aquilo funcionava, exatamente? Talvez fosse uma má ideia. Ainda poderia dar meia-volta e voltar para casa… mas e depois? Ficar acordado na cama por mais algumas horas, lamentando a decisão de nem ter tentado entrar?

Não. Ele entraria, mesmo que apenas por alguns minutos. Só para ver como era.

Mordendo o lábio, Oliver aprumou-se e entrou na taverna.

Se não soubesse que aquele lugar abrigava uma Molly House secreta, nunca teria adivinhado. Parecia-se com todas as outras tavernas em que já havia entrado — mal iluminada com lamparinas a gás, um longo balcão de bar no fundo da sala com uma prateleira de bebidas alcoólicas atrás do barman, algumas mesas e cadeiras espalhadas e uma conversa relativamente baixa para um salão bastante cheio. Oliver abriu caminho entre a multidão, com o coração subindo aos poucos para a garganta ao aproximar-se do bar.

O barman o olhou e sorriu. Ele era bonito. Bonito demais, na verdade, com covinhas, uma mandíbula afiada e um pescoço musculoso...

— O que posso lhe servir? — perguntou com aquele sorriso largo e cheio de covinhas.

E agora Oliver tinha uma decisão a tomar. Era sua última chance de desistir. Poderia pedir uma cerveja e ir embora. Ou simplesmente voltar para casa. Mas sofreria por não ter tentado, então inclinou-se para a frente e baixou a voz.

— Estou... procurando uma cafeteria?

A voz de Oliver embargou-se um pouco com a pergunta e ele estremeceu. Mas o barman não pareceu notar, ou, se notou, não se importou. Em vez disso, seu sorriso ficou ainda mais largo.

— Primeira vez? — indagou em um sussurro.

O calor subiu pelo pescoço de Oliver. Era tão óbvio assim?

O rapaz riu um pouco, como que se desculpando.

— Sim.

— Não se preocupe — respondeu o barman alegremente. — O senhor vai se divertir muito. Siga pelo lado esquerdo do salão, onde encontrará as escadas para os quartos de hospedaria. O que o senhor está procurando fica no último andar, na última porta à direita. Bata três vezes e peça um café.

Era tudo tão clandestino que, por mais estranho que soasse, fez que um pouco de sua ansiedade se transformasse em entusiasmo. Agradeceu ao barman e seguiu as instruções, passando pela multidão alheia, subindo as escadas rangentes, descendo um corredor ainda mais rangente e chegando à última porta à direita. Murmúrios leves e ininteligíveis vazavam por baixo porta. Oliver engoliu com força, ignorando a forma como seu coração quase esmurrava as costelas, e bateu três vezes.

A porta se abriu quase que de imediato. Um sujeito jovem e esguio estava na entrada, olhando para Oliver através de óculos de lentes em formato de meia-lua.

— Hum. Eu poderia, hum, tomar uma xícara de café, por favor? — gaguejou Oliver.

O homem sorriu.

— Por favor, hein? Que educado.

Não sabia ao certo o que dizer a isso, mas não precisou responder, porque o homem riu e abriu mais a porta, dando passagem. Oliver entrou, as mãos trêmulas nos bolsos.

O salão era maior do que esperava e mais bem iluminado do que a taverna abaixo. Umas vinte pessoas circulavam pelo ambiente — algumas em trajes luxuosos, outras em roupas mais casuais. Viu duas moças usando calças e camisas de botão em um canto, falando com os rostos muito próximos um do outro. Alguns meninos e adolescentes andróginos estavam sentados em uma mesa no centro, jogando carteado. E, sentado a apenas três metros de distância, em um sofá verde de aparência confortável, lendo um livro, estava…

A boca de Oliver se abriu.

— Darcy?

A cabeça do outro rapaz levantou-se, com os olhos arregalados antes de seus olhares se encontrarem. Ele arqueou uma sobrancelha e, aos poucos, seu rosto relaxou em um sorriso hesitante.

— Oliver! Eu… nunca o vi aqui.

Oliver sentou-se no sofá ao lado dele, sua ansiedade se dissipando como neve na primavera.

— É a minha primeira vez. Você vem aqui com frequência?

Darcy hesitou.

— Não... Não *com frequência*. Mas gosto das companhias daqui, quando posso vir.

Os que estavam sentados à mesa de carteado caíram em uma gargalhada estrondosa. O ar estava cheio de conversas alegres. Oliver nunca havia visto tantas pessoas sorridentes em um só lugar. A atmosfera animada da sala era contagiante.

— Posso ver por quê. Eu estava nervoso de vir para cá, mas estou feliz por ter vindo.

— Fico feliz que tenha feito isso — disse Darcy, ainda animado. — Não tinha percebido que você...

Ele hesitou.

— Gostava de homens? — completou Oliver. — Eu gosto.

Darcy fechou o livro e o colocou sobre uma mesa lateral próxima. Oliver não estava familiarizado com o título, *Namoros de um rapaz*.

— Venho aqui às vezes para ler livros que podem ser... mal vistos na sociedade em geral.

Darcy apontou para uma pequena estante branca que Oliver não havia notado no fundo da sala. Não era muito grande, mas estava abarrotada; não apenas todas as prateleiras estavam cheias, mas havia livros empilhados uns sobre os outros e na parte superior do móvel também. A maioria parecia encadernada, mas alguns pareciam ser manuscritos não encadernados.

As sobrancelhas de Oliver se ergueram.

— Todos esses livros são para pessoas como nós?

Darcy fez uma pausa.

— Provavelmente metade. A outra metade é mais explícita, talvez? De qualquer forma, a maioria é de editoras muito pequenas ou é feita à mão.

— Ah. — Mesmo assim, Oliver não sabia que havia livros para pessoas como ele, muito menos o suficiente para encher uma estante inteira. Voltou-se devagar para Darcy, com um sorriso irônico. — Então você vem aqui para ler?

— Quase sempre. — As bochechas de Darcy ficaram rosadas, e ele sorriu de forma tímida. — Isso o surpreende?

Quase disse que sim, mas então lembrou-se do comportamento de Darcy em Netherfield e, claro, no Templo das Musas. O rapaz quase sempre estava carregando um livro, então talvez não fosse tão surpreendente.

— Pensando bem, combina com seu caráter. Portanto, talvez não seja uma surpresa, mas *é* muito charmoso — respondeu.

O sorriso tímido de Darcy se abriu.

— Admito que não são muitos os que concordariam nesse aspecto, mas fico feliz que pense assim. Você deveria dar uma olhada na estante... Alguns livros são de fato muito bons.

— Alguma recomendação?

E foi assim que Oliver foi arrastado para uma longa conversa sobre livros de homens que gostam de homens, mulheres que gostam de mulheres, pessoas que não são nem homem nem mulher e, para seu espanto, até mesmo alguns livros sobre meninos que eram confundidos com meninas e vice-versa. (O fato de Darcy ter recomendado *estes* livros a Oliver o fez se sentir leve, porque isso significava que o rapaz sabia que meninos como ele existiam.) Eram títulos que não podia levar para casa de jeito nenhum — não queria nem começar a imaginar como a sra. Bennet reagiria se o pegasse com um daqueles —, mas agora certamente teria de voltar quantas vezes fossem necessárias para poder lê-los.

Darcy tinha acabado de indicar seis livros que Oliver com certeza leria quando alguém se sentou ao piano-forte no lado oposto da sala e começou a tocar uma valsa. Os olhos de Darcy se iluminaram e ele sorriu para Oliver.

— Gostaria de me acompanhar em uma dança? — perguntou, com os olhos brilhando e a mão estendida.

Oliver piscou. Dançar com Darcy? Dançar com Darcy *como si mesmo*? Nunca imaginara que isso seria possível, mas pares de pessoas de todos os gêneros já haviam começado a dançar. Oliver percebeu que era seguro ser ele mesmo naquele ambiente.

E, ao contrário de todos os outros bailes em que tinha visto Darcy, o rapaz parecia genuinamente feliz com a perspectiva de dançar com ele.

Então, Oliver se viu sorrindo de volta.

— Ora, Darcy, achei que você nunca pediria.

Quando pegou a mão dele, um choque percorreu seu braço feito um raio em seus nervos. A mão de Darcy era quente, macia e seca. Envolveu a sua com facilidade, e Oliver acompanhou o outro rapaz até o centro do salão, como se estivesse flutuando. Quando chegaram à área onde os outros estavam dançando, Oliver se sentiu atordoado. Sonhando.

E, então, Darcy segurou sua cintura com uma das mãos e sua mão com a outra, e ele *só podia* estar sonhando, não é? Como poderia estar ali, totalmente ele mesmo, dançando, entre todas as pessoas, com *Darcy*? Seu corpo inteiro parecia estar vibrando, e Oliver estava visivelmente consciente de todo o seu ser, de sua proximidade em relação ao outro, do calor que emanava de seu parceiro de dança.

Eram dois rapazes dançando juntos em frente a todos, e Oliver nunca havia se sentido tão feliz.

— E eu que pensava que você não gostava de dançar — comentou com uma risada ofegante.

Darcy arqueou uma sobrancelha.

— O que o fez pensar isso?

O coração de Oliver congelou em seu peito. Será que os dois nunca haviam conversado sobre dança?

— Bingley mencionou — respondeu baixinho, mesmo com a pulsação batendo em seus ouvidos.

— Ah. — Darcy riu, tirando a tensão dos ombros de Oliver. — Bem, Bingley tem razão quando diz que, de forma geral, não gosto de bailes, mas isso é porque não é bem visto que rapazes dancem juntos.

Oliver começou a rir. Em retrospecto, tudo fazia perfeito sentido. O mau humor de Darcy no baile de Meryton ganhou um novo significado — é claro que estava infeliz. Estava em um espaço onde tinha de fingir ser alguém que não era. Onde tinha de flertar com um futuro que nunca, nunca poderia fazê-lo feliz. Até mesmo seu comentário "Não é bonita o suficiente", por mais rude que fosse, ganhou um novo significado. Darcy estava pensando em um homem quando disse aquilo.

— Por que acha tão engraçado? — perguntou Darcy com um sorriso confuso.

— O que é engraçado é que agora todos aqueles rumores sobre seu infame mau humor nos bailes fazem todo o sentido — respondeu.

— Ah. — O rosto do rapaz enrubesceu. — É realmente tão infame?

— Receio que sim. — Oliver sorriu de leve e apertou a mão de Darcy. — Até onde sei, no entanto, ninguém importante suspeita do motivo.

— Espero que não — resmungou Darcy. — Certamente me esforcei bastante para manter esse meu lado privado.

O sorriso de Oliver se desvaneceu. Darcy franziu a testa em resposta.

— O que foi?

Ele balançou a cabeça.

— Não é nada. Só... gostaria que não tivéssemos de nos esconder. Consegue imaginar como seria dançar juntos assim em um baile público?

Os cantos dos lábios de Darcy contraíram-se.

— Imagino que eu ficaria aterrorizado demais para me divertir.

— Mas, se fosse permitido, se estivéssemos em uma sociedade em que pudéssemos dançar juntos sem espantar ninguém, em que fôssemos aceitos. Em que fôssemos comuns — insistiu Oliver.

— Não consigo imaginar que você algum dia pudesse ser comum — comentou Darcy.

A respiração de Oliver ficou presa no peito. O calor subiu pelo pescoço e chegou ao rosto, e ele se deu conta, de uma só vez, de como seu rosto estava próximo ao de Darcy. Os olhos do outro garoto eram escuros e calorosos. E seus lábios... pareciam tão macios. A respiração de Darcy esquentava sua pele, e tudo o que Oliver precisaria fazer era se inclinar para a frente. Para diminuir a distância.

Seria muito fácil.

— Oliver — sussurrou Darcy, com seu hálito quente na boca de Oliver.

Ele engoliu com força.

— Sim?

— Quero muito beijar você.

Oliver arrepiou-se. Seu coração estava martelando tão alto nos ouvidos que mal conseguia ouvir a própria respiração.

— Então eu acho — falou, com a voz trêmula — que você deveria me beijar.

E assim ele fez.

A boca de Darcy era tão macia quanto havia imaginado. Seus lábios roçaram levemente os de Oliver no início, depois de novo com um pouco mais de pressão. Beijar Darcy era como sentar-se ao sol em um dia perfeito, devorando um prato de morangos frescos mergulhados em açúcar. Beijar Darcy era como pular de um penhasco diretamente em águas refrescantes. Beijar Darcy era como afundar na calidez de seu cobertor favorito em frente à lareira. Beijar Darcy era como beber cidra quente de maçã, com o vapor fazendo seu rosto ficar gelado enquanto o líquido quente com especiarias o aquecia de dentro para fora.

Beijar Darcy era tudo.

Foi somente quando se separaram que Oliver percebeu que a música havia terminado. Os casais estavam se separando, mas ninguém parecia notar — ou se importar — com os dois rapazes que se beijavam no centro do salão. Ele encarou Darcy, com os olhos arregalados, a boca ainda formigando com o eco dos lábios do rapaz.

— Uau — sussurrou Oliver.

E, então, Darcy o soltou e deu um passo para trás. Sua expressão estava fechada, algo havia mudado em suas feições. A calidez que tinha visto ali momentos antes havia desaparecido, substituída por algo enigmático.

— Sinto muito — disse Darcy secamente. — Não sei o que eu estava... Algo me tomou. É melhor eu ir embora.

Oliver piscou, confuso. A mudança de humor do rapaz não poderia ter sido mais gritante se ele tivesse jogado um balde de água gelada na cabeça de Oliver.

— Darcy...

Mas Oliver não conseguiu terminar porque o outro virou-se, pegou o sobretudo e saiu correndo da sala, deixando-o sozinho no meio da pista de dança.

16

OLIVER ACORDOU COM OS OLHOS TURVOS À luz da manhã seguinte com um senso de determinação renovado. Depois de lavar o rosto e vestir-se, desceu as escadas com o peito estufado e um sorriso obstinado no rosto.

Foi Mary quem o viu primeiro. Ela ergueu os olhos do piano-forte e arregalou-os ao vê-lo, errando as escalas que estava treinando. Oliver forçou o sorriso enquanto passava pela irmã, confiante, e entrava na sala de jantar.

Acordara tarde, então quase todo mundo já havia tomado café, mas o sr. Bennet ainda estava à mesa, lendo o jornal. Infelizmente, a sra. Bennet também estava presente. *Talvez seja um golpe de sorte. Logo passarei pela pior parte*, pensou Oliver.

A mãe estava tomando chá. Quando seu olhar recaiu sobre o filho, ela derrubou a xícara, que bateu na borda da mesa e caiu no chão com um estrondo exagerado. Oliver se assustou com o som, e seu sorriso vacilou. A cabeça do pai se levantou, mas seu olhar estava fixo na xícara de chá quebrada, em uma poça de chá sob a mesa. Depois de determinar a origem do barulho, voltou-se para a sra. Bennet, que ainda estava encarando Oliver, de bochechas coradas. Por fim, o homem seguiu o olhar dela até o filho — e apenas arqueou uma sobrancelha.

— O que você está vestindo? — indagou a sra. Bennet em um tom trêmulo.

— Calças, é claro — respondeu Oliver alegremente. Combinara a peça com uma camisa de linho e, embora quisesse usar o compressor de tórax, optara por não o usar para evitar perguntas incômodas da sra. Bennet. Ele se arrependeu um pouco dessa decisão e, como resultado, evitava olhar para o busto. — Alguém vai limpar esse chá? Posso pegar uma vassoura e um pano se…

— E *por que* você está usando calças? — interrompeu a sra. Bennet.

Embora o coração do rapaz estivesse batendo violentamente contra o peito e a palma das mãos estivesse úmida de ansiedade, ele manteve o tom leve.

— Porque eu quero. Na verdade, são muito confortáveis. Não vejo razão para não me vestir como quero na privacidade da minha própria casa.

O rosto da mãe tornou-se tão vermelho que por um instante Oliver ficou preocupado que ela pudesse estourar uma veia. A mãe abriu a boca em um provável protesto, mas o sr. Bennet baixou o jornal e olhou para o filho por cima do aro dos óculos.

— Acho que lhe caem muito bem — comentou com perfeita calma. Ele encontrou o olhar de Oliver com ar de aprovação, e seus lábios se contraíram em um pequeno sorriso.

O rapaz não pôde deixar de sorrir em retribuição. Nunca se cansaria de perceber que o sr. Bennet estava realmente o *vendo*, que via o filho por baixo do exterior enganoso. Isso enchia-o de calor e energia, que brotavam no centro de seu peito e espalhavam-se por suas extremidades.

— Sr. Bennet! — exclamou a mãe, levando a mão à testa. — O senhor não se preocupa nem um pouco com meus nervos? Como pôde incentivá-la dessa maneira? A indecência…

— Por favor — interrompeu o pai. — Estamos em casa. Acho que podemos permitir que as crianças se vistam da maneira que se sentem mais confortáveis dentro da segurança de nossa propriedade, não acha?

Ele levantou o jornal mais uma vez, deixando bem claro que a pergunta era retórica e que a conversa estava encerrada.

A sra. Bennet parecia furiosa, mas não quis contradizer o marido. Sinceramente, Oliver mal podia acreditar no quanto aquilo tinha dado certo — estava esperando algo muito pior. Uma briga, com toda certeza. Ter de implorar, talvez. Mas nada daquilo foi necessário, já que o sr. Bennet deixara clara sua aprovação, dando fim a qualquer discussão antes que começasse.

Foi impossível esconder o sorriso quando se sentou à mesa e pegou um pãozinho da cesta de pães. Ao morder o pão macio, viu-se pensando que talvez ser ele mesmo não fosse tão difícil, afinal.

Dois dias se passaram em relativa tranquilidade. Todos os Bennet logo se adaptaram ao novo estilo de Oliver em casa — com exceção da sra. Bennet, que ainda lhe lançava olhares silenciosos e desaprovadores, mas o filho os ignorava com bastante facilidade. Eram mais fáceis de ignorar do que o incômodo de usar vestidos e saias, pelo menos, e por isso o rapaz preferia lidar com a desaprovação dela.

Estava conversando com Jane na sala de estar, suas vozes quase inaudíveis por causa de Mary tocando o piano-forte, quando a sra. Bennet entrou na sala com uma aparência muito severa. Os lábios dela estavam apertados, o rosto tenso. Oliver franziu a testa, e sua voz se arrastou no meio da frase quando a mãe pigarreou e colocou a mão sobre o piano-forte.

— Mary, querida, se você puder fazer uma pausa por um momento.

A filha franziu o cenho, mas parou de tocar conforme solicitado.

— Há algum problema, mamãe? — perguntou Jane.

— Receio ter acabado de receber notícias terríveis — respondeu a sra. Bennet de modo sombrio. — Os Bingley e o sr. Darcy partiram de Netherfield e, ao que parece, não pretendem voltar.

O silêncio que se abateu sobre a sala foi pesado. Até Kitty e Lydia, que estavam rindo no canto, ficaram quietas. Eles tinham ido embora? Mas por quê? Oliver encontrara-se com Darcy apenas algumas noites antes, e o rapaz não havia mencionado…

A menos que…

O estômago dele se revirou. Darcy poderia ter ido embora *por causa dele*?

— Não entendo — respondeu Jane com cuidado. — Por que iriam embora sem se despedir? Tem certeza de que não pretendem voltar? Talvez tenham ido visitar alguém.

O rosto da sra. Bennet se suavizou.

— Receio que não, minha querida. A sra. Daley falou com a sra. Hughes, que soube pela sra. Morris que os Bingley optaram por não renovar o contrato de aluguel. Bingley mencionou ao proprietário que voltariam a morar no campo por algum tempo.

A cabeça de Oliver estava confusa, a sala ao seu redor girando em ondas vertiginosas. Será que havia assustado Darcy ao beijá-lo? O outro rapaz havia dado o primeiro passo e *retribuído o beijo* — mas, então, por que tinha ido embora tão abruptamente naquela noite, e agora mais abruptamente ainda. Por quê? A conexão entre eles era clara; os dois se deram tão bem em suas conversas. Nunca tinha visto Darcy tão animado como naquela ocasião, agachado em frente à estante, passando para Oliver seus livros favoritos. E o beijo… tinha sido tão carinhoso. Doce, até. Então por que estava fugindo?

E, mesmo que aquilo *fosse* a razão pela qual Darcy tivesse ido embora, por que Bingley teria ido também? Não conseguia imaginar uma explicação, mas não era capaz de livrar-se da sensação de que era, de alguma forma, culpa dele.

— Entendo — falou Jane baixinho e, embora permanecesse calma, o desgosto em seu rosto era muito visível.

Não fazia sentido. Bingley havia cortejado sua irmã repetidas vezes. Todos tinham certeza de que os dois logo ficariam noivos. E Oliver tinha visto a maneira como o rapaz olhava para Jane, como se ela fosse a única estrela na vasta extensão do céu noturno.

Então, por que ele simplesmente fora embora?

Quando Oliver chegou à casa de Charlotte para vestir sua roupa completa, a amiga o impediu de ir de imediato ao quarto dela para se trocar.

— Na verdade, há algo que preciso falar com você primeiro — anunciou, tocando gentilmente o braço dele.

Oliver franziu a testa.

— Posso trocar de roupa antes de conversarmos?

— Eu... acho que seria melhor se falássemos primeiro.

Não podia ser nada bom.

Com a testa franzida, ele seguiu Charlotte pelo corredor até a sala de estar. Lá estava uma chaleira fumegante sobre a mesinha, com duas xícaras de chá colocadas em pires, uma de cada lado. O estômago de Oliver deu um nó enquanto se sentava em uma poltrona, esticando as saias sob a palma das mãos, sentindo-se como uma criança prestes a ser repreendida.

Charlotte serviu chá para ambos, e apenas o barulho da água quente enchendo a porcelana quebrava o silêncio tenso. Parecia que Lu não estava por perto desta vez, e Oliver percebeu que fazia algum tempo que não passava alguns momentos a sós com a amiga. Talvez Charlotte quisesse aproveitar a oportunidade para falar com ele em particular. Mas, se fosse apenas uma conversa casual, por que insistir em tê-la antes de o rapaz se trocar?

Oliver não aguentava mais a incerteza.

— Há algo errado? Você está bem? — perguntou.

— Ah! — Charlotte piscou e o encarou com os olhos arregalados, como se não lhe tivesse ocorrido que ele poderia interpretar aquela estranheza como um presságio. — Estou perfeitamente bem e não há nada de errado. Peço desculpas por preocupá-lo. Na verdade, tenho boas notícias para compartilhar.

Ela sorriu e ofereceu a Oliver uma xícara de chá fumegante. Ele a aceitou com gratidão e a colocou em uma mesa lateral para esfriar, com os ombros relaxando um pouco.

— Bem, isso é um alívio — comentou com uma risadinha. — Estava começando a pensar que você estava prestes a me contar que alguém tinha morrido.

— Não! De forma alguma. — Charlotte sentou-se na cadeira em frente ao rapaz e puxou os ombros para trás, com um sorriso se abrindo no rosto. — Estou animada para contar que vou me casar em breve.

Oliver piscou.

— Casar?

— Casar!

A amiga parecia estar feliz com a notícia, então ele deixou de lado os próprios sentimentos em relação ao casamento e forçou-se a sorrir. Afinal de contas, era o que Charlotte havia dito que queria — ou talvez precisasse, de qualquer forma. Embora Oliver não esperasse que fosse tão cedo, se a amiga estava feliz, então era seu dever compartilhar da felicidade dela.

— Parabéns! Com quem?

Com isso, o sorriso de Charlotte diminuiu. Ela riu um pouco, talvez de forma nervosa, e falou:

— Bem, essa é a parte que pode ser uma surpresa... Certamente foi para mim.

Oliver arqueou uma sobrancelha.

— Eu conheço o indivíduo afortunado?

— Conhece. — Charlotte respirou fundo, depois suspirou e seus ombros relaxaram. — Acho que é melhor eu dizer de uma vez. Estou noiva do sr. Collins.

Oliver, que tinha acabado de tomar um gole de chá quente, engasgou-se. Ele tossiu com força, baixando a xícara sobre a mesa enquanto a amiga se levantava, alarmada.

— Oliver! Está tudo bem?

O rapaz assentiu, com o rosto vermelho e os olhos lacrimejando enquanto recuperava o fôlego e tentava processar o que ela acabara de dizer.

— *Collins?* — exclamou ele. — O homem que me pediu em casamento *há alguns dias*?

Charlotte estremeceu.

— O próprio. Não achei que você fosse ficar chateado, já que deixou claro seus sentimentos em relação ao homem, então espero que não considere isso uma traição à nossa amizade.

— Eu... Não, claro que não, mas... — A mente de Oliver ficou confusa. Charlotte concordara em casar-se com Collins. *Collins!* E ela estava feliz com isso! Parte de si sentia-se tolo por estar tão surpreso, afinal, a amiga não havia lhe dito com todas as letras que, se o sujeito a pedisse em casamento, ela aceitaria? Mas nunca lhe ocorrera que aquela fosse mesmo uma possibilidade. — Não o incomoda que ele a esteja tratando como um prêmio de consolação?

Charlotte franziu a testa.

— Não vejo as coisas dessa forma.

— Mas ele *me* pediu em casamento há alguns dias e *eu* já era um prêmio de consolação.

— E quão bem você o conhece?

Oliver fez uma careta.

— Eu mal o conheço. Dançamos uma vez e tivemos algumas conversas desagradáveis.

A amiga assentiu.

— Então eu o conheço tão bem quanto você. Não me incomoda que o tenha pedido primeiro, Oliver, porque você era a escolha lógica. Como ele vai assumir o controle de Longbourn, fazia sentido que tentasse manter o relacionamento dentro da família. Mas você o rejeitou, e tivemos uma conversa adorável em Netherfield, e depois outra há dois dias, quando Collins me visitou. Então, quando pediu minha mão ontem, é claro que aceitei.

— Mas… Charlotte, você poderia conseguir alguém muito melhor!

A amiga olhou para ele com firmeza.

— Ou muito pior. Eu lhe disse que é isso que quero, Oliver. Casar-me com um homem de respeito que cuidará de mim enquanto continuo minha amizade com Lu é o melhor que poderia pedir.

— Mas você não é *amiga* de Lu! — protestou o rapaz. — Como será feliz fingindo amar alguém que nunca poderia amar? Você está *apaixonada por Lu*, não por Collins!

— Mas não posso me casar com Lu, posso?! — exclamou Charlotte.

A boca de Oliver se fechou enquanto a amiga enxugava os olhos marejados. Jamais vira Charlotte chorar e certamente nunca imaginou que a primeira vez seria por causa dele.

— É claro que me casaria com Lu se pudesse, Oliver, mas é impossível! E, mesmo sem casamento, o que, aliás, seria devastador para mim por si só, nunca sobreviveríamos sozinhas. Não posso… — A emoção embargou sua voz, lágrimas escorreram por seu rosto. — Não posso viver em uma fantasia que nunca vai acontecer. É hora de crescer. *Isso* é o melhor que eu poderia esperar.

Oliver estava paralisado, com a dor da amiga ardendo em seu peito, misturando-se à própria dor. Foi só quando tentou falar que percebeu que sua voz estava embargada pelas lágrimas contra as quais lutava.

— Não posso aceitar isso — declarou. — Recuso-me a contentar-me com um futuro que me negará a felicidade que mereço… A felicidade que *nós dois* merecemos.

— Então não se contente — respondeu Charlotte, com a voz gélida. — Mas depois não diga que não o avisei.

17

OLIVER CHUTOU UMA PEDRA NA CALÇADA ENquanto caminhava de volta para casa. Londres estava bem acordada agora, com o ar repleto do barulho de carruagens puxadas por cavalos e do murmúrio de conversas entre as pessoas que passavam por ele. Embora o sol estivesse brilhante e a brisa da primavera fosse agradável, isso pouco ajudava a melhorar seu humor lúgubre.

Nunca tinha ido à casa de Charlotte com a intenção de vestir suas roupas masculinas e acabado *não* fazendo isso. A oportunidade perdida, somada à discussão com a amiga, deixou-o com um gosto amargo na boca.

Antes de sair, Charlotte explicou que se mudaria para Hunsford com Collins imediatamente após o casamento e que Lu levaria as roupas de Oliver para a própria casa. Lu morava a uma distância que podia ser percorrida a pé — embora acrescentasse mais dez minutos à sua caminhada de quinze minutos —, portanto, não seria um problema, mas o rapaz teria de encaixar-se em horários novos, de modo a esquivar-se do marido dela. E o que aconteceria se a amiga tivesse filhos?

Ele balançou a cabeça com um suspiro. Concluiu que isso não importava — pelo menos, não naquele momento.

Virou a esquina para o caminho que levava à casa que chamava de lar. Agora, sem Collins ou outro hóspede iminente, pelo menos poderia relaxar em Longbourn, mesmo que não da maneira que desejava.

Passando pelo pequeno jardim da frente, onde as abelhas pairavam sobre os arbustos de flores, Oliver seguiu até a porta de entrada e quase deu de cara com o sr. Bennet.

As sobrancelhas do pai se ergueram quando o filho parou em seu caminho.

— Foi um passeio rápido. Está tudo bem?

Oliver abriu e fechou a boca. Na verdade, não havia nada de *errado*; deveria estar feliz por Charlotte. *Ela* parecia feliz, mesmo que ele não conseguisse entender o motivo. Mas não queria falar da realidade em voz alta. Se não mencionasse o fato, pelo menos atrasaria a notícia para a sra. Bennet. Era inevitável que ficasse sabendo do noivado de Charlotte, é claro, mas, uma vez que soubesse… Oliver fez uma careta.

Era melhor não pensar naquilo pelo maior tempo possível.

— Prefiro não falar a respeito — disse por fim.

O sr. Bennet franziu a testa, mas não levou o assunto adiante.

Um mês se passou em relativa tranquilidade antes que Jane partisse de Longbourn para visitar os tios em Gracechurch, no campo. Eles haviam feito o convite para ajudar Jane a escapar do estresse que a vida na cidade lhe causava, mas Oliver suspeitava que a irmã aceitara, pelo menos em parte, por causa da proximidade de Pemberly, a residência da família Darcy que certamente era frequentada pelos Bingley por estes morarem perto também.

Era um tiro no escuro, esperar que ela cruzasse com os Bingley durante a visita, mas Oliver supôs que era melhor do que ficar em casa e saber que os dois certamente *nunca* se cruzariam em Londres.

Jane não derramara uma única lágrima, mas o rapaz sabia que ela estava triste. Como poderia não estar? Quer ela tivesse admitido isso em voz alta, quer não, não restava dúvida de que a irmã havia desenvolvido sentimentos por Bingley. Para depois o rapaz ir embora tão de repente daquele jeito...

Bem. Oliver imaginava exatamente como ela se sentia, porque o próprio coração ainda estava sofrendo com a partida repentina de Darcy.

Ele se debruçara sobre o porquê por semanas. Quase tinha se convencido de que a partida dele era resultado direto do beijo naquela noite. Depois de passar uma semana inteira se afundando na pena que sentia de si mesmo, Oliver decidira que o melhor caminho era reconhecer a covardia de tal atitude. Darcy o havia beijado. Várias vezes, aliás. Segurara o rosto de Oliver com as mãos macias e o beijara, de boca aberta, por vários minutos.

Não havia dúvida de que o rapaz queria de fato beijá-lo; ele até havia dito isso. "Eu quero muito beijar você." Mas, quando se afastara, havia medo em seu rosto. Darcy estava fugindo, Oliver supôs, dos próprios sentimentos. Percebera o que significava beijar outro rapaz naquela noite, e isso o assustara.

O medo era compreensível, até mesmo desculpável.

A covardia de fugir sem nem ao menos reconhecer o que havia acontecido entre os dois que não era.

A partida de Jane significava que a manhã seria um turbilhão de arrumação de malas, preparação da carruagem e refeições, de modo que, quando ela foi embora, o silêncio que se seguiu foi ensurdecedor em comparação. Oliver serviu-se de uma segunda xícara de chá enquanto se afundava em uma cadeira, com a intenção de realmente apreciar a bebida enquanto estava quente, desta vez sem os preparativos da irmã para distraí-lo. Embora parecesse um tanto estranho sentar-se à mesa de jantar vazia, repleta de bolinhos comidos pela metade e xícaras vazias, a solidão também era agradável, de certa forma. Era uma coisa rara de se encontrar em Longbourn, e não ia desperdiçá-la.

Ou, pelo menos, não o teria feito se a sra. Bennet não tivesse entrado na sala de jantar com toda a graça de um cervo correndo no gelo.

— Ah! *Aí* está você! Eu a estava procurando por toda parte! — exclamou ela.

Oliver sorriu de leve, tomando cuidado para esconder a decepção em seu rosto.

— A senhora me encontrou.

— Tenho excelentes notícias — proclamou a sra. Bennet, apoiando as mãos na mesa enquanto sorria.

O rapaz não tinha certeza do que dizia sobre ele o fato de que a felicidade descarada da mãe o enchia dc suspeitas.

— Sim? — perguntou com cuidado, baixando a xícara sobre o pires com um tilintar.

— O sr. Wickham pediu para passar aqui esta manhã e solicitou a honra de sua atenção! Parece que gostaria de conhecê-la melhor, então é claro que aceitei. Ele chegará dentro de uma hora.

Oliver ficou boquiaberto.

— O quê?

— Não é maravilhoso? É claro que isso significa que você deve se vestir agora mesmo. De certo, você não pode ser vista usando *isto*.

Ela apontou para as calças e a camisa dele com uma careta, deixando Oliver paralisado. A mãe tinha razão, é claro, mas as semanas em que vinha se vestindo *quase* como si mesmo em casa tinham sido muito libertadoras. Forçar-se a usar um vestido era uma regressão indesejada que revirava seu estômago.

É apenas temporário, lembrou a si mesmo. *Assim que Wickham for embora, pode voltar a vestir suas calças e sua camisa.*

Com um esgar, Oliver se levantou enquanto a sra. Bennet o apressava para sair da sala de jantar e subir as escadas para se trocar.

No fim, não conseguiu nem mesmo apreciar a xícara de chá.

Wickham chegou às onze horas em ponto.

Após as saudações habituais, a sra. Bennet foi buscar chá e biscoitos, enquanto Oliver e Wickham se sentaram na sala de estar. O soldado ficou no canapé ao lado de uma mesa baixa, no centro da sala. Talvez esperasse que Oliver se acomodasse ao seu lado, já que o móvel tinha espaço mais do que suficiente para os dois, mas o rapaz não fez nada disso. Sentou-se na cadeira individual à sua frente. Com a mesa entre ambos, era o máximo de espaço que poderia tomar sem parecer rude.

— Agradeço sua atenção, srta. Bennet — disse Wickham com um belo sorriso. — Depois da minha última visita a Longbourn, percebi que nunca tive a oportunidade de conhecê-la melhor naquela noite. Agora que Collins retornou a Hunsford, achei que seria uma boa oportunidade para remediar isso.

Oliver cerrou a mandíbula. Achava que tinha deixado claro seu desinteresse pelo rapaz no baile de Netherfield, mas parecia que Wickham era mais persistente do que Oliver imaginava.

— Estou vendo — respondeu, forçando-se a sorrir.

— Posso acrescentar que a senhorita está realmente muito bonita nesse vestido. O formato e a cor são muito favoráveis à sua natureza feminina.

Oliver queria gritar. Aquilo era um pesadelo. Não conseguia agradecer ao rapaz pelo comentário que parecia esfregar seu rosto em um ralador, então, em vez disso, forçou-se a manter o sorriso tenso.

Alheio ao desconforto de Oliver, Wickham seguiu em frente:

— Ouvi dizer que algumas de suas conhecidas próximas ficaram noivas recentemente... ou devem ficar em breve.

Oliver franziu a testa. Wickham sabia sobre Jane, é claro; ele estava presente no jantar com Collins, quando a sra. Bennet compartilhara as esperadas novidades sobre Bingley e sua filha mais velha. Mas, ao que tudo indicava, aquilo não tinha acontecido. A única outra pessoa que Oliver sabia que tinha ficado noiva era Charlotte, mas Wickham não a conhecia. Então, ele obtivera as notícias de Collins?

E, em caso afirmativo, ele *também* teria ouvido que Oliver havia rejeitado o pedido do primo primeiro?

— Não muitas — disse Oliver em resposta.

— No entanto, imagino que isso tenha trazido suas próprias perspectivas à mente.

Ele avaliou Wickham. O rapaz loiro era bonito, isso era inegável. Imaginou que, em outro mundo, no qual ele de fato fosse uma moça — e Wickham não espalhasse boatos sobre a vida privada das pessoas —, poderia se sentir atraído pelo soldado. Mas esse não era o mundo em que vivia. Embora a atração física estivesse presente, era atenuada pela lembrança da fofoca cruel de Wickham. O fato de o rapaz olhar para o busto dele e chamar a atenção para a chamada "natureza feminina" de Oliver fez com que qualquer chance de atração que ainda restasse murchasse antes de florescer.

Charlotte e Jane provavelmente se casariam e se tornariam esposas e, um dia, mães, e embora esse fosse claramente o futuro que Wickham imaginava para Oliver — o futuro que *a maioria das pessoas* imaginava para Oliver —, não podia aceitá-lo. Aquilo o destruiria, ele tinha certeza, se não física, ao menos espiritualmente. E que tipo de vida alguém poderia ter com uma alma destruída?

Mas o soldado não sabia de nada disso. Então, talvez Oliver estivesse sendo severo demais. Talvez Wickham só precisasse entender que o que queria nunca seria possível com ele.

Então, com um suspiro, Oliver encontrou o olhar do outro rapaz e disse:

— O senhor deve saber que não pretendo me tornar a esposa de ninguém, nunca.

Wickham piscou, seu rosto congelado por um momento de choque. Então ele riu. Não foi um simples riso, mas uma risada de corpo inteiro, que fez o estômago de Oliver revirar.

Naquele momento, a sra. Bennet voltou com uma bandeja, um bule fumegante e quatro pires, duas xícaras, meio pão, um ramequim de manteiga e uma faca. Ela colocou tudo na mesa baixa entre os dois, sorrindo ao se virar para Wickham.

— Parece que esse encontro está se desenvolvendo de forma afortunada — avaliou a mulher.

— Sem dúvida — respondeu Wickham com um sorriso. — Elizabeth acabou de dizer algo muito engraçado.

As sobrancelhas da sra. Bennet ergueram-se de surpresa.

— Que maravilha! Acabei de me lembrar que deixei o queijo e a geleia lá dentro. Volto em breve.

Com isso, ela saiu e Wickham balançou a cabeça, sorrindo, seu olhar voltando-se para Oliver enquanto ele rasgava um pedaço do pão.

— Não foi... uma brincadeira. Não vou me casar — disse por fim.

— Quantos anos a senhorita tem? — perguntou o soldado enquanto untava sua fatia de pão com manteiga.

Oliver franziu a testa, sem saber o que a idade dele tinha a ver com o assunto.

— Dezessete.

Wickham assentiu.

— Posso ser apenas alguns anos mais velho que a senhorita, mas acredite em mim quando lhe digo que vai superar essas noções infantis. É claro que se casará e é claro que se tornará uma esposa e, um dia, uma mãe. Essa é a inclinação natural de todas as mulheres, inclusive a sua.

Oliver o encarou com incredulidade.

— Eu não vou *superar* isso, sr. Wickham. É fundamental para quem eu sou. Não vou me tornar a esposa de ninguém, nunca.

Mas o outro rapaz não parecia incomodado. Ele acenou com a mão, como se estivesse afastando as preocupações de Oliver.

— Tenho certeza de que a senhorita mudará de ideia quando tiver um marido.

Os olhos de Oliver arregalaram-se.

— Quando eu...

Mas a sra. Bennet interrompeu o assunto com um floreio ao colocar uma nova bandeja cheia de queijos fatiados, facas para queijo e uma pequena tigela de geleia de figo ao lado da bandeja de pão.

— Aqui! — disse ela alegremente. — Devo dizer, sr. Wickham, que Elizabeth e eu estamos muitíssimo felizes por sua visita.

O soldado sorriu.

— E eu mesmo não poderia estar mais feliz por estar aqui. Estamos nos divertindo muito, não é mesmo, Elizabeth?

Oliver forçou a boca a formar um sorriso. Ele esperava que parecesse uma careta.

— Ahhh, sr. Wickham, o senhor é tão bonito! — cantarolou Kitty.

Lydia caiu nos braços da irmã em um falso desmaio, com o braço jogado sobre a testa enquanto gritava:

— Não quer dançar, sr. Wickham?

Oliver revirou os olhos. É claro que a provocação de suas irmãs mais novas só funcionava com a suposição de que ele *quisesse* ter algo com Wickham, o que certamente não queria, de modo que toda a encenação soava falsa. No entanto, isso não as impediu de se lançarem em falsos gracejos sobre o rapaz loiro no momento em que ele deixou Longbourn.

— É visível que vocês duas não ouviram absolutamente nada de nossa conversa, ou saberiam que não estou nem um pouco interessada nele dessa forma — comentou Oliver.

Kitty e Lydia se entreolharam com ceticismo. Oliver não tinha certeza de por que era tão difícil acreditar que não estava interessado no rapaz. Claro, ele era bonito, mas também era arrogante. No entanto, supunha que a arrogância, para algumas pessoas, poderia ser interpretada como uma qualidade positiva.

Infelizmente, a sra. Bennet entrou na sala de estar no momento em que Oliver declarou seu desinteresse pelo soldado. Ela parou no meio do caminho, com o rosto pálido e depois avermelhado, enquanto olhava para Oliver com ardor.

— Elizabeth! — advertiu. — Como pode dizer uma coisa dessas? O sr. Wickham é um rapaz bonito, da idade apropriada e muito bem-educado! O que há de errado?

Ele congelou, com a incerteza apertando sua garganta como um torno. Não podia exatamente explicar à mãe que havia várias coisas que o desagradavam em Wickham, em especial a maneira como o tratava não apenas como uma moça, mas como uma garota insípida, além da falta de cuidado com a reputação de outras pessoas. Não podia fazer isso sem entregar a si mesmo — e a Darcy. Assim, escolheu o que poderia mencionar da verdade.

— Ele... não valoriza minha opinião nem minha inteligência — disse Oliver com cuidado. — Ele me trata como uma garotinha que precisa de sua orientação. É infantilizante.

A sra. Bennet bufou.

— Isso não é motivo para descartá-lo, querida. Ora, se rejeitar todos os homens que se consideram superiores às mulheres, acabará se tornando uma solteirona. E não podemos permitir *uma coisa dessas*.

— Está sugerindo que eu não deveria esperar que um homem que estou considerando como marido me trate com respeito?

— Estou *sugerindo* — retrucou a sra. Bennet de forma concisa — que os homens têm um papel social que não deve ser ignorado. Os homens *devem* esperar orientar as esposas, e as mulheres devem esperar submeter-se à autoridade do marido, mesmo quando isso as incomoda. É assim que as coisas são.

Oliver fez uma careta.

— Talvez eu prefira que meu futuro marido me trate como uma parceira igualitária, em vez de uma criança que precisa de *orientação*.

A sra. Bennet balançou a cabeça, com o rosto tenso.

— Está sugerindo que seu futuro marido a trate como um homem, mas isso nunca acontecerá, Elizabeth. Você é uma dama. Já passou da hora de se comportar como tal.

As lágrimas embaçaram a visão de Oliver quando ele se forçou o olhar para longe da mãe, transformando a sala em manchas verdes e marrons.

Eu não sou uma dama, pensou consigo, com um nó na garganta. *Mesmo que fosse, não gostaria de ser tratado como inferior*. E, no entanto, esse desejo era incompatível com a sociedade em que havia nascido. O que ele queria, aquilo pelo que ele *ansiava*, era ser visto por seu futuro marido como um rapaz — e, um dia, como um homem — e ser tratado de acordo.

Mas, sentado em uma sala com suas irmãs risonhas e sua mãe decidida, esse desejo parecia um sonho impossível, e Oliver começou a se perguntar, com um desespero que o fez sentir-se desolado, se a decisão de Charlotte era a melhor, afinal.

18

No final daquela tarde, Oliver foi até a casa de Lu sentindo como se tivesse engolido um balde de pedras. Já passava do meio-dia e, ao contrário do que acontecia em suas caminhadas matinais, a cidade estava viva ao seu redor. Cruzou com inúmeras pessoas ao longo da rota, respirando superficialmente para evitar o cheiro desagradável, mas bem conhecido, de esterco de cavalo. Passou por fileiras de casas e uma rua cheia de lojas, enquanto a sensação de estar sendo observado crescia em sua nuca.

Ao diminuir o ritmo, Oliver olhou em volta com o cenho franzido. Havia muita gente por ali, é claro, mas ninguém estava olhando diretamente para ele. As pessoas estavam ocupadas com os próprios afazeres, algumas cuidando de crianças, outras carregando sacolas cheias de produtos frescos. Até viu alguém com vários rolos de tecidos nos braços.

Mas nada daquilo explicava por que sentia que estava sendo observado.

De cenho franzido, Oliver continuou andando. Àquela altura, estava a apenas cinco minutos da casa de Lu, mas apertou o passo, de toda forma. E, no entanto, apesar da agitação no entorno e das ruas lotadas, não conseguia se livrar da sensação de que alguém estava logo atrás de si, seguindo seus passos.

Carregou esse desconforto pelo resto do caminho, ignorando o medo que ecoava no fundo de sua mente. Ao bater à porta da frente da casa de Lu, olhou por cima do ombro, quase certo de que flagraria alguém o observando.

Mas não havia ninguém e, quando a amiga abriu a porta com um sorriso, Oliver se sentiu tolo por ter medo da própria sombra.

Depois de se vestir adequadamente, Oliver sentou-se para tomar chá com Lu.

A casa dela era maior do que a de Charlotte, e a área de convívio tinha o dobro do tamanho da antiga sala da amiga. Isso não era realmente uma surpresa, já que Lu era casada e, até então, Charlotte vivia do parco salário do pai. Mas era estranho, no entanto, estar sentado vestido como rapaz em uma casa nova.

O piso era de madeira de lei escura, ainda brilhando com o polimento fresco. No entanto, boa parte estava encoberta por um grande tapete azul estampado de flores. A luz do dia entrava pelo janelão em frente a ele, acima de um belo piano-forte preto.

— Você sabe tocar? — perguntou, acenando com a cabeça para o instrumento.

— Ah, essa coisa velha? — Lu bufou, gesticulando com a mão de forma negativa. — Não sei. É mais uma aspiração. Mas Charlotte tocava às vezes quando vinha me visitar.

Oliver sorriu.

— É melhor não estar esperando que *eu* toque, pois logo ficará desapontada.

Lu riu.

— Não, claro que não. Pegue.

Ela lhe serviu uma xícara de chá fumegante, para acompanhar o bolinho simples que ele já havia começado a comer.

A menção a Charlotte tinha a intenção de ser casual, mas Oliver sentiu como se isso tivesse sugado a vida da sala. Nenhum dos dois havia falado sobre ela desde que partira para Hunsford e, dado o modo como haviam deixado as coisas, Oliver preferia não pensar a respeito. Não estava *com raiva* dela, de modo algum, mas a amiga certamente parecera irritada com ele na última conversa que tiveram. E, entre todos os homens, como o novo marido era *Collins*, o tradicionalista pomposo, mas desajeitado... Oliver não sabia bem o que pensar. Tinha dificuldade para imaginar *qualquer* mulher feliz com aquele homem, mas Charlotte parecia acreditar no contrário.

Esperava que a amiga estivesse certa.

— Você escreveu para ela? — perguntou Lu casualmente, colocando açúcar no próprio chá.

Oliver balançou a cabeça. Fazia duas semanas que Charlotte havia se casado — e um mês desde o desentendimento entre os dois —, e ele... não sabia o que pensar. Havia comparecido ao casamento, é claro, mas o local estava cheio de tantas pessoas que não teve a oportunidade de falar com a amiga, mesmo que quisesse. O que dizia sobre Charlotte, o fato de ela estar feliz em se casar com um homem como Collins? E o que dizia sobre Oliver, o fato de que, mesmo duas semanas depois, ainda não conseguir encontrar em si mesmo a felicidade pela amiga?

— Acho que ela não quer muito saber de mim — respondeu.

Lu arqueou uma sobrancelha.

— O que o faz dizer isso?

Oliver olhou para a mulher, franzindo a testa.

— Bem... você sabe que nossa última conversa não foi... das mais agradáveis.

— Estou ciente. Mas não vejo por que isso o faria pensar que ela não gostaria de ouvir falar de você. Os dois são amigos há quanto tempo?

O lábio de Oliver se contraiu em um pequeno sorriso, contra sua vontade. Ambos se conheceram quando ele tinha doze anos, depois de o pai dela conhecer o sr. Bennet. O sr. Bennet convidara o sr. Lewis para jantar em Longbourn certa noite, e o homem levara sua filha única, Charlotte. Apesar da pequena diferença de idade, os dois se deram bem de cara.

— Cinco anos — respondeu Oliver.

— Cinco anos — repetiu Lu. — E acha mesmo que, por causa de uma discussão, ela nunca mais quer ouvir falar de você? Por favor. Você conhece Charlotte melhor do que isso.

Oliver tomou um gole de seu chá ainda soltando vapor. O líquido era um bálsamo para as emoções que se agitavam em seu peito. Lu devia estar certa. Ele julgou que não faria mal algum enviar uma carta para felicitar a amiga, mesmo que não estivesse totalmente empenhado na tarefa.

— Ela está feliz, sabia? — Ao ouvir isso, Oliver encontrou o olhar de Lu. A mulher o observou com olhos sábios e gentis. — Eu a visitei alguns dias após o casamento. A vida de casada lhe caiu bem, e Collins tem sido um marido gentil, que a deixa em paz. Deveria visitá-la e ver com os próprios olhos.

Oliver franziu a testa.

— Não sei se essa é uma boa ideia.

— Por que não?

O rosto do rapaz contraiu-se ainda mais. Lu sabia o que havia acontecido entre Collins e ele.

— O que a faz pensar que eu seria bem-vindo?

Lu emitiu um som de impaciência.

— Não acabou de falar que é amigo de Charlotte há cinco anos?

— Bem, falei…

— E você não é primo do sr. Collins?

— O primo que se recusou a se casar com ele.

— E ambos não o convidaram para o casamento?

Oliver se remexeu em seu assento.

— Convidaram a família, não a mim em específico.

— Por favor. — Lu revirou os olhos. — Você realmente acredita que Collins continua chateado com sua rejeição, agora que está casado e feliz? Na verdade, ele pode até agradecê-lo, pois, se não o tivesse rejeitado, não teria se casado com Charlotte.

Oliver achava improvável qualquer gratidão por parte de Collins, por qualquer motivo que fosse, mas acreditou que Lu pudesse estar certa quanto ao fato de o primo não estar mais chateado com ele.

— Ainda não tenho certeza de que Charlotte gostaria de me ver — argumentou.

— Ela quer ver você — respondeu Lu sem titubear. — Perguntou sobre você quando a visitei. Acredite em mim quando eu lhe digo que ela não está chateada com você.

Charlotte havia perguntado sobre ele? Tão pouco tempo depois da discussão que tiveram? Oliver ficou surpreso, mas... talvez não devesse estar. A amiga nunca fora rancorosa.

— E então? Você vai visitá-la? — perguntou Lu.

— Vou... pensar no assunto.

Lu olhou para o rapaz com tanta incredulidade que Oliver não pôde deixar de rir.

— O que foi? Eu disse que vou pensar!

— Isso não é suficiente — retrucou a mulher, mas os cantos de seus lábios estavam sorrindo.

Oliver gemeu.

— Já lhe ocorreu que talvez eu realmente não queira ver meu primo?

Lu arqueou uma sobrancelha.

— Então, é isso? Nunca mais verá sua amiga porque prefere evitar seu primo irritante?

Se Charlotte não fosse uma amiga tão íntima, Oliver teria dito sim. Mas ele achava que Lu tinha razão. Não havia como separar a amiga e o primo, não mais. Então, a menos que planejasse tirar Charlotte de sua vida para sempre, teria de lidar com Collins.

E, se fosse honesto consigo mesmo, nenhuma discussão mudaria o fato de que Charlotte era, e sempre seria, sua melhor amiga.

— Tudo bem. Eu a visitarei — concordou Oliver.

O rosto de Lu se iluminou na mesma hora.

— Maravilha! Vamos escrever para que ela saiba?

19

OLIVER CHEGOU A HUNSFORD AO CREPÚSCULO. A noite de início de verão já estava esfriando. O ar tinha um cheiro diferente no campo — mais fresco, mais selvagem. Oliver passou um momento de olhos fechados, apenas ouvindo o silêncio absoluto, a ausência de rodas de carruagens, e de cavalos, e do zumbido constante de movimentos e vozes. Não tinha certeza se gostaria de viver tão longe da cidade e de todas as comodidades que Londres oferecia, mas o ambiente era inegavelmente agradável.

— Aí está você! — Charlotte desceu rapidamente por um caminho de pedra até a entrada, com o rosto radiante. Assim que o alcançou, ela o abraçou e Oliver sorriu, puxando-a para perto de si. A amiga estava casada havia menos de um mês. Ele não havia percebido o quanto sentia falta da presença dela. — É bom ver você, Oliver — sussurrou.

O rapaz sorriu.

— E você também, querida amiga.

— Ah! Srta. Bennet, que maravilha vê-la. — O sr. Collins se aproximou deles com um sorriso gentil. — Como foi a viagem? Tranquila? Insisti em preparar a carruagem antes de que fosse buscá-la. As rodas são novas e os eixos estão lubrificados, mas ainda não estava totalmente convencido de que tínhamos feito o suficiente…

— A viagem foi muito agradável — interrompeu Oliver, segurando uma risada.

— Excelente — respondeu Collins. — O que achou do estofamento?

Depois de aturar mais gentilezas do primo e fingir interesse em uma conversa sobre a textura do tecido do assento da carruagem, a qual se prolongou por muito mais tempo do que Oliver imaginava ser possível, Charlotte interrompeu delicadamente o marido para sugerir que entrassem antes que os insetos os comessem vivos. A amiga logo levou Oliver para o quarto de hóspedes, onde ele dormiria durante sua estada. Assim que a porta se fechou atrás deles, o rapaz soltou um suspiro pesado.

— Obrigado — disse com uma risadinha.

Charlotte sorriu e riu também.

— Você parecia prestes a cair no sono no meio da conversa, então achei que fosse um bom momento para uma pausa.

— Se tivesse continuado por muito mais tempo, eu poderia ter pensado seriamente em estourar meus próprios tímpanos.

Oliver riu e se sentou na cama arrumada com esmero. O quarto era pequeno, mas muito bem decorado. As paredes eram lilases, o piso recém-encerado, e uma pequena estante branca perto da grande janela com cortinas estava cheia de... Oliver semicerrou os olhos. Bíblias?

Ele balançou a cabeça e olhou de volta para a amiga, toda sorriso. Tinha de admitir que fazia muito tempo que não a via tão animada.

— Você parece feliz. Presumo que a vida de casada esteja lhe agradando — comentou.

Charlotte sorriu e se sentou ao lado dele.

— Ah, Oliver, eu adoro. Hunsford é uma propriedade tão bonita, e o campo é tão tranquilo. É gratificante cuidar de uma casa da qual posso me orgulhar e acompanhar o sr. Collins em eventos sociais. Sei que vocês dois não apresentam um histórico de ter se dado muito bem, mas ele é um homem doce, acredite se quiser.

— Fico feliz em ouvir isso — disse Oliver, reprimindo um estremecimento com a ideia de ficar preso na mesma casa com Collins para sempre. — Você parece feliz de verdade. No fim das contas, isso é tudo o que importa. Contanto que ele a esteja tratando bem, claro.

— Ele está — tranquilizou Charlotte. — Eu lhe diria se estivesse infeliz, mas juro que está tudo bem. A segurança financeira tirou um peso enorme de meus ombros, e Lu nos visita com frequência, por longos períodos de tempo. O sr. Collins adora o papel de anfitrião e deixou claro que ela é bem-vinda para ficar conosco sempre que quiser, pelo tempo que quiser. Sinto-me muito afortunada.

Oliver assentiu. Sentado ali, com as saias do vestido estendidas sobre as pernas e o espartilho forçando-o a manter a postura ereta, estava com a desagradável sensação de ser um frango suculento, pronto para ser enviado a uma mesa de homens famintos. Não queria ter nada a ver com aquelas roupas, nem com aquela vida que tanto satisfazia Charlotte. Mas ficou feliz pela amiga, é claro (e, com um quê de egoísmo, feliz por si mesmo, porque isso significava que Collins havia esquecido completamente a ideia de se casar com ele); no entanto, sentia-se estranho. Aquela era a vida que todos esperavam que ele fosse querer, mas não conseguia suportar nem a ideia.

Suspirando, Oliver desviou a atenção de suas saias e voltou a encontrar os olhos de Charlotte.

— Eu... *sinto muito*, devo dizer. Por tê-la perturbado quando me contou sobre o noivado. Você precisava do meu apoio, e eu não o ofereci.

O rosto da amiga se suavizou.

— Obrigada. Também peço desculpas. Não deveria ter insinuado que nunca encontrará a felicidade se não abrir mão de quem você é. Espero que isso não se interponha entre nós no futuro.

— Nunca — respondeu Oliver.

A tensão se dissipou, e Charlotte lhe apertou a mão. O rapaz retribuiu o gesto.

— Ah! — Sua amiga levantou-se e atravessou a sala até uma pequena escrivaninha encostada à parede. Dali de cima, retirou um envelope selado e virou-se para ele, estendendo-lhe o objeto. — Esta carta de Jane chegou esta manhã. Está endereçada a você.

Oliver sorriu e pegou a carta. Avisara a irmã sobre a viagem para visitar Charlotte, a fim de que soubesse que deveria lhe escrever em um novo endereço. O nome no envelope era, infelizmente, "Elizabeth Bennet", mas tinha de ser assim enquanto Oliver estivesse perto de pessoas que não sabiam de sua verdadeira identidade.

— Vou lhe dar um minuto para se arrumar, certo? — disse Charlotte. — O jantar ficará pronto em breve.

— Obrigado, Charlotte. Já vou descer.

Ela assentiu e saiu do quarto, fechando a porta atrás de si. Oliver enfiou a mão por baixo da borda do envelope e o abriu.

Oliver,

Espero que sua viagem a Hunsford tenha sido tranquila e sem incidentes. Creio que Charlotte ficará muito feliz em revê-lo, e imagino que até mesmo o sr. Collins se contentará com um hóspede, nem que seja para exibir a casa e o status social dele.

As coisas aqui em Gracechurch estão se desenrolando sem maiores problemas. Nossos tios continuam a ser anfitriões maravilhosos, é claro. Mas isso não o surpreenderá. O que talvez surpreenda é que encontrei a família Bingley ontem — Charles não estava presente, mas suas duas irmãs, sim. Trocamos algumas palavras agradáveis, mas elas não pareceram particularmente surpresas ou felizes com a coincidência. Louisa mostrou-se bastante fria, e, embora eu tenha mencionado que ficaria com nossos tios por mais algumas semanas, nenhuma delas me fez qualquer convite.

Não consegui perguntar pelo irmão delas. Pareceu-me muito claro que estavam ansiosas pelo fim da conversa, então não prolonguei o que depressa estava se tornando uma situação desagradável para nós três. Ah, Oliver. Parece mesmo que perdi a simpatia dos Bingley por completo. Fico triste em saber que, ao que tudo indica, estavam cientes de minha presença aqui durante todo esse tempo e não me contataram vez alguma. Receio que as coisas entre Charles e eu tenham de fato acabado, para sempre.

Mas chega de notícias tristes. Você sabe que ficarei bem... Sempre fico. Peço que não se preocupe comigo. Divirta-se muito com Charlotte e, por favor, dê meus cumprimentos ao casal.

Com amor,
Jane

Oliver abaixou a carta, seu estômago afundando como uma pedra jogada em um lago. Pobre irmã! O comportamento dos Bingley era de fato estranhíssimo. Nada havia acontecido entre Jane e Charles Bingley antes da partida da família. O que poderia ter causado tamanha súbita mudança de atitude?

20

OLIVER HAVIA PASSADO METADE DO DIA COM Charlotte e o sr. Collins antes de este anunciar, com o peito inflado, que todos haviam sido convidados para jantar com Lady Catherine de Bourgh, em Rosings. Isso significava muito pouco para Oliver. Tinha ouvido falar de Lady Catherine de Bourgh, é claro — era uma mulher de status e riqueza, bem conhecida na alta sociedade inglesa —, mas ele não tinha a predisposição para tornar-se conhecido por aqueles que nasceram em berço de ouro.

O sr. Collins, no entanto, estava nas nuvens.

— A senhorita já esteve em Rosings? — perguntou ele para Oliver imediatamente após o anúncio.

— Devo dizer que não — respondeu.

— Nunca esteve em Rosings! — O sr. Collins colocou a mão sobre o coração e ofegou com muito mais drama do que a situação justificava. — Então terá uma surpresa especial! É uma propriedade absolutamente linda. Já tive a sorte de ser convidado para lá algumas vezes. Acredito que Lady Catherine de Bourgh tenha gostado de mim, e estou honrado por ser objeto da atenção dela, é claro. É realmente uma mulher extraordinária. Com certeza a senhorita já cruzou com ela em algum momento?

Oliver tinha certeza de que o primo sabia a resposta para essa pergunta, mas, como era um hóspede em Hunsford, forçou-se a entrar na brincadeira.

— Não cruzei...

— Oh, meu Deus! Lady Catherine de Bourgh é uma mulher *incrível.* A cada conversa, sinto que saio mais inteligente do que entrei. Ela acumulou muita sabedoria ao longo de seus anos e guarda as histórias mais fascinantes. A senhorita vai se divertir muito. Estou muito feliz por estar presente para testemunhar sua primeira experiência lá, srta. Bennet.

Oliver sorriu com firmeza.

Eles partiram pouco depois do meio-dia, de carruagem, embora Rosings ficasse a uma caminhada de menos de dez minutos. Contudo, como se tratava de uma região rural, sr. Collins insistiu em ir de carruagem para que Oliver e Charlotte não corressem o risco de sujar as saias.

Ao saírem da carruagem, o rapaz teve de admitir que Collins estava certo em relação a uma coisa: Rosings era de fato impressionante, pelo menos do lado de fora. A propriedade era um prédio de dois andares de tijolos à vista, com uma hera artisticamente cultivada sobre a fachada e aparada ao redor das janelas de moldura branca. Duas grandes alas do edifício projetavam-se para a frente feito braços estendidos. O terreno era enorme e meticulosamente bem cuidado. Não encontrara uma única folha fora do lugar nas cercas-vivas que ladeavam a longa entrada que levava até a enorme residência.

Parecia grande demais para uma só pessoa, mas Oliver supôs que Lady Catherine devia receber companhias com frequência. *É preciso muita companhia para encher esta casa. Caberia um batalhão inteiro aí dentro*, pensou.

É claro que tinha plena consciência de que casas daquele tamanho não eram destinadas a abrigar, mas a impressionar muita gente. Rosings era um símbolo de status, não um lar.

Lá dentro, foram conduzidos por um longo corredor com piso de mármore brilhante até um grande cômodo com piso de madeira de lei reluzente. Oliver quase parou ao ver o tamanho da sala de estar — pelo menos uma vez e meia maior do que a de Netherfield. Assim como na propriedade anterior dos Bingley, havia estantes de livros na parede mais distante da entrada e um piano no centro do cômodo. Várias mesinhas com cadeiras de aparência confortável estavam espalhadas ao longo das paredes e, mais perto da área do piano, havia cadeiras estofadas maiores, grandes o suficiente para comportar duas pessoas em cada uma.

No centro da sala, de pé ao lado do piano, havia uma senhora idosa vestida em roupas finas e um chapéu quase cômico de tão grande. Ela bateu palmas quando os três adentraram.

— Aí estão vocês! Que maravilha vê-lo novamente, sr. Collins — exclamou.

Collins inclinou a cabeça e tirou o chapéu.

— É uma honra, como sempre, Lady Catherine.

A senhora voltou o olhar avaliador para Oliver e Charlotte. Acenou com a cabeça para Charlotte com uma rígida familiaridade, mas seus olhos se estreitaram quando os fixou em Oliver.

— Creio que não tenhamos sido apresentadas — concluiu com firmeza.

— Ah, é claro — logo respondeu o sr. Collins. — Esta é a srta. Elizabeth Bennet. Ela está nos visitando esta semana. É uma boa amiga da sra. Collins. E minha prima.

Oliver forçou-se a sorrir e a fazer uma reverência, por mais que isso lhe revirasse o estômago.

— É um prazer conhecê-la, Lady Catherine.

— É mesmo — respondeu a mulher.

Oliver conteve um sorriso incrédulo.

— Srta. Elizabeth Bennet — murmurou Lady Catherine consigo mesma. — Ouvi seu nome recentemente. Ah! É claro. A senhorita conheceu o meu estimado sobrinho.

O rapaz apenas piscou.

— Conheci?

— Acredito que ela esteja se referindo ao sr. Darcy — intrometeu-se Charlotte.

— De fato — respondeu Lady Catherine secamente.

As sobrancelhas de Oliver ergueram-se. Devia fazer sentido: os Darcy eram conhecidos por serem ricos, ainda mais do que os Bingley. Mesmo assim, pelo menos fisicamente, ele não via semelhança alguma.

Mais importante, porém, era como Lady Catherine sabia que ele havia conhecido Darcy. Será que o outro rapaz lhe mencionara? Não imaginava ter sido um comentário agradável, dadas as limitadas interações de Darcy com "Elizabeth".

— Ora! Venham, sentem-se, todos vocês. O chá está sendo preparado e chegará a qualquer momento.

Lady Catherine fez um gesto para as cadeiras de aparência confortável próximas ao piano. O sr. Collins sentou-se à direita dela, e Charlotte acomodou-se na cadeira maior, dando um tapinha no assento ao lado de si e sorrindo para Oliver de forma receptiva. Ele aceitou o convite, grato pela companhia.

Pelo menos não teria de suportar sozinho o que certamente seriam horas penosas.

— Srta. Bennet, sabe tocar o piano-forte? — indagou Lady Catherine, voltando os olhos de falcão para Oliver.

O rapaz hesitou.

— Eu... tive algumas aulas quando criança, mas não me adaptei ao instrumento. Então, não muito bem.

Lady Catherine arfou de forma tão teatral que Oliver suspeitou que o sr. Collins houvesse aprendido com ela a expressar-se daquele jeito.

— Ora, saber tocar um instrumento é vital para a educação de uma dama! A senhorita toca outro, então? Violino, talvez?

— Não.

— Que pena! A senhorita tem irmãos?

Oliver podia pressentir o rumo que a conversa estava tomando e não gostou.

— Quatro irmãs.

— E *elas* tocam piano-forte?

— Todas nós tivemos aulas como parte de nossa educação. Mary foi a que mais gostou. Ela toca o tempo todo.

— Mas e as outras? Nenhum outro instrumento?

O rapaz fez uma pausa.

— Não.

Lady Catherine fez uma careta, balançando a cabeça.

— E desenho?

Oliver franziu a testa.

— Desenho?

A mulher assentiu.

— Você e suas irmãs desenham?

— Ah, eu já experimentei aqui e ali, mas não posso dizer que realmente tenha gostado.

Lady Catherine virou-se para o sr. Collins, levando a mão ao coração.

— Nada de instrumentos *nem* desenhos! — Seus olhos se voltaram para Oliver, que já estava pronto para partir, embora não estivessem ali nem mesmo havia tempo suficiente para tomar chá. — É de fato espantoso que sua governanta não a tenha ensinado a desenhar *nem* tocar instrumentos. São habilidades vitais para toda mulher, como tenho certeza de que a senhorita deva saber. É uma pena não ter habilidades tão importantes. Quem é sua governanta, ouso perguntar?

Oliver mordeu o lábio enquanto uma dor incômoda surgia em suas têmporas. Já podia imaginar a reação inevitável à resposta que daria, mas não havia outra maneira de contorná-la a não ser mentir. E, dada a maneira como Lady Catherine falava, o rapaz suspeitava fortemente que ela se tratava de uma fofoqueira que decerto o pegaria em qualquer mentira que tentasse usar para não passar vergonha.

— Não temos governanta — confessou por fim.

O ruído sufocado e ofegante de Lady Catherine poderia ter sido apropriado se ela estivesse tendo um ataque cardíaco na frente de todos, mas, infelizmente, Oliver não teve essa sorte. As costas da mão dela foram até a testa, como se estivesse desmaiando. Era uma cena e tanto, e Oliver cerrou a mandíbula com o esforço necessário para manter o rosto neutro. Como conseguiria sobreviver sendo educado com aquela mulher por *horas*?

— Sem governanta! — grasnou Lady Catherine, agarrando o antebraço do sr. Collins como se fosse uma boia salva-vidas. — Sem governanta! Coitadinha, sinto muito em ouvir isso. Muito mesmo.

— Não há necessidade — respondeu Oliver com leveza. — Recebemos uma educação muito boa sem governanta. Estamos todas muito satisfeitas com as nossas circunstâncias atuais.

— É claro que estão, querida — disse Lady Catherine, como quem se dirige a um gato ou uma criança. — É claro que estão. Devo dizer que, se eu fosse sua mãe, todas as senhoritas teriam sido educadas pela melhor governanta de toda a Inglaterra. Piano, violino, desenho, costura... Todas as habilidades de que uma mulher precisa. Tenho certeza de que teriam recebido do melhor. Praticamente criei meu sobrinho e minha sobrinha, e ambos são muito bem-educados e preparados para prosperar na alta sociedade. Não demorará muito para que ele arrume uma esposa adequada, caso siga meus conselhos como deve.

— Que bom para eles.

Oliver proferiu as palavras através de um sorriso bem ensaiado, mesmo quando sua mente se demorava naquela última frase. Ele *sabia* que Darcy não se interessava por mulheres e nunca havia mencionado estar cortejando alguém, mesmo que fosse para disfarçar. A não ser que houvesse mesmo a jovem de quem Wickham havia lhe falado. Mas o soldado dissera que o rapaz a estava ignorando.

Não conseguiu pensar nisso por muito mais tempo, porque Lady Catherine ainda não havia terminado. Ela continuou a descrever as especificações exatas da educação da sobrinha, até a maneira de se vestir e a prática diária de piano-forte, mas, em algum momento, sua voz ficou em segundo plano. Oliver sentiu como se estivesse flutuando, levado pelo volume crescente da própria pulsação.

Toda mulher. Toda dama. Senhorita.

Senhorita.

Senhorita.

Já se considerava acostumado àquela descaracterização, mas a insistência daquela mulher na suposta falta de educação de Oliver para *tornar-se uma mulher da alta sociedade* era sufocante. Sempre julgara a sra. Bennet rigorosa em seus métodos, mas Lady Catherine fazia a mãe dele parecer quase indiferente em comparação. Esforçou-se para imaginar um mundo em que a sra. Bennet o aceitasse como seu filho, como Oliver, um rapaz que se preparava para entrar no mundo *como homem*.

Se para a mãe seria uma transição difícil na maneira de pensar, para Lady Catherine seria impossível.

O que pessoas como esta mulher dirão sobre minha família quando eu lhes contar a verdade? Oliver não sabia, mas, sentado em frente à mulher, enquanto ela reclamava da falta de uma governanta, dava para ter uma ideia. Era uma realidade vertiginosa e desagradável.

A conversa ao seu redor foi desaparecendo por completo enquanto a sala ficava embaçada. Seu peito estava apertado; seu pulso, acelerado; a palma das mãos, fria de suor. Um calor insuportável o envolvia, e, enquanto seu rosto queimava, a cabeça parecia leve. Lady Catherine continuava falando, e tanto Charlotte quanto o sr. Collins pareciam muito interessados no que ela estava dizendo, mas o rapaz sentia como se estivesse debaixo d'água. Debaixo d'água e sem respirar.

Oliver de repente levantou-se. Lady Catherine o encarou no meio de uma frase, com os olhos arregalados e incrédulos pela intermissão.

— Peço desculpas — disse ele rapidamente. — Preciso... de ar.

Com isso, deu meia-volta e saiu às pressas da sala. O corredor era longo e parecia idêntico em ambas as pontas. Não conseguia se lembrar de qual caminho levava à porta da frente, ao lado de fora. Uma criada que estava arrumando uma mesa próxima franziu a testa para o rapaz.

— A senhorita está bem?

— Preciso ir lá fora. Preciso de ar — explicou, esforçando-se para manter a voz calma.

Ela assentiu e colocou o espanador em sua mão dentro de um saco.

— Por aqui, senhorita.

Senhorita. Ninguém jamais o verá pelo que de fato é, sussurrou uma voz cruel no fundo de sua mente. Oliver forçou as pernas a se mover enquanto a seguia, com os passos batendo no piso de mármore duro. Só precisava de um pouco de ar. Precisava de uma pausa, longe de Lady Catherine, longe das pessoas que o olhavam e viam alguém que Oliver não reconhecia.

Precisava parar de fingir ser alguém que não era, mas a impossibilidade de tudo aquilo era um peso esmagador que ameaçava triturar seus ossos.

21

DOIS DIAS APÓS A MALFADADA VISITA A ROSINGS, Oliver sentou-se à escrivaninha do quarto de hóspedes a fim de redigir uma carta para Jane quando Charlotte apareceu batendo à porta aberta.

— Desculpe interromper — disse ela com um sorrisinho confuso. — Você tem uma visita.

Oliver piscou.

— Uma visita? — Pouquíssimas pessoas sabiam que estava em Hunsford. Ele franziu a testa, abaixando a pluma enquanto se levantava. — É Jane?

Charlotte balançou a cabeça.

— Na verdade... Bem, acho que você deveria ver com os próprios olhos.

Aquilo era um tanto... sinistro. O rapaz fez uma careta, mas seguiu Charlotte para fora do quarto e desceu as escadas até a sala de espera onde...

— Darcy?

O nome saiu de sua boca antes que pudesse impedi-lo, esquecendo-se de toda a educação por um momento. Darcy sorriu de leve ao ouvir seu nome e inclinou a cabeça.

— Bom dia, srta. Bennet — falou, e Oliver estremeceu. — Peço desculpas pela intromissão. Se não se importar, poderia me dar alguns minutos do seu tempo? — Seu olhar deslizou de Oliver para Charlotte, ainda de pé ao lado dele. — Hum, a sós, se possível? Talvez lá fora?

O rapaz não conseguia nem imaginar o que Darcy tinha ido lhe dizer. E o pedido de privacidade só o confundiu ainda mais. Como Darcy sabia onde ele estava?

Só havia uma maneira de descobrir.

Charlotte estava confusa com o pedido, mas Oliver assentiu mesmo assim.

— Muito bem. Charlotte, vou demorar só um pouquinho.

Ela assentiu devagar, sem protestar, e os dois saíram pela porta da frente. Darcy se afastou alguns metros da entrada e foi até um banco perto de uma roseira. Oliver o seguiu e, sem saber como se comportar durante aquela interação extremamente estranha, sentou-se. O banco de pedra estava frio sob suas saias.

Odiava se comportar daquele jeito, como "Elizabeth", na frente do rapaz. Odiava ter de fingir que não o conhecia como ele conhecia, fingir que não o havia beijado apenas alguns meses antes. Fingir que não conhecia a maciez da boca de Darcy, o calor de suas mãos suaves no rosto de Oliver. Era insuportável vê-lo andar de um lado para outro na frente dele em silêncio.

Estava exausto. Mas como poderia lhe contar?

— Sr. Darcy... — Oliver enfim conseguiu falar, devagar. — Está tudo bem?

O rapaz parou de andar e enfim o encarou. Colocou as mãos atrás das costas e endireitou os ombros.

— Tudo bem, peço desculpas. Passei a manhã inteira pensando em como começar a dizer isso, mas não sei se consegui encontrar uma abertura apropriada. Portanto, acho que vou falar de uma vez. Srta. Bennet, vim aqui hoje para pedir sua mão em casamento.

A boca de Oliver se abriu. Depois ele a fechou rapidamente, piscando com força, enquanto o calor inundava seu peito e subia pelo pescoço. Quando Lady Catherine dissera que esperava que o sobrinho arrumasse uma *esposa adequada* em breve, não havia a menor chance de ela estar pensando em *Elizabeth*.

Que diabos o outro rapaz estava fazendo?

— Eu... não entendo — respondeu, arfando. — Ouvi dizer que o senhor já estava noivo de alguém.

A expressão de Darcy era a própria definição de confusão.

— Noivo? De quem?

— Não sei o nome dela. E, de qualquer forma, tive a impressão de que o senhor não gostava de mim.

Os olhos dele arregalaram-se.

— O que a faria pensar isso? Eu a tenho em alta conta, srta. Bennet. Na verdade, uma vez acreditei que nunca encontraria a moça apropriada para mim, mas, assim que a conheci, percebi que tínhamos uma oportunidade diante de nós.

Oliver não tinha certeza se deveria rir ou chorar. *Você pensou que nunca encontraria uma moça que fosse apropriada porque você não gosta de moças!*, queria dizer. *Você me beijou, um rapaz*, queria dizer. E a ironia de tudo aquilo era que Darcy aparentemente havia decidido que tinha encontrado uma "moça" com a qual poderia viver, e Oliver nem era uma moça! Era incrível.

E, no entanto, apesar da ironia da situação, houve um impacto. Darcy o havia beijado, havia beijado *Oliver* e... O quê? Decidido que o próximo passo seria logo encontrar uma mulher para se casar? Será que ele ficara apavorado nesse nível com as próprias emoções?

— Ouvi dizer que, assim como eu, a senhorita também está sendo pressionada a se casar por alguns membros de sua família — continuou Darcy.

Oliver franziu a testa.

— Pode-se dizer que minha mãe fica desapontada com a minha falta de interesse no assunto.

Esperava que essa admissão desencorajasse o rapaz a levar o assunto adiante, mas, pelo contrário, ele até *sorriu*.

— Exatamente. Tenho experimentado o mesmo com minha tia, Lady Catherine de Bourgh. Acredito que tenham se conhecido?

Oliver fez uma careta.

— Sim.

— Então você entende a situação.

Na verdade, não entendia. Sim, estavam sendo pressionados a se casar, mas isso não era uma novidade. E não era como se ambos fossem os únicos nessa posição; ele imaginava que a maioria das pessoas solteiras da mesma idade estava começando a enfrentar a pressão das expectativas familiares. Darcy poderia ter perguntado a qualquer moça e descoberto o mesmo.

— Não acredito que o senhor realmente sinta algo por mim, sr. Darcy — retrucou Oliver, um tanto seco. — Na verdade, tenho certeza de que não sente.

O rapaz piscou, com a testa franzida.

— Não entendo. O que o faria acreditar que conhece minhas emoções melhor do que eu?

Oliver queria gritar. *Você beijou um rapaz! Beijou um rapaz e gostou!* Em vez disso, perguntou:

— Por que o senhor fugiu?

Darcy franziu a testa.

— Como assim?

Oliver hesitou, escolhendo as palavras com cuidado. Não podia revelar que sabia sobre o beijo, mas...

— Você e os Bingley deixaram Netherfield de forma tão súbita. Bingley nem mesmo se despediu de Jane antes de partir. Seu amigo nunca me pareceu desprovido de boas maneiras, então por quê?

Darcy fez uma careta.

— Por que ele se despediria de sua irmã?

Oliver zombou.

— Não finja que não sabia que os dois estavam se cortejando.

— Eu sabia, sim, que Bingley estava cortejando a sua irmã — logo respondeu o rapaz. — Mas também era dolorosamente óbvio para mim que sua irmã não retribuía a profundidade dos sentimentos do meu amigo, então eu o aconselhei a se afastar antes de sofrer danos emocionais.

O queixo de Oliver quase caiu.

— O senhor não tinha esse direito!

— Não vejo por que isso deveria preocupá-la. Sua irmã não era afetada pelos sentimentos de Bingley…

— Jane é tímida! — Oliver sabia que não deveria gritar, mas não conseguiu evitar. A raiva surgiu em seu peito como uma panela fervendo, espirrando pelas bordas. Nunca tinha ficado tão bravo quanto naquele momento, como se pudesse agarrar os ombros de Darcy com suas garras e sacudi-lo. — É verdade que ela não demonstra afeto em público, mas em particular é a pessoa mais doce e gentil que conheço. E está apaixonada por Bingley! E ficou *arrasada* quando os senhores foram embora. Continua arrasada!

Os olhos de Darcy arregalaram-se aos poucos enquanto Oliver falava.

— Eu não percebi…

— É claro que não! O senhor não conhece Jane. E não tinha o direito de se intrometer no relacionamento de seu amigo.

— Só estava tentando protegê-lo.

Oliver riu com aspereza.

— De quê? De Jane? Do amor? Da felicidade? Tudo o que o senhor conseguiu foi afastar seu amigo da pessoa por quem ele estava se apaixonando, como o senhor mesmo admite. Parabéns. Acho que não deveria me surpreender, visto que o senhor se mostra avesso a qualquer coisa que se assemelhe à felicidade.

Darcy fez uma careta.

— Não consigo nem começar a imaginar o que faria a senhorita pensar isso.

— Acabou de *me* pedir em casamento, não foi? — questionou Oliver. Darcy abriu a boca em resposta, mas o rapaz se adiantou: — O senhor acredita mesmo que seria feliz vivendo com uma mulher pelo resto de sua vida? Acredita que poderia *me* amar?

Darcy ficou paralisado, com os olhos arregalados e a cor de seu rosto se esvaindo.

— Não... estou entendendo. O que a senhorita quer dizer com isso?

— O senhor sabe exatamente o que quero dizer. — Oliver levantou-se, cruzando os braços sobre o peito. — Responda à pergunta, Darcy. Olhe nos meus olhos e me diga que *isso* pode lhe trazer felicidade.

O outro rapaz deu um passo para trás, como se tivesse sido atingido por algo.

— Não creio que seja sempre possível encontrar a felicidade, srta. Bennet. E não acredito que todos nós tenhamos o privilégio de nos casar com a pessoa que amamos. Mas acredito, sim, que eu poderia encontrar algum tipo de felicidade com a senhorita. Talvez não seja amor, não hoje, e talvez não em um ano. Mas um dia?

Ele deu de ombros.

Oliver balançou a cabeça, com a fúria, a mágoa e o desespero se agitando em seu peito feito um furacão. Tinha sido tão tolo. De fato acreditara, mesmo que apenas por um momento, que havia algo entre os dois. Que Darcy via algo em Oliver que o agradava. Mas como isso poderia ser verdade, considerando que estava ali se apresentando como — até onde sabia — uma pessoa completamente diferente?

Tinha tanto medo de quem era que jogaria fora qualquer felicidade futura.

— Você não quer isso — declarou Oliver, com a voz trêmula.

Darcy suspirou.

— Talvez não, mas todas as minhas outras opções realistas são ainda menos desejáveis. Portanto, acredite ou não, mas essa união seria suficiente para mim.

Oliver balançou a cabeça, porém com o mundo embaçado pelas lágrimas quentes.

— Mas não seria para mim. Não vou concordar com circunstâncias que certamente me levarão à infelicidade. E o senhor também não deveria concordar. O senhor é um covarde, Darcy. Não aguento mais olhar para o senhor.

Ele se virou, enxugando furiosamente os olhos.

— Quem lhe contou?

A voz de Darcy soou baixa, tão baixa que quase pensou que a tivesse imaginado. Oliver passou a mão no rosto, banindo as lágrimas antes de se virar para encará-lo de novo. O outro rapaz parecia derrotado, com os ombros caídos e o rosto vermelho. Mas havia algo vulnerável em seu olhar, algo ferido.

— Quem lhe contou? — repetiu, com a voz embargada.

Você mesmo, Oliver queria responder.

Conte, sussurrou algo dentro dele. *Conte quem você é.*

Mas como poderia encará-lo como Oliver de novo se havia sido tão claramente rejeitado? De forma tão decisiva que agora Darcy estava pronto para se casar com alguém que mal conhecia só para se afastar dele? Não podia lhe contar, não naquele momento. Nunca.

Disse a si mesmo que seria melhor se ambos nunca mais se cruzassem. Doía muito pensar nisso, mas manteve a ideia em mente, queimando-a atrás dos olhos. Não podia continuar. Não podia se apaixonar por um rapaz que nunca o amaria da maneira que ele esperava: aberta e genuinamente, como um rapaz.

— Wickham — respondeu por fim, e era verdade.

Wickham *havia* lhe dito que Darcy frequentava Molly Houses, o que significava mais ou menos anunciar ao mundo que gostava de homens.

Uma sombra tomou o rosto de Darcy.

— Ele tinha muito a dizer sobre o senhor. E sobre seu caráter — acrescentou Oliver.

Darcy soltou uma risada simples e sem humor.

— *Meu* caráter! Que ironia, vindo dele.

Não sabia o que ele poderia querer dizer com aquilo.

— O senhor nega que está noivo da prima dele e que se recusa a romper o noivado, apesar da frieza que demonstra para com ela?

Os olhos do rapaz arregalaram-se e seus lábios separaram-se, mas ele não falou nada. Foi resposta suficiente para Oliver. Ele balançou a cabeça, com os olhos ardendo devido ao esforço de conter as lágrimas.

— Minha resposta é não — anunciou calmamente.

Darcy bufou.

— Acho que a senhorita deixou isso bem claro.

Oliver acenou com a cabeça uma vez, começou a se virar e fez uma pausa.

— E eu... não contarei a ninguém. Sobre... suas inclinações. Wickham nunca deveria ter me dito nada sobre isso.

— Não. Ele nunca deveria ter dito — concordou Darcy, em tom seco.

Com um último aceno de cabeça, Oliver se virou e foi embora, deixando para trás o rapaz por quem estava se apaixonando.

22

O VESTIDO ERA QUENTE E SUFOCANTE, ENVOLvendo suas costelas feito o aperto cada vez mais forte de uma jiboia. Oliver estremeceu e balançou sobre o banco em que estava de pé, enquanto a sra. Bennet amarrava a parte de trás da roupa. À frente, Lady Catherine olhava para ele, balançando a cabeça com um semblante de desaprovação.

— Uma dama deve sempre parecer pequena e delicada. A senhorita deve diminuir a cintura para acentuar os quadris — afirmou a mulher.

— Ela tem razão — concordou a sra. Bennet atrás dele, dando mais um puxão forte nas alças.

O espartilho se apertou mais em torno de suas costelas, ameaçando rachar. O cômodo girava vertiginosamente. Oliver estendeu a mão para trás, tentando encontrar as mãos da sra. Bennet.

— Está apertado demais. Mamãe, mal consigo respirar — chiou.

— Bobagem — retrucou Lady Catherine. — Respire mais superficialmente. É de extrema importância que a senhorita pareça uma dama no baile. Quer ser conhecida como a irmã Bennet *masculinizada*? Acho que não. Aperte mais.

— Não!

Oliver ofegou, mas, mesmo assim, o gancho foi puxado com mais força.

A dor nas costelas fez manchas pretas pontilharem sua visão.

— É necessário, Elizabeth. Não quero ter uma filha que se considere um menino — argumentou a sra. Bennet às suas costas.

Oliver ia vomitar. Ou desmaiar. Possivelmente não nessa ordem. O cômodo balançava como o convés de um navio em uma tempestade.

— Não sou uma filha — chiou ele. — Não sou uma menina. Por favor.

Lady Catherine riu e, para o horror de Oliver, a sra. Bennet também. Os ecos de suas risadas ricochetearam pelo ambiente, provocando uma onda de arrepios nos braços do rapaz.

— Sou um menino — repetiu, com a voz baixa em meio às gargalhadas. — Um rapaz. Meu nome é Oliver. Por favor.

As mulheres riram mais. O espartilho ficou mais apertado. As bordas de sua visão escureceram. Não conseguia respirar. Não conseguia respirar.

— Por favor — sussurrou.

Mas, se alguma das mulheres o ouviu, não demonstrou. O riso delas era frio, vazio, penetrante em seus ouvidos. O cômodo estava escurecendo. Ele se sentia tonto. Não conseguia respirar.

— Oliver — chiou. — Meu nome é...

Oliver levantou-se de modo brusco, com o coração batendo forte e o pulso latejando nas têmporas. O quarto ainda estava encoberto pela noite, e Jane estava dormindo profundamente na cama do outro lado do cômodo. Devagar, abaixou-se de volta no colchão, com a cabeça batendo no travesseiro com um baque suave. Puxou os lençóis para cima dos ombros, tremendo apesar do calor. Fora apenas um pesadelo. Um pesadelo horrível, mas tinha acabado.

Tinha mesmo?

Uma lágrima quente escorreu por sua bochecha, e ele pressionou o rosto contra o tecido macio do travesseiro. É claro que a sra. Bennet e Lady Catherine não sabiam sobre Oliver, não sabiam quem era ou como estava tentando recuperar a própria vida vida. Mas a sra. Bennet certamente acabaria descobrindo, e Oliver suspeitava que, com o tempo, Lady Catherine também descobriria. Isso o aterrorizava, imaginando os sussurros, os olhares e o que a informação poderia causar à reputação de sua família. Porém, ainda mais aterrorizante do que o pensamento da desaprovação da sociedade era o pensamento da rejeição de sua mãe.

Simplesmente não conseguia conceber um mundo em que a sra. Bennet o abraçasse com um sorriso e uma palavra de incentivo. Não conseguia se imaginar dizendo à mãe que era um rapaz, que era o filho dela, e recebendo amor incondicional em troca. A sra. Bennet o amava, claro que sim, mas amava uma versão que ele nunca poderia ser, não para sempre. Amava uma encenação, uma pintura de quem Oliver era, que construíra na própria mente.

Mas Oliver não era Elizabeth Bennet. Nunca tinha sido. E não poderia continuar fingindo ser por muito mais tempo.

Oliver pegou seu café da manhã, repartindo o bolinho de uvas-passas, um pedaço de cada vez. A xícara de chá estava esfriando no pires, intocada. Embora tivesse se juntado à família por obrigação, estava sem apetite depois do pesadelo. Tivera um sono agitado na sequência, repetindo trechos do pesadelo várias vezes até desistir de qualquer pretensão de tentar dormir e ver o quarto passar de cinza-escuro para um tom esmaecido de roxo.

Era seu primeiro dia inteiro de volta de Hunsford, e deveria estar energizado e revigorado pelas férias. Em vez disso, ficou sentado, melancólico, enquanto Kitty e Lydia conversavam animadamente sobre alguns soldados atraentes que haviam conhecido no centro da cidade.

— Lizzy, você ainda não nos contou sobre a viagem. Como Charlotte está? — perguntou a sra. Bennet.

Oliver levou um momento para registrar que a mãe estava, de fato, falando com ele. Olhou para cima, com uma uva-passa meio esmagada entre o polegar e o indicador. Deixou-a cair no prato e se endireitou.

— Ela está bem. Muito feliz, bem acomodada em sua nova vida — respondeu, tentando soar o mais casual possível.

— Ótimo! — exclamou a sra. Bennet. — Que moça sortuda ela é. E pensar que poderia ter sido *você*.

Oliver estremeceu.

— Espero que tenha aprendido alguma coisa, Lizzy — continuou a mãe. — Charlotte é um exemplo perfeito do que você deve buscar. Ela se casou para elevar a própria posição e agora está administrando nada menos que *Hunsford*! E, dada a proximidade de Rosings, tenho certeza de que também já se familiarizou com Lady Catherine de Bourgh. É exatamente isso que você deveria estar procurando: um homem para elevar seu status.

Oliver poderia ter discutido em outro dia, mas estava exausto demais para ter aquela conversa mais uma vez. A vida que a sra. Bennet descrevia era tão desagradável que chegava a ser nauseante, mas um único pensamento o trazia à realidade: já havia recusado dois pedidos de casamento. Nada o impediria de seguir recusando até que os homens parassem de pedir.

Mas era isso mesmo que ele queria? Ficar sozinho? A verdade é que a ideia de viver ali para sempre, com a mãe, era quase tão desagradável quanto a ideia de ser a esposa de alguém. Mas, se nenhuma das opções era desejável, o que sobrava? Havia algum sentido em esperar por uma alternativa, uma vida em que alguém pudesse aceitá-lo como *marido*, reconhecê-lo como um *rapaz* e, um dia, como um *homem*?

Oliver queria acreditar que era possível. Mas, no momento, ainda ressentido pelo ferrão da rejeição de Darcy ao seu verdadeiro eu, tudo parecia tão desolador.

— Você não acha? — insistiu a sra. Bennet.

De repente, o rapaz se deu conta dos olhares de todas as irmãs e da mãe sobre ele. Sem dúvida havia deixado passar alguma coisa enquanto se afundava na pena que sentia por si mesmo.

— Desculpe. Não escutei a pergunta.

A sra. Bennet suspirou de modo pesado, e era visível que estava afetada.

— Francamente, Lizzy, como pode esperar encontrar a felicidade com um homem se não consegue aprender a ouvir?

Por sorte, Oliver não precisou pensar em uma maneira de responder porque, naquele momento, o sr. Bennet baixou o jornal e pigarreou.

— Há uma carta para você, Lizzy. Você a viu?

Oliver piscou.

— Uma carta? Não, onde está?

— Eu a deixei na mesa de centro da sala de estar. Acho que você deveria ler, pois parecia importante.

Os olhos dele brilharam com um sorriso, e o rapaz percebeu que o pai estava lhe dando uma saída.

Ele se levantou.

— Vou fazer isso, então. Agradeço, papai.

Com isso, se virou e saiu da sala antes que a mãe pudesse protestar. Estava na metade do caminho para a sala de estar quando lhe ocorreu que talvez não houvesse uma carta, mas então viu o envelope onde o sr. Bennet havia dito que estava. Oliver o pegou com o cenho franzido e ficou surpreso com o remetente.

A carta era de Darcy.

Srta. Bennet,

Não se preocupe, não estou escrevendo para repetir as humilhações do nosso último encontro. Escrevo sem nenhuma intenção de magoá-la ou de ficar remoendo o incidente que eu preferiria que ambos esquecêssemos. Peço desculpas por exigir sua atenção desta forma, mas gostaria que me concedesse apenas mais um momento para que eu possa revelar a verdade.

Naquele dia, a senhorita me acusou de duas ofensas flagrantes que me sinto obrigado a esclarecer. Uma, de que separei Bingley de sua irmã; a outra, de que arruinei as perspectivas da prima do sr. Wickham. Se a senhorita me permitir, gostaria de abordar ambas.

Eu não estava em Londres há muito tempo antes de ficar óbvio que Bingley preferia sua irmã mais velha a qualquer outra pessoa. Mas não foi até o baile em Netherfield que comecei a me preocupar com uma ligação mais séria. Já havia visto meu amigo apaixonado, mas nunca de maneira tão profunda e envolvente como ficou por sua irmã. Quando a observei, entretanto, embora parecesse satisfeita com a atenção dele, não me pareceu que retribuísse a profundidade de seus sentimentos. Pelo que a senhorita me disse, parece que me enganei e, considerando o quanto conhece sua irmã, parece provável que seja o caso. Sendo assim, seu ressentimento é justificado pela dor que infligi a ela e, por isso, sinto muito.

Quanto ao sr. Wickham e à prima dele, espero que, ao revelar a verdade sobre nossa relação, eu elimine quaisquer dúvidas sobre meu caráter no que diz respeito ao tratamento que dei a ambos.

Para começar, devo mencionar um incidente que prefiro esquecer e que esperava nunca compartilhar com outra pessoa. Ainda assim, confio em sua discrição. No verão passado, minha irmã mais nova, Georgiana, foi levada da escola em Ramsgate, onde o sr. Wickham também estudava. Lá, o sr. Wickham fez Georgiana, que tinha quinze anos na época, acreditar que estava apaixonada por ele e concordar com uma fuga e um posterior casamento. Felizmente, Georgiana me contou sobre a proposta antes que ela ocorresse, e pude pôr um fim ao plano e proibir o sujeito de ver minha irmã novamente. Ficou muito claro que o objetivo do sr. Wickham era a fortuna de minha irmã de 30 mil libras, um fato que ele admitiu em nosso confronto. Georgiana entendeu depressa como havia sido enganada, pelo que sou grato.

Quanto a Liliana, a prima dele, é verdade que nossas famílias nos uniram quando éramos crianças e nos incentivaram fortemente a ficarmos noivos quando atingíssemos a idade de casar. Apesar da certeza de todos, esse noivado nunca aconteceu, embora não me surpreenda ouvir algumas pessoas afirmarem o contrário. Liliana está tão entusiasmada com a ideia de se casar comigo quanto eu estou em me casar com ela — ou seja, nem de longe estamos interessados. Quanto ao fato de ela não ter se casado com outra pessoa, não cabe a mim opinar.

Por fim, espero que possa ver por si mesma como não é um bom sinal do caráter de Wickham o fato de ele compartilhar com outras pessoas o boato que a senhorita mencionou para mim no outro dia. Embora eu não vá falar mais sobre isso e tenha acreditado em sua promessa de discrição, acho que não preciso explicar como isso poderia destruir minha reputação caso chegue aos ouvidos errados.

De qualquer forma, espero que esta carta lhe traga clareza e que não me recrimine por nossa discussão. Embora ache que a senhorita provavelmente esteja certa de que a felicidade seria ilusória se nos casássemos, espero que saiba que falei sério sobre seu caráter. Creio que, se eu conseguisse encontrar um mínimo de felicidade com alguma mulher, seria com a senhorita. Espero que um dia possamos deixar isso para trás e talvez até sermos amigos.

Darcy

23

OLIVER MAL HAVIA TERMINADO DE LER A CARTA e entrado no corredor quando a sra. Bennet abriu a porta da frente, nem cinco metros distante dele. Não dava para ver quem havia batido à porta, porque a mãe estava no caminho — o que, felizmente, significava que quem chegara também não conseguia vê-lo direito —, mas seu estômago se revirou ao ouvir a voz de Wickham.

— Sra. Bennet! Peço desculpas por ter vindo sem aviso prévio — disse ele. — Estava por acaso na região quando lembrei que Longbourn era aqui perto e pensei em como seria maravilhoso passar algum tempo esta manhã com a srta. Bennet. Isto é, se não houver nenhum problema.

Os olhos de Oliver arregalaram-se. Será que aquele rapaz não tinha vergonha nenhuma? Achava que tinha deixado bem claro seu desinteresse por Wickham e, no entanto, lá estava ele, *mais uma vez*, tentando cortejá-lo.

— Ah! — soltou a sra. Bennet, sua voz quase estridente. — Não há problema algum; ficarei feliz em buscá-la.

Tudo aconteceu muito rápido. A mãe se virou e, ao fazer isso, afastou-se do soldado, o que significou que, de repente, Oliver e Wickham ficaram cara a cara. O rapaz loiro o encarou. Em geral, a situação já seria estranha, mas foi mais estranha ainda por um detalhe: Oliver estava usando calças.

Wickham o encarou fixamente, de olhos arregalados, para o que sem dúvida enxergava como uma moça vestindo calças. O coração de Oliver martelava no peito enquanto desejava que as pernas se movessem, mas estava paralisado. Wickham estava ali. Estava ali e olhando para Oliver, que usava calças.

A sra. Bennet, talvez perplexa com a expressão do soldado, virou-se e ofegou ao ver Oliver. Ela arregalou os olhos e sacudiu a cabeça em direção às escadas, o que enfim interrompeu o momento. Oliver subiu correndo e contornou a esquina até seu quarto, fechando a porta talvez com um pouco de força demais atrás de si. Encostou a cabeça na madeira, fechou os olhos e gemeu. Como explicaria aquilo antes que Wickham fizesse a conexão entre ele e o rapaz que tinha visto pela primeira vez no Watier's?

Quando juntou-se ao recém-chegado na sala de estar, Wickham estava comendo um pãozinho com geleia. As mãos de Oliver estavam úmidas quando se sentou em frente ao outro rapaz, o ar frio em torno de suas pernas, à medida que o tecido da saia se acomodava, fazendo-o sentir-se, de alguma forma, nu.

— Peço desculpas pela demora — falou, com leveza. — Não sabia que teríamos convidados hoje.

— Suponho que, em parte, seja minha culpa — argumentou Wickham. — Deveria ter enviado um cartão antes. Peço desculpas pela intromissão. Fiquei tão encantado com a ideia de vê-la de novo que, quando percebi que estava muito perto de Longbourn, não pude resistir a passar por aqui. Espero que perdoe qualquer inconveniente.

Oliver sorriu de leve.

— Posso saber o que o traz aqui?

O soldado arqueou uma sobrancelha.

— Vim para ver a senhorita, é claro.

— Achei que tivesse ficado bem claro em nossa última conversa que nossas visões do futuro são incompatíveis.

— Incompatíveis! — Wickham riu. — Bobagem. A senhorita tem fantasias irreais, certamente, mas que jovem não tem? É uma fraqueza do seu sexo lutar para diferenciar entre os voos da fantasia e da realidade. Mais uma razão pela qual precisa de um marido forte para orientá-la.

Se não tivesse ficado tão indignado com a declaração de Wickham, poderia ter rido. Em vez disso, ficou boquiaberto.

— Fraqueza do meu sexo?!

O rapaz assentiu de modo sério.

— Uma de muitas, como tenho certeza de que a senhorita sabe.

— Veio até aqui só para me insultar?

— Insultar a senhorita! — Wickham pareceu horrorizado com a sugestão. — Muito pelo contrário. Estou aqui porque a acho linda e, mais importante, *interessante*. Tenho certeza de que será uma esposa divertida para um marido de intelecto superior.

Oliver bufou.

— É isso que o senhor é? Um homem de intelecto superior?

— É claro — concordou Wickham com toda a confiança de um rapaz que nunca ouviu a palavra "não" na vida.

Oliver balançou a cabeça.

— Permita-me, então, esclarecer a situação. Não tenho interesse em ser cortejada pelo senhor, sr. Wickham, e *muito menos* em um dia me tornar sua esposa. Não concordarei em me casar com o senhor, nem que me peça hoje, nem amanhã, nem no próximo mês, nem no próximo ano. Na verdade, não quero vê-lo nunca mais.

O rosto do soldado se afrouxou.

— De fato — disse ele.

Embora não fosse uma pergunta, Oliver respondeu da mesma forma.

— De fato.

— Bem. — Wickham levantou-se, ajeitando a gravata e colocando o chapéu. — Creio que não tenho mais motivos para ficar, então.

— Creio que não — respondeu Oliver com frieza.

— Muito bem. Então, vou indo.

O soldado fez uma pausa para ajeitar a sobrecasaca, que já estava alisada, e olhou para Oliver a fim de certificar-se de que o outro rapaz não protestaria contra sua partida repentina.

Fazendo de tudo para disfarçar seu prazer, Oliver apenas o encarou de modo fixo e sem afetação. Com um grunhido, Wickham saiu da sala, dobrou o corredor e saiu pela porta da frente.

Quando o baque da porta quebrou o silêncio, Oliver recostou-se em seu assento e sorriu.

24

NÃO HAVIA PASSADO MAIS DO QUE ALGUNS minutos depois que Wickham partira quando a sra. Bennet entrou como um raio na sala, onde Oliver permanecera. Quando ela se virou para o filho, seu rosto estava vermelho e as mãos tremiam ao lado do corpo. Oliver estava familiarizado com as nuances do humor dela para saber, antes mesmo que dissesse uma palavra, que estava furiosa.

— Onde você estava com a cabeça? — exclamou a mãe. — Tem sorte que outro homem expressou interesse em você depois da maneira como tratou Collins. E você o tratou de forma igualmente abominável! Como *pôde*?

Oliver abriu a boca para responder, mesmo reprimindo as emoções, mas a sra. Bennet não lhe deu a chance de falar.

— Elizabeth, começo a acreditar que você *quer* viver o resto de seus dias sozinha! Não pode esperar que pretendentes aceitáveis continuem a procurá-la se continuar a rejeitá-los, sabia?

— Eu não quero ficar só, mamãe — respondeu baixinho, com a garganta doendo enquanto lutava contra as lágrimas. — Mas...

— Ele a viu de *calças*! — gritou a sra. Bennet, estridente. — Foi um milagre não ter se retirado imediatamente; mesmo assim o sr. Wickham esperou que você se trocasse e a cortejou *também*, e o que você fez? Mandou-o embora!

— Mamãe...

— Eu nunca deveria ter permitido tal desvio! Não sei *o que* seu pai está pensando, Elizabeth, mas você é uma *moça* e vai se vestir como tal em nossa casa!

As lágrimas brotaram. Oliver ficou olhando, de boca aberta, enquanto escorriam silenciosamente por seu rosto. *Ela não sabe*, lembrou a si mesmo. *Acha que você é filha dela. Se soubesse a verdade...*

Mas não conseguiu concluir o pensamento, porque não sabia o que a mãe faria. O que ele sabia, enquanto as palavras dela o atingiam profundamente no peito, era que ficava mais difícil de respirar diante da ideia de perder o único conforto que tinha em casa.

— Mamãe, isso não tem *nada* a ver com Wickham — forçou-se a dizer, com a voz tremendo tanto quanto as mãos. — O fato de ele continuar interessado depois de me ver de calças deveria ser um bom sinal. Se Wickham não se importasse, talvez...

— Nenhum marido quer que a *esposa* se vista como um *homem*, Elizabeth!

— Bem, talvez eu não queira ser a esposa de ninguém!

As palavras explodiram de dentro dele antes que pudesse se conter. Nunca havia gritado com a mãe, desde que era criança, mas naquele momento, com o pranto incontrolável e o peito queimando pela dor que se espalhava nas cavidades entre as costelas, os pulmões, o coração, ele não conseguia mais se importar.

O rosto da mãe estava tenso, vermelho, lívido. Ela abriu a boca, mas, antes que pudesse falar, o sr. Bennet entrou na sala, com a testa franzida, enquanto seu olhar se desviava da sra. Bennet para Oliver.

O rapaz estava trêmulo, mal conseguindo conter os soluços

— O que está acontecendo aqui? — perguntou o pai. Em seguida, acrescentou para o filho: — Você está bem?

Oliver não conseguia confiar em si mesmo para falar. Negou com a cabeça, mas, a cada segundo que passava, o controle que exercia sobre si mesmo diminuía.

— Se *ela* está bem? — gritou a sra. Bennet. — Meus nervos não importam? Ela não tem motivo para ficar chateada, não depois de mandar *mais* um pretendente embora...

— Sra. Bennet — disse o sr. Bennet de forma sucinta. — Basta. Vamos conversar a sós agora, sem a senhora.

Quando a mãe de Oliver saiu furiosa da sala, o sr. Bennet atravessou o cômodo para envolvê-lo em um abraço apertado. O rosto do rapaz foi pressionado contra o peito do pai.

E ele chorou.

Uma vez que Oliver havia se acalmado o suficiente para respirar sem soluçar, o sr. Bennet o levou para o escritório. No início, o o pai o deixou se recompor por alguns minutos ali enquanto ia buscar um pouco de chá. Limpando os olhos, Oliver se afastou da pequena estante — repleta, em sua maioria, de livros de direito — e atravessou o tapete verde-escuro colocado entre a estante e a escrivaninha.

Para se distrair de suas emoções turbulentas, permitiu que o olhar percorresse as cartas e os papéis organizados em pilhas na mesa do pai. Um envelope fora colocado de lado; uma carta do dr. Henry Marsh.

Oliver ficou intrigado. O sujeito era um senhor idoso e estranho, do tipo que se poderia chamar de excêntrico. Fora ele quem havia feito o parto de Oliver, bem como de todas as filhas dos Bennet. O rapaz suspeitava há muito tempo que o médico *também* frequentava Molly Houses, mas é claro que esse não era um assunto sobre o qual se falava abertamente, então era provável que Oliver nunca fosse descobrir a verdade. Ainda assim, ele tinha um segundo consultório em Paris, onde as leis eram muito mais brandas, por isso passava cerca de metade ano lá.

Mas por que havia enviado uma carta para o sr. Bennet?

A porta abriu-se às suas costas, e o olhar de Oliver se voltou para o pai, que carregava uma bandeja com um bule de chá fumegante, dois pires e duas xícaras. Usando as costas para fechar a porta atrás de si, o sr. Bennet colocou o chá sobre a mesa.

Depois de pegar uma xícara fumegante com gratidão, Oliver sentou-se em uma das duas cadeiras em frente à escrivaninha do pai, aproximando a bebida do rosto para saborear o vapor quente na boca e no nariz.

O sr. Bennet sentou-se em frente ao filho com a própria xícara de chá e sorriu para ele.

— Sei que não está bem, por isso não vou perguntar. Sinto muito pelo que sua mãe lhe disse. Acho que está na hora de eu ter uma conversa com ela, mas... não tenho certeza do quanto você gostaria que eu contasse.

Oliver olhou fixamente para a xícara de chá, com a incerteza se debatendo em seu peito. Depois do que ela lhe dissera, não achava que a mãe estivesse pronta para ouvir a verdade. Mas parte de si temia que ela *nunca* estivesse pronta, e, se fosse o caso, o que ele faria? Não poderia continuar naquela situação pelo resto de sua vida só porque a sra. Bennet não queria ouvir a verdade. No entanto, depois do recém-ocorrido, estava ainda menos preparado do que antes para contar.

— Ainda não estou pronto para revelar tudo — disse Oliver baixinho.

Forçou o olhar a se afastar do chá preto fumegante e viu que o pai o observava com carinho. Foi reconfortante de uma forma que nunca ousou esperar.

— Não há problema algum — respondeu o sr. Bennet. — Nesse caso, talvez eu concentre meus esforços em desencorajá-la a pressioná-lo a se casar antes de estar pronto.

Os ombros do rapaz relaxaram.

— Isso seria incrivelmente útil.

— Ótimo. — O pai assentiu. — Nesse meio-tempo, acho que você precisaria de um tempo fora. Por que não visita seus tios em Gracechurch esta tarde e passa algum tempo com eles? Alguns dias ou até mesmo uma semana. Tenho certeza de que ficarão felizes em recebê-lo, e isso lhe dará a oportunidade de ser você mesmo por algum tempo, sem interrupções.

Oliver fez uma pausa, refletindo.

— Isso… seria perfeito, na verdade.

— Excelente. — O sr. Bennet sorriu. — Escreverei em breve para avisá-los de sua visita. Vá fazer as malas. Eu cuidarei de sua mãe.

Só a ideia de poder passar vários dias como si mesmo o fez se sentir mais leve. Terminou o chá e se levantou, o peso da discussão com a mãe se dissipando com a perspectiva da viagem.

— Obrigado — falou, com a voz embargada de emoção. — Por tudo. Não… não sei como teria lidado com tudo isso sem o senhor.

O carinho no rosto de seu pai fez com que Oliver ficasse com os olhos marejados outra vez.

— Sei que não me contou da maneira que talvez imaginasse, mas estou muito feliz por conhecê-lo, filho. Aconteça o que acontecer, eu sempre lutarei por você.

25

DETERMINADO A NÃO PENSAR MAIS EM SUA MÃE, Oliver passou grande parte do tempo da viagem até a casa dos tios concentrando-se na carta que havia recebido de Darcy dois dias antes.

A explicação do rapaz fazia todo o sentido do mundo e, quanto ao caráter de Wickham, bem, ele *estava* espalhando um boato que não lhe dizia respeito. Oliver não conseguia nem imaginar como se sentiria se o soldado soubesse quem ele era e começasse a contar para todo mundo. Era desprezível.

Portanto, dada a sua evidente capacidade para tal ato e, francamente, sua grosseria ao tentar cortejar Oliver, concluiu que o restante da explicação de Darcy sobre o que de fato havia acontecido entre os dois não era tão exagerado assim.

Mas o que ele não havia dito era *por que* havia pedido Elizabeth em casamento. Admitira na carta concordar que não seria feliz se casando com uma mulher, então por que havia pedido a mão de alguém que ele acreditava ser uma? *Por quê?* Darcy havia mencionado que *ambos* estavam sendo pressionados a se casar. E seu desaparecimento depois do beijo parecia coincidência demais para uma coisa não estar relacionada a outra, de modo que a única explicação que Oliver conseguia cogitar era de que Darcy reagira ao beijo de um rapaz tentando se casar imediatamente com uma moça.

Não era a mais tranquilizadora das conclusões.

Foi com isso em mente que sentiu a carruagem parar na propriedade de Gracechurch. Ele então desceu para cumprimentar sua tia. Quando ela o abraçou e perguntou como o sobrinho estava, algo dentro dele se rompeu. As lágrimas surpreenderam ambos, mas, uma vez que começou a relatar os eventos recentes, o rapaz descobriu que precisava falar.

Quando o tio sugeriu que fossem visitar os jardins de Pemberly no dia seguinte, Oliver protestou, mas somente até que a tia lhe garantisse que Darcy não estava em casa. De modo relutante, ele acabou concordando, mesmo que apenas para evitar perguntas do tio sobre por que deveria se importar se o senhor da casa estaria ou não presente.

Chegando lá, Oliver teve de admitir que o lugar era tão bonito quanto tinha ouvido falar, sobretudo com as árvores e os arbustos em plena floração. A residência em si era uma enorme construção de tijolos amarelo-pálidos com colunas em ambos os lados da entrada. E, embora fosse impressionante de se ver, a propriedade não era nada comparada ao terreno em que se encontrava. Bem em frente à mansão, refletindo-a, havia um lago enorme e plácido que ondulava. Uma trilha foi aberta ao redor dele, artisticamente decorada com sebes, árvores e flores muito bem cuidadas.

— Não é lindo? — perguntou a tia. — Adoro vir aqui para fazer longas caminhadas. É tão tranquilo. De fato, não há lugar como este em toda a Inglaterra, estou convencida disso.

— É bonito — admitiu o rapaz.

O mais agradável foi estar com os parentes como si mesmo. Ouvir *Oliver* de sua família, passear ao lado do tio, ambos vestidos em seus melhores trajes, com o conforto do compressor de tórax justo nas costelas e a gravata de seda macia enfiada sob o queixo... tudo aquilo era tão *bom*. Tão certo. Queria que fosse daquele jeito o tempo todo. Mais do que qualquer coisa, era *isso* que queria. Ser ele mesmo, às claras, sem pudor.

Poderia ser tão fácil, mas o mundo tornava tudo tão difícil.

Andaram em torno do perímetro do lago em silêncio, apenas o barulho de seus sapatos na trilha de pedras brancas perturbando a quietude. Pássaros chilreavam no alto, e uma brisa morna bagunçava os fios de cabelo de Oliver que se soltavam por baixo do chapéu. Depois de dez minutos, não haviam percorrido nem um quarto do caminho, e Oliver se viu feliz por ter deixado a tia convencê-lo a se juntar a eles. O ambiente era tão calmo. Não pôde deixar de imaginar como seria estar ali todos os dias, tendo aquela idílica trilha literalmente a poucos passos da porta da frente. E Oliver ainda nem tinha entrado na casa. Só podia imaginar o luxo que havia lá dentro.

O barulho de rodas sobre o cascalho em algum lugar atrás dele o tirou de seus pensamentos. Os três fizeram uma pausa e viraram-se quando uma carruagem parou na frente da propriedade e de saiu…

O rapaz perdeu o chão. *Darcy* saiu da carruagem. Exatamente a pessoa que sua tia havia *insistido* que não estaria ali.

Oliver virou-se para a tia, com os olhos arregalados, e ela ficou olhando, boquiaberta, antes de franzir os lábios. Com um encolher de ombros como quem pede desculpas, a mulher falou:

— Disseram-me que ele estava passando um tempo com os Bingley durante toda esta semana. Deve ter voltado mais cedo.

Oliver gemeu, e seu tio franziu a testa.

— Há algum problema com a presença do sr. Darcy?

— Eu explico depois, querido — respondeu a esposa com leveza.

Qualquer esperança que ele tivesse de passar despercebido se esvaiu quando Darcy avançou pela trilha bem cuidada. Bem na direção deles. Oliver mordeu o lábio, sem saber se deveria continuar andando ou esperar que o outro rapaz o alcançasse. A maior parte dele queria continuar andando na esperança de que Darcy ainda não tivesse percebido quem eram os três, mas também sabia que isso seria extremamente rude e que não havia a menor chance de seus tios concordarem com tal atitude.

Então, em vez disso, observou com crescente pavor a aproximação dele. Sabia o momento exato em que Darcy havia se aproximado o suficiente para avistá-lo — ele fez uma pausa e, de repente, começou a caminhar mais depressa. A mente de Oliver entrou em turbilhão, perguntando-se o que deveria dizer. Até onde o outro rapaz sabia, a última vez que haviam se visto fora quando Darcy o beijara e depois fugira. Com isso, Oliver supôs que talvez fosse um bom sinal o fato de ele estar se aproximando rapidamente, em vez de se afastar, mas isso não aliviava a ansiedade que crescia em seu peito.

Darcy o pedira em casamento... Bem, pedira "Elizabeth". Os dois haviam discutido e Darcy havia enviado aquela carta, e não fazia ideia de que o outro rapaz estava presente em tudo isso. Como Oliver poderia agir normalmente? Como fingiria que não sabia que Darcy havia pedido uma moça em casamento e, depois, admitido sua culpa?

Jamais cogitara a remota possibilidade de sua vida como um verdadeiro rapaz se sobrepor àquela em que fingia ser uma moça, mas ali estava ele, a poucos minutos de confrontar uma colisão entre as duas realidades.

— Sr. Gardiner, sra. Gardiner, é um prazer vê-los — cumprimentou Darcy ao se aproximar. Então, o olhar dele se fixou em Oliver, pesado e cheio de calor. — Não sabia que vocês dois conheciam Oliver.

A tia abriu um largo sorriso e colocou a mão no ombro do rapaz.

— Ele é nosso sobrinho — anunciou alegremente. — Vocês se conhecem bem?

O rosto de Darcy ruborizou, só um pouco, e Oliver não conteve um sorriso. Sabia *exatamente* de que modo Darcy estava lembrando que se conheciam.

— Pode-se dizer sim — respondeu Oliver.

— Na verdade, será que posso falar com Oliver em particular? Tenho algo importante para conversar com ele — disse Darcy.

A pulsação de Oliver rugiu em seus ouvidos. Antes daquele momento, estava imaginando uma caminhada incômoda, mas suportável, com Darcy e os tios. Não estava preparado para falar com o rapaz *a sós*.

Mas seu tio falou:

— Com certeza. A sra. Gardiner e eu continuaremos nosso passeio, certo?

Ele ofereceu o braço à esposa, que o aceitou com um sorriso. E, sem dizer mais nada, os dois seguiram em frente, deixando Oliver com chumbo no estômago e um calor subindo pelo pescoço.

Uma vez que os parentes do rapaz se distanciaram o suficiente para não conseguirem mais ouvir, Darcy suspirou de modo pesado.

— Não esperava encontrá-lo aqui.

— Eu poderia dizer o mesmo — respondeu Oliver com uma risada desconfortável.

— Bem... Eu *moro* aqui.

Darcy sorriu com ironia. Um sorriso muito bonito se abriu em seu rosto já belo.

— Ao que parece, equivocaram-se ao me garantir que você não estaria aqui.

O rapaz franziu a testa.

— Você estava tentando me evitar de propósito?

Oliver arqueou uma sobrancelha.

— Isso o surpreende depois de nosso último encontro? Na verdade, eu tinha a impressão de que *você* não queria *me* ver.

Darcy corou e passou a mão nos cabelos. Com um suspiro, acenou com a cabeça para o trajeto à frente deles.

— Você me acompanha?

Oliver assentiu, e os dois caminharam lentamente. Seguiram a trilha de pedras por alguns minutos até que Darcy quebrou o silêncio.

— Não devia ter fugido. Peço desculpas. Não consigo imaginar como você deve ter se sentido depois... depois de...

— Termos nos beijado — completou Oliver baixinho. — Nós nos beijamos.

Darcy engoliu, com o pomo de adão balançando na garganta.

— Sim. Nós nos beijamos.

— Foi assim tão ruim a ponto de você sentir a necessidade de fugir? — perguntou Oliver.

O outro rapaz arregalou os olhos.

— Não! Não, de forma alguma. Foi... o oposto, na verdade.

Foi a vez de Oliver franzir a testa.

— O beijo foi tão bom que você teve de fugir?

Darcy riu, um som seco e trêmulo.

— Se a convicção de que você gosta de beijar outros rapazes não o assustou, você é mais corajoso do que eu.

Era como havia pensado, então. Para Oliver, aquela noite fora terrível, mas beijar Darcy talvez tivesse sido a parte menos intimidante. Era assustador sair em público vestido como si mesmo, como Oliver; era aterrorizante apresentar-se ao mundo como havia nascido. Era pavoroso ser ele mesmo com o medo constante de que alguém pudesse reconhecê-lo como "Elizabeth", arruinando tudo o que havia trabalhado durante meses para conseguir. Só a perspectiva de alguém contar a todos que os dois eram a mesma pessoa o fazia ter vontade de vomitar.

Então, beijar Darcy fora assustador, sim, mas, naquele momento, o único medo que tivera fora o da rejeição do outro rapaz, não a da sociedade. Naquele momento, estava no único lugar seguro do mundo que não o atacariam por ser quem ele era, que veriam um rapaz beijar outro rapaz e sorririam. Comparado ao medo de ser descoberto que enfrentava toda vez que saía de casa como Oliver, o medo de beijar Darcy não era nada.

Ainda assim, imaginou que, para Darcy, uma pessoa que não precisava se preocupar com o fato de as pessoas pensarem que era alguém que não era, beijar Oliver provavelmente *era* a verdade assustadora com que se preocupava que alguém descobrisse.

Portanto, não, beijá-lo não tinha sido tão estarrecedor. Mas ele entendia por que poderia ser para Darcy.

— Eu… entendo — respondeu por fim, com um novo medo brotando no peito.

Sabia que aquela era a oportunidade perfeita para revelar seu segredo. Estavam sozinhos, e o tema da conversa já estava tão próximo da verdade. Mas, mais uma vez, ele se viu temendo a rejeição — e a ideia era quase tão aterrorizante quanto a de ser descoberto. Ele mordeu o lábio.

Darcy franziu a testa.

— Você está bem?

A pulsação de Oliver latejava em seus ouvidos. Deveria lhe contar. Deveria lhe contar naquele instante. *Darcy não contará a ninguém, mesmo que não reaja bem*, garantiu a si mesmo. *Darcy não contaria. Ele sabe como é para outra pessoa revelar sua identidade ao mundo.*

Ainda assim, uma pequena parte de si questionava se poderia estar errado quanto a essa suposição. Mesmo que estivesse, o que mais poderia fazer? Não podia continuar cortejando o outro rapaz sem ser honesto. Não podia continuar vivendo uma vida dupla. Isso o destruiria.

Ele parou de andar e encarou Darcy, puxando os ombros para trás e respirando fundo.

— Preciso lhe contar uma coisa.

Darcy franziu e parou de andar também. Foi encarando Oliver aos poucos e acenou com a cabeça.

— Tudo bem.

Oliver engoliu em seco, sem saber por onde começar. O que deveria dizer? Como deveria explicar? Por mais que soubesse que um dia teria de dizer aquilo a Darcy se quisesse que o relacionamento deles continuasse, não sabia quais palavras usar.

Mas Darcy era paciente. Ele observava Oliver com um olhar gentil e caloroso. Uma brisa fresca agitou os cabelos escuros que emolduravam seu belo rosto. Pássaros chilreavam nas proximidades, enchendo o ar com um leve canto. Oliver queria ficar ali, naquele momento idílico. Queria congelar o tempo e sentir o vento em suas bochechas e o solo macio sob suas botas. Porém, se não contasse a verdade a Darcy naquela hora, nunca o faria.

Então, lenta e cuidadosamente, falou:

— Quando nasci, o nome que me foi dado não foi Oliver.

Darcy arqueou uma sobrancelha.

— Não? Foi algo terrível?

Oliver riu, só um pouco.

— Foi... inadequado. — Ele mordeu o lábio, tentando acalmar coração acelerado. — Meus pais cometeram um erro quando nasci. Eles... eles me confundiram com uma menina. E me criaram como uma.

Darcy piscou, confuso. Linhas de preocupação insinuaram-se em sua testa.

Oliver prosseguiu:

— Mas eu *não* sou. Sou um menino, e só no último ano pude finalmente começar a viver minha vida como um. Mas... a maior parte da família ainda não sabe, incluindo minha mãe. Pouquíssimas pessoas sabem, então tive de continuar vivendo uma... uma segunda vida. Uma vida falsa. Na qual tive de fingir ser uma garota.

O outro rapaz não o interrompeu, o que Oliver considerou um sinal tão promissor quanto qualquer outro. Ele ouviu, com a testa ainda mais franzida, mas assentiu devagar, como se estivesse ponderando.

— Isso parece... horrível — comentou em voz baixa. — Você mencionou que poucas pessoas sabem quem você é.

Oliver concordou.

— Minha irmã mais velha, duas amigas próximas, minha tia e meu tio e, mais recentemente, meu pai. E só. Acho... que você pode imaginar como seria difícil se... se as pessoas que me desejam mal descobrissem.

— É claro — concordou Darcy sem hesitação. — Entendo por que não quer que os outros saibam. Obrigado por confiar em mim.

Oliver assentiu, apenas de leve, abrindo a boca. Darcy hesitou e acrescentou:

— Há mais alguma coisa?

Oliver soltou outro suspiro longo e trêmulo. Darcy havia aceitado bem a primeira parte, mas isso não significava que seria compreensivo em relação à segunda. Mas não havia como se esconder.

— Você... me conheceu. Enquanto fingia ser uma menina.

O outro rapaz piscou, com as sobrancelhas erguidas.

— Conheci?

— Encontrou comigo várias vezes, na verdade. — O calor subiu por seu pescoço. — Hum. O nome que meus pais me deram quando nasci... foi Elizabeth.

Darcy franziu mais ainda a testa.

— ... Elizabeth?

Oliver contraiu o rosto.

— Elizabeth... Bennet.

A boca de Darcy se abriu, e ele recuou.

— *Bennet?*

O outro rapaz o encarou, com os olhos arregalados, enquanto a pulsação de Oliver retumbava dentro dele. Aquele era o momento. O momento em que Darcy o aceitaria ou...

Darcy riu. Gargalhou. E Oliver não tinha certeza do que fazer. Um sorrisinho nervoso surgiu em seus lábios quando Darcy se dobrou de tanto rir, enxugando as lágrimas dos olhos.

— É... tão engraçado assim? — perguntou com uma leve risada.

— Elizabeth Bennet! — exclamou Darcy, enfim o fitando. — A... a pessoa a quem pedi em casamento há apenas algumas semanas?

O rapaz ainda estava sorrindo, e rindo, um sinal que Oliver interpretava como bom. Não parecia irritado, o tipo de reação que ele temera. Mas também não sabia se entendia bem aquela reação.

— Ah, sim... Você, hum... fez isso.

— Então você está me dizendo — falou Darcy, sentando-se na grama — que, no meu pânico de beijar um rapaz, eu fugi para pedir um *rapaz* em casamento. De todas as pessoas *socialmente aceitáveis* que eu poderia ter pedido em casamento na Inglaterra, escolhi a única que não era de fato uma moça.

Esse pensamento *passara* pela cabeça de Oliver. Então, com certa distância entre ele e aquele pedido desastroso, também teve de rir ao se sentar ao lado do outro rapaz.

— É. Creio que sim.

— Isso faz muito sentido. Nunca entendi por que me sentia tão atraído por... por *Elizabeth*. Nunca em minha vida conheci uma moça que chamasse minha atenção daquela maneira, e isso porque Elizabeth não era uma moça!

Oliver piscou. A ideia era... estranhamente admirável. Era como se Darcy tivesse visto por trás de seu disfarce forçado. Como se, em algum lugar, bem no fundo, soubesse que Oliver era um homem, o tempo todo.

Os dois riram até que lágrimas também brotassem nos olhos de Oliver. Riram até a barriga doer, até os rostos ficarem vermelhos. O alívio de ser aceito, de ser visto; o medo que sentia da reação de Darcy evaporou como névoa, o que o encheu de luz.

Quando enfim se acalmaram, Darcy estava com um sorriso de orelha a orelha.

— Obrigado por confiar a mim a verdade — repetiu. — E obrigado por me contar. Agora tudo faz mais sentido.

Oliver estava todo sorriso.

— Estou muito feliz por poder enfim lhe dizer tudo isso. Quanto mais eu esperava, mais intimidante ficava. Sinceramente, quando você me pediu em casamento, achei que nunca seria capaz de lhe contar.

— Fico feliz que tenha contado. — Darcy passou a mão pelos cabelos e suspirou. — E agora?

— Bem — disse Oliver, medindo as palavras —, eu *gostei* de beijar você.

Darcy sorriu.

— E eu gostei de beijar você.

Queria retribuir o sorriso, mas um pensamento muito mais assustador pesava sobre seus ombros.

— Não posso continuar fingindo ser uma moça por muito mais tempo. Tenho de contar para a minha família.

O rosto do outro rapaz ficou sóbrio, e ele assentiu.

— Eu imagino. De qualquer forma, não gostaria que você tivesse de fingir ser alguém que não é por toda a eternidade. Isso seria... muito triste.

Oliver o encarou.

— Mesmo que isso signifique que nunca poderemos ser abertos sobre a natureza do nosso relacionamento?

— Prefiro ser secretamente feliz com você do que viver abertamente uma mentira.

Isso fez Oliver sorrir. E, quando Darcy deslizou os dedos pela grama e tocou sua mão, ele não a afastou. Encorajado, Darcy envolveu a mão de Oliver, e seus dedos se entrelaçaram. E assim os dois permaneceram sentados, de mãos dadas, por algum tempo.

26

A CERTA ALTURA, DARCY SUGERIU QUE ENTRASsem para descansar um pouco do sol quente, e Oliver concordou. Tinham acabado de chegar quando uma criada se aproximou com um envelope na mão.

— Sr. Blake? — indagou a jovem.

Oliver assustou-se. Como ela sabia o sobrenome falso que usava? Tinha certeza de que não havia falado seu nome completo o dia todo…

— Sim? — perguntou, hesitante.

— Um mensageiro acabou de chegar com esta carta para o senhor. — A moça estendeu a mão. — Disse que era muito urgente.

A emoção de ser chamado de *senhor* se contrapôs à confusão e à ansiedade. Ele pegou o envelope, contraindo o rosto, perguntando-se quem sabia que estava ali e o que poderia ser tão urgente. A carta era de Wickham, o que fazia algum sentido, pois *ele* conhecia o nome usado por Oliver — mas como o soldado sabia onde ele estava? A carta estava endereçada à propriedade de seus tios, então Oliver só podia presumir que o mensageiro tivesse ido até lá primeiro, onde teria sido informado de que a família estaria em Pemberly naquele dia.

A ansiedade agitou-se em seu estômago quando olhou de volta para a criada e agradeceu-lhe no tom mais calmo que conseguiu. A moça acenou com a cabeça e afastou-se, enquanto Oliver deslizava o dedo por baixo da abertura do envelope e retirava a carta.

A primeira linha o deixou tonto de terror.

Elizabeth (pois este, e não Oliver, é seu nome),

Ele sabia. Wickham sabia quem ele era. Mas *como*? Oliver estremeceu, a carta se agitando em sua mão enquanto se forçava a ler.

> *Não ficarei enrolando com gentilezas. Achei estranho o fato de o rapaz que conheci ter visitado uma mulher casada e, mais estranho ainda, o fato de nunca ter saído da casa dela depois de entrar; foi a senhorita quem saiu. No entanto, quando a vi de calças no outro dia, minhas suspeitas se confirmaram. O fato de a senhorita ter se iludido e acreditado que é um menino é risível, mas facilmente corrigível. O que precisa é de um marido forte para lembrá-la de quem é e de quem sempre será: uma mulher que precisa de séria orientação.*
>
> *Se quiser manter seu segredo em segurança, você me encontrará, sozinha, na estátua de Alfredo, o Grande, daqui a dois dias, ao meio-dia. Caso não venha, uma visita a Longbourn se fará necessária.*
>
> *Wickham*

Oliver sentiu como se tivesse engolido um balde de pedras. A respiração ficou presa na garganta, o coração disparou nos ouvidos.

— Meu Deus — sussurrou.

— O que foi? Sua família está bem? — perguntou Darcy, com a testa franzida.

Oliver engoliu com dificuldade, forçando-se a abaixar a carta.

— É de Wickham — respondeu, com a voz fraca. — Ele sabe.

27

A MALA DE OLIVER, CHEIA DE ROUPAS DE RAPAZ, pousou no chão com um baque. Ele desceu da carruagem estacionada em frente a Longbourn com as saias balançando nos tornozelos. Depois de ter lido a carta, correu para casa de imediato. Seu tio havia dito algo sobre contatar o sr. Bennet e jurou ajudar como pudesse. Oliver mal se lembrava de ter arrumado suas coisas e de ter se despedido dos parentes.

E Darcy... Mal havia dito palavra. O que havia para dizer? Qualquer tentativa de interceder em favor de Oliver implicava o grande risco de se expor. Oliver não podia — *não ia* — pedir isso ao outro rapaz. O poder que Wickham tinha sobre os dois fez seu sangue gelar. A ideia de que alguém pudesse alterar tão completamente o curso de sua vida era repugnante.

Deixar Darcy para trás era como dar adeus à sua única chance de felicidade.

Oliver descobriria o que Wickham queria dele em dois dias, mas não conseguia se livrar da sensação de que seria mais do que tinha a oferecer.

Esperava que Jane ficasse horrorizada, até mesmo com medo, ao ler a carta. O que não esperava era vê-la com um semblante de pura raiva.

Pensando bem, não tinha certeza de já ter visto a irmã tão aborrecida.

— Aquele canalha — xingou Jane.

A boca de Oliver se abriu.

— Jane! — exclamou, seu choque se transformando em uma gargalhada.

Ele *certamente* nunca a tinha ouvido xingar.

— Desculpe, Oliver — disse ela, corada —, mas a audácia daquele homem! Quem ele é para lhe dizer quem você é? Mal o conhece! E praticamente admitiu *ter seguido* você. O fato de achar apropriado se comportar dessa maneira é inacreditável. — Ela balançou a cabeça, batendo a carta na cama. — Sabe que o que ele disse é besteira, não sabe? Você não é mulher e não precisa mesmo de um homem para tentar forçá-lo a ser uma.

Oliver suspirou e sentou-se ao lado da irmã, com o estômago revirando de ansiedade.

— Eu sei — falou baixinho, mesmo enquanto as palavras maldosas de Wickham se aprofundavam ainda mais em sua mente. — Mas ele poderia facilmente arruinar a reputação de nossa família se me expusesse. E nossa mãe…

O rosto dele esquentou ao pensar na possibilidade aterrorizante que se desenrolava em sua cabeça. O que faria se ela se recusasse a aceitá-lo como seu filho? O conflito destruiria a família.

E, no entanto, não havia nada a fazer a não ser seguir em frente. Não poderia se disfarçar de mulher para sempre.

— Acho que se Wickham insistir em continuar por esse caminho, você deveria pensar em contar à nossa família antes dele — sugeriu Jane. — Não seria totalmente em seus termos, o que não é justo. Mas isso permitiria que você se apresentasse com as próprias palavras, e não com as de Wickham.

Oliver mordeu o lábio e assentiu. A irmã estava certa. Mas as palavras necessárias lhe escapavam.

Na manhã seguinte, ele sentou-se no jardim da frente. Um pequeno banco branco ficava entre as flores, mais para fins decorativos do que para quaisquer outros, mas Oliver gostava de ir ali para pensar.

E tinha mesmo muito em que pensar.

Estava tocando gentilmente os minúsculos botões roxos de uma lavanda quando o barulho de rodas se aproximando o sobressaltou. Ele se levantou e se virou, franzindo a testa ao avistar uma elaborada carruagem preta. Não imaginava que fosse Wickham, já que o encontro deles seria só no dia seguinte, e não em Longbourn. De qualquer forma, não conseguia imaginar que o soldado tivesse condições de pagar por uma carruagem tão extravagante.

Então, a porta do veículo se abriu e desceu de dentro ninguém menos que Lady Catherine de Bourgh.

As sobrancelhas de Oliver se eriçaram, e ele quase não conseguiu evitar que a boca se abrisse, em choque. Tinha certeza de que a mulher nunca havia estado ali, e mais certeza ainda de que não conhecia nenhum dos pais dele. Será que estava... perdida?

Mas ela não pareceu surpresa ao ver Oliver. Em vez disso, seu olhar se fixou nele de imediato, e ela acenou com a cabeça, puxando os ombros para trás enquanto caminhava em sua direção.

Oliver fez uma reverência educada, forçando um sorriso agradável para a surpresa da convidada.

— Lady Catherine, que inesperado. Posso lhe servir uma xícara de chá?

— Não será necessário — respondeu a mulher, em tom severo. — Não ficarei aqui por muito tempo.

Oliver não sabia ao certo o que fazer com aquela informação, então apenas assentiu e perguntou:

— Posso ajudá-la, então?

— Na verdade, pode. A senhorita é exatamente a pessoa que vim ver.

— Entendo — disse Oliver, totalmente perplexo. — Como posso ajudar?

— A senhorita pode *ajudar* — vociferou Lady Catherine — tranquilizando-me com relação aos rumores sobre seu noivado com meu sobrinho. Assegurando-me de que são absolutamente falsos.

Oliver não conseguiu evitar que sua boca se abrisse, mas logo se recuperou, mesmo quando seu rosto se contorceu de confusão. Não conseguia imaginar quem teria espalhado tal boato, nem por quê.

— Se eu estiver noiva de seu sobrinho, é a primeira vez que estou ouvindo dizer isso — comentou Oliver com cuidado.

— Então, a senhorita nega? — retorquiu Lady Catherine.

O rapaz franziu a testa diante do questionamento agressivo dela.

— Nego — insistiu, tentando ignorar a pontada de raiva que subia por sua espinha. — Não estou noiva de seu sobrinho. Não estou noiva de ninguém.

— Ótimo! — respondeu Lady Catherine. — Quero que saiba que o futuro do meu sobrinho foi planejado desde que era um bebê. Ele se casará com uma mulher *respeitável* de igual posição social, que o espera há muitos anos para isso. A propósito, tenho certeza de que os dois se casarão antes do final do ano.

Oliver presumiu que ela estivesse se referindo à prima de Wickham, mas não se deu ao trabalho de corrigir a crença de Lady Catherine.

— Entendo.

— Espero que a senhorita tenha em mente que, se meu sobrinho fosse se casar com *outra* pessoa, com certeza não seria com alguém do seu nível. Seria tolo de sua parte acreditar no contrário. Esses rumores são ridículos e ofensivos. Vou me certificar de acabar com eles *imediatamente*.

Oliver cerrou os dentes. Será que a mulher tinha mesmo ido até ali só para insultar a ele e a sua família *em sua própria casa*?

— Isso é tudo? — forçou-se a perguntar.

Lady Catherine irritou-se de novo.

— *Não* é tudo. A senhorita precisa me prometer que recusará se meu sobrinho tiver um momento de pensamento nebuloso e *de fato* a pedir em casamento.

Ele não se conteve e riu. A ironia, é claro, era que Darcy *já* o havia pedido em casamento e Oliver *já* o havia recusado. Mas e se pedisse mais uma vez, se ele pedisse *Oliver* em vez de *Elizabeth*? Não havia a menor chance de recusa.

— Não vejo o que há de tão engraçado! Não passa de uma brincadeira para a senhorita? — exclamou a mulher.

— Não posso prometer isso — afirmou, de forma branda.

Lady Catherine arfou.

— A senhorita realmente se acha qualificada para se casar com ele? Para se tornar uma *Darcy*? *A senhorita?*

— Acho que confiarei em Darcy para tomar a decisão por conta própria sobre com quem ele quer se casar.

— Que arrogância! — Lady Catherine colocou a mão sobre o coração. — A senhorita deve recusá-lo! *Não pode* se casar com meu sobrinho!

Oliver balançou a cabeça.

— A senhora tem tanta certeza de que ele virá aqui para me fazer o pedido, a ponto de achar que a minha recusa será necessária? Talvez não tenha notado, mas, pelo que vejo, Darcy não está presente. Não estou comprometida com ele, mas, se me pedir em casamento, tomarei a decisão que quiser sem a sua influência, muito obrigada.

Lady Catherine arfou de novo, com o som sufocado pela indignação. O rapaz mal resistiu à vontade de revirar os olhos.

— Se isso é tudo, Lady Catherine, tenho negócios a tratar.

Oliver virou-se e seguiu em direção à porta da frente.

— A senhorita ainda ouvirá falar de mim, Elizabeth Bennet! — chiou a mulher às suas costas.

Ele não se deu ao trabalho de responder.

28

VESTIDO COMO SI MESMO, OLIVER CHEGOU À estátua de Alfredo, o Grande.

Era esculpida em pedra branca, retratando o velho rei em suas belas vestes e com uma coroa na cabeça. Era antiga, manchada pelo tempo e pelo clima, posicionada no centro de um caminho de pedra que se ramificava ao redor dela, cercada de arbustos e árvores por todos os lados. Em uma cidade de um milhão de pessoas, era um lugar tão bom quanto qualquer outro para se ter uma conversa particular.

Wickham já estava lá, esperando por ele. O soldado zombou ao vê-lo.

— Incrível. Você é ousada mesmo para chegar aqui vestida *desta* maneira, Elizabeth.

O outro rapaz pronunciou o nome morto dele como uma maldição. Oliver sentiu como se a ponta de uma faca tivesse sido enfiada entre suas costela se rebateu:

— O que é incrível é você achar que é seu dever intrometer-se na minha vida. Será que a sua é tão pouco inspiradora a ponto de que se sinta compelido a se envolver em assuntos que não lhe dizem respeito?

Wickham bufou.

— Você se acha muito importante. As escolhas estranhas que faz em sua vida não teriam me preocupado nem um pouco se seu primo não as tivesse transformado em minha preocupação.

Oliver ficou espantado. Seus olhos se estreitaram.

— Meu primo?

Wickham assentiu.

— Quando mencionei sua tolice ao sr. Collins, ele me deu uma oportunidade que não pretendo desperdiçar. Em troca de garantir que você pare com essa farsa ridícula, foi-me oferecida uma quantia significativa. Não permitirei que você estrague essa chance, Elizabeth. Você se casará comigo e deixará de lutar contra o papel que nasceu para desempenhar.

Oliver riu. Toda a situação era tão absurda que, se o soldado não estivesse olhando para ele com tanta seriedade, teria certeza de que tudo não passava de uma brincadeira. Casar-se com *Wickham*?

— Isso não é motivo de riso — censurou o outro rapaz, o que só fez Oliver rir mais alto.

— Fui submetido a uma série de pedidos terríveis neste verão, mas devo dizer, Wickham, que este é de longe o pior.

O rosto do soldado ficou vermelho.

— Como você *se atreve*?!

— Eu preferiria me casar com um poste de luz a aceitá-lo como meu marido — respondeu com acidez.

A pele avermelhada de Wickham ganhou um tom feio de púrpura.

— Se você se recusar a se casar comigo, não terei outra opção a não ser informar sua família sobre seu descaminho.

Aquilo o deixou quase atordoado de medo, mas ele se forçou a encarar os olhos de Wickham com dureza.

— Vai lá, então — desafiou, enfiando as mãos trêmulas nos bolsos. — Veja se meu primo ainda lhe paga depois de você informar à minha família que, afinal, existe um filho Bennet. — Tudo se encaixou enquanto Oliver falava, as conexões formando-se em sua mente. — Porque é disso que se trata, não é? Collins lhe pagou para me forçar a viver minha vida como uma mulher para que eu não atrapalhe o plano dele de herdar Longbourn.

Um músculo da mandíbula de Wickham se contraiu, mas o rapaz não negou.

— Você é uma tola se acha que sua família algum dia aceitará esse comportamento sem sentido.

— Talvez sim — disse Oliver, virando-se para o outro lado. — Mas ainda assim não me casarei com você.

Com a mente agitada e exausta, Oliver caminhou até chegar à ponte de Westminster.

Foi até o centro dela e encostou-se na grade, sorrindo um pouco enquanto uma brisa fresca roçava seu rosto. O bater silencioso da água lá embaixo, o zumbido de conversas e transeuntes, o rangido de carruagens em algum lugar atrás dele — tudo aquilo acalmava de forma estranha. À direita, mais à frente, estava o Palácio de Westminster, com suas muitas torres pontiagudas que chegavam até as nuvens. As torres gêmeas ocidentais da Abadia de Westminster tinham vista para a igreja gótica, a estrutura mais alta no horizonte.

Ele poderia ficar ali por horas. Queria ficar. As nuvens cobriram o sol, escurecendo o céu. Oliver só esperava que ninguém fosse procurá-lo em seu quarto. Julgou que deveria ter contado a Jane para que ela pudesse inventar uma desculpa, se fosse preciso, mas agora era tarde demais para isso.

Parte dele não se importava se alguém fosse notar sua ausência. Parte dele queria que fosse descoberto, visto. Estava cansado de fingir, de colocar as necessidades de todos os outros acima das suas. Cansado de tentar fazer todos os outros felizes, em detrimento de si mesmo.

Em breve, isso não teria mais importância. Wickham iria até sua família e lhes revelaria a identidade de Oliver, nos termos mais infames possíveis. A mãe ficaria indignada. Lydia e Kitty, pelo menos, se divertiriam com o escândalo.

A chuva começou de uma só vez. Oliver piscou, e suas roupas estavam encharcadas como uma esponja. Ele riu, e o som era tão frio quanto o frescor da chuva. Perfeito. Agora andaria para casa encharcado, com as roupas pingando. Seria um milagre se conseguisse retornar sem ser notado.

Pensou em voltar para casa, mas não conseguia se mover. Quando chegasse, teria de enfrentar uma escolha: continuar fingindo, aceitando uma vida de infelicidade silenciosa e negando as acusações de Wickham, ou tornar tudo muito mais aterrorizante e ser honesto com sua família.

Ele sabia o que *queria* fazer, o que *precisava* fazer, mas o risco de uma reação nada desejável era assustadoramente alto. Seria pior ter uma mãe que soubesse quem ele era e o rejeitasse por completo, pensou, do que sofrer com a ignorância perene dela em relação a esse assunto.

Alguém se encostou no corrimão ao lado dele, e Oliver deu um pulo com o movimento. Nem sequer tinha ouvido o outro se aproximar, pois a chuva batia na pedra da ponte com tanta força que fazia um barulho constante em seus ouvidos. O rapaz virou-se para encará-lo, e Oliver piscou por vários segundos, atordoado, certo de que sua mente estava pregando peças nele ou que seus olhos estavam encharcados demais para enxergar direito.

Mas não havia como confundir Darcy parado bem ao seu lado na ponte.

— Olá — cumprimentou ele com cautela e um leve sorriso. — Tempo agradável para uma caminhada.

Oliver riu, balançando a cabeça mesmo quando um sorriso surgiu em seu rosto sem ser solicitado.

— Não estava chovendo quando eu saí.

O sorriso de Darcy se abrandou.

— Presumi que não.

— Como me encontrou?

— Bem. Como não estava em casa, lembrei-me do que você me disse sobre aonde ia para tomar um pouco de ar. Achei que este seria um bom lugar.

Os olhos de Oliver arregalaram-se.

— Minha família sabe que não estou em casa?

Darcy encolheu-se, só um pouco.

— Receio que sim... E a culpa é toda minha, peço desculpas. Mas, se isso ajudar, falei que havia me esquecido de que tínhamos combinado de nos encontrar na cidade. De qualquer forma, tenho certeza de que Bingley já os distraiu o bastante, portanto eu não me preocuparia.

Oliver achava que seus olhos não poderiam arregalar-se ainda mais.

— Bingley está com você?

— Nós viajamos juntos, sim. No momento, ele está com sua família e Jane, é claro. Acredito que tinha muito a dizer à sua irmã depois que lhe expliquei o erro de meu julgamento inicial e assegurei que agora acredito que ela retribui seus sentimentos.

Oliver não sabia o que dizer. É claro que era culpa de Darcy o fato de Bingley ter se afastado de Jane, mas desde que o rapaz admitisse seu erro para o amigo e o encorajasse a voltar para ela...

— Ele vai...? — Oliver estava quase nervoso demais para terminar a pergunta. — Vai pedi-la em casamento?

Darcy sorriu e olhou para o rio. A chuva grudava seus cabelos escuros na testa e escorria pelo nariz até os lábios macios.

— Acredito que sim.

Oliver sorriu, seu humor mudando de modo tão repentino que ele sentiu poder simplesmente sair voando.

— Darcy, isso é... — Ele riu, desta vez genuinamente. — Obrigado. Você sempre terá a minha gratidão.

— Não sei se a mereço — respondeu o outro, embora ainda sorrisse um pouco. — Depois de tudo o que fiz para causar tanta infelicidade a você e a Jane... ser honesto com Bingley era o mínimo que eu poderia fazer.

— Quer você acredite que mereça ou não, sou grato mesmo assim.

— Se *precisa* me agradecer — disse ele, voltando o olhar para Oliver —, não vou negar que meu desejo de o fazer feliz foi a mais forte das minhas motivações. Só pensei em você.

O calor instalou-se no rosto de Oliver, e ele conteve um sorriso. Ali estava Darcy, em meio à chuva implacável, declarando a importância da felicidade de Oliver. Não sabia como responder, mas não precisava, porque o rapaz ainda não havia terminado.

— Minha tia voltou para casa recentemente deveras de mau humor, mas isso me deu esperança. Eu o conheço bem o suficiente para ter certeza de que, se estivesse completamente decidido contra mim, teria dito isso a Lady Catherine.

O calor no rosto de Oliver transformou-se em uma fornalha, e ele riu.

— Creio que você de fato me conheça bem o suficiente, pois não tenho como negar.

Darcy apenas sorriu.

Oliver hesitou, depois contou:

— Falei com Wickham hoje mais cedo. Parece que Collins havia oferecido um pagamento para que se casasse comigo, e, quando recusei, ele não aceitou bem. Está determinado a contar à minha família sobre mim.

Darcy fez uma careta.

— Isso é realmente vil. Sabe quando ele pretende fazer isso?

Oliver negou com a cabeça.

— Não me falou. Em breve, imagino.

Darcy pareceu ainda mais indignado.

— Você está bem?

— Não sei. — Oliver suspirou, passando os dedos sobre a pedra molhada da ponte. — Estava desesperado de início, mas... agora estou começando a me perguntar se não seria a hora de contar.

Darcy acenou com a cabeça.

— Eu ficaria feliz em ir com você para oferecer algum apoio, se isso ajudar.

O gesto foi tão gentil que Oliver sentiu sua garganta doer de emoção.

— Você faria isso por mim?

— Claro. — O rapaz hesitou e, em seguida, como se estivesse decidindo algo, assentiu e acrescentou: — Estou lutando com uma ideia há algum tempo e não vou permitir mais isso. Se seus sentimentos ainda são os mesmos do início deste mês, por favor, diga-me, mas não consigo mais conter os meus. Eu o admiro, Oliver Bennet. Sua personalidade, sua inteligência, sua honestidade... Não pensei em mais nada desde que nos conhecemos.

As lágrimas embaçaram a visão de Oliver, escorrendo quentes por sua face e esfriando sob a chuva.

— Darcy...

— Eu te amo, Oliver. Ardentemente.

Era tudo o que ele sempre tinha sonhado ouvir. Tudo o que temera nunca ouvir. Era o sonho que ousava ter, embrulhado em um laço e apresentado com tanta calidez naqueles olhos castanhos que não havia como negar sua legitimidade.

Oliver piscou com força em meio à chuva torrencial. Com o aguaceiro incessante, a maioria das pessoas havia se retirado para dentro de casa, deixando apenas ambos na ponte. Antes que pudesse pensar duas vezes, Oliver se inclinou para a frente, diminuindo a distância entre eles. Seus lábios se encontraram com os de Darcy, e o outro rapaz segurou seu rosto com as mãos macias. Beijaram-se, com a água batendo em seus rostos, com os cabelos empapados e pesados na testa, com a pele molhada pela chuva escorregando uma contra a do outro. Beijaram-se enquanto as lágrimas de Oliver misturavam-se com o temporal, enquanto seu coração se enchia de tanta felicidade que ele achava que poderia explodir, enquanto o calor florescia em seu peito e se espalhava por seu corpo como uma caneca de chá fumegante no auge do inverno.

Oliver afastou-se, apenas um pouco, com o calor da respiração de Darcy cobrindo seu nariz e sua boca. Darcy abriu os olhos, ternos, buscando os de Oliver.

— Eu te amo, Fitzwilliam Darcy. De todo o meu coração, eu te amo.

O sorriso que iluminou o rosto do outro rapaz viveria para sempre na memória de Oliver. Quando Darcy diminuiu a distância entre os dois, Oliver não foi o primeiro a se afastar.

Jamais havia se sentido tão feliz.

29

NO FIM, FOI DARCY QUEM CONVENCEU OLIVER a usar a entrada da frente de sua casa. Depois de uma rápida parada na casa de Lu para tirar as roupas encharcadas e vestir roupas masculinas secas, eles se apressaram a ir para Longbourn. Juntos, chegaram à varanda, com a porta marrom fechada diante de ambos. Oliver mordeu o lábio, com as entranhas se revirando, os dedos trêmulos apertados ao lado do corpo. Ele conseguiria.

Tinha de conseguir.

— Se não estiver pronto, não tem problema. Sempre podemos fazer isso em outro momento — disse Darcy.

Oliver balançou a cabeça. Agora sabia que nunca haveria uma boa ocasião, nunca haveria uma ocasião certa. Sempre haveria uma razão para esperar, para se torturar por mais um dia. Poderia sobreviver mais aquele dia. Poderia sobreviver o dia seguinte. Mas uma vida inteira de fingimento, ele não poderia suportar.

— Não — disse por fim. — Eu quero fazer isso. Acabar logo com essa situação.

Darcy assentiu e, com muita delicadeza, colocou a mão na lombar de Oliver. O toque era quente, reconfortante. Ele se inclinou para a frente, seus lábios roçando a orelha de Oliver.

— Não importa o que aconteça, eu estou aqui. Sempre estarei aqui com você.

Oliver sorriu, apesar da situação. Era um grande alívio ter o rapaz ao seu lado. Enfrentaria a própria família e lhes contaria a verdade, e, se não gostassem... Bem. Pelo menos não estaria sozinho.

Aprumando-se com calma, ele bateu à porta.

O baque do nó dos dedos contra a madeira reverberou em seu corpo. Oliver prendeu a respiração. Então, depois de um momento, o sr. Bennet abriu.

Oliver ficou com a respiração presa no peito, mas o rosto do pai se transformou em um sorriso.

— Bem. Você não está lindo? — comentou com alegria.

O rosto do filho se aqueceu, mas ele pigarreou e se forçou a falar:

— Papai, este é o sr. Darcy.

— Já nos conhecemos. Bem-vindo de volta, sr. Darcy — respondeu o sr. Bennet, ainda sorrindo. O homem saiu do caminho, convidando-os para o saguão de entrada.

Darcy acenou com a cabeça e entrou. Oliver o seguiu enquanto uma energia ansiosa zumbia em seu estômago feito uma colmeia. Mas o sr. Bennet continuava sorrindo, e isso, pelo menos, aliviava a tensão.

— Você perdeu o grande anúncio de Jane e do sr. Bingley. Parece que estão noivos, finalmente — contou o pai.

Apesar dos nervos que faziam seus ossos vibrar, Oliver abriu um sorriso cheio de empolgação.

— Que notícia esplêndida!

— É, sim! — concordou o sr. Bennet. — O sr. Collins e o sr. Wickham também acabaram de chegar. Acredito que tenham algo a conversar com a família, embora ainda não tenham dito o quê.

O estômago de Oliver revirou-se, mas, aos poucos, com dificuldade, o rapaz afastou o pânico que subia pela garganta. Não importava que ambos estivessem ali, porque *ele* ia contar sua verdade primeiro. Estava pronto. Estava na hora.

Antes que pudesse falar qualquer coisa, porém, uma nova figura se aproximou.

— Sr. Bennet, quem...?

As palavras morreram em seus lábios quando o olhar da sra. Bennet recaiu sobre Oliver, os dois olhos arregalados como rodas de carruagem.

De repente, o rapaz descobriu que não conseguia respirar. Estava prestes a dizer que estava pronto para contar à família, mas não estava preparado para a chegada da mãe daquele jeito. Ainda assim, será que importava se ela descobrisse a verdade naquele instante em vez de dali a alguns minutos?

Forçando uma respiração profunda, Oliver anunciou:

— Mamãe, preciso lhe contar uma coisa.

O sr. Bennet colocou as mãos atrás das costas e acenou com a cabeça de forma encorajadora. Continuava sorrindo, e seus olhos brilhavam de felicidade. *Se tudo der errado, papai vai me apoiar*, lembrou a si mesmo.

E esse lembrete lhe deu a determinação necessária para continuar.

— *Por que* — disse a sra. Bennet, hesitante — você está vestida como...

— Meu nome é Oliver — interrompeu ele e, embora sua voz soasse trêmula, obrigou-se a terminar — e eu sou seu filho.

Por um longo momento, nada aconteceu. A mãe ficou encarando-o, boquiaberta, enquanto o coração de Oliver batia contra o peito com tanta força que chegava a doer. O sr. Bennet estava sorrindo de forma bastante incisiva para a esposa, com as sobrancelhas erguidas como se dissesse: "Estou feliz com isso, e você também deveria estar".

Então, a mão de Darcy agarrou a sua e a apertou com firmeza. A pressão era reconfortante e quente, e Oliver se agarrou à palma dele como se fosse um corrimão enquanto descia escadas geladas. O olhar da sra. Bennet se voltou para as mãos entrelaçadas enquanto o choque em seu rosto se transformava em confusão.

— Além disso — acrescentou Oliver, com a voz carregada de tensão —, Darcy e eu estamos, hum, nos cortejando, suponho.

A mãe voltou a expressão sobressaltada para Darcy.

— Isso é verdade? — perguntou ela por fim, como se houvesse outra interpretação para o rapaz segurar a mão de Oliver.

— É, sim. Há algum tempo que gosto muito de seu filho — respondeu Darcy, animado.

— Que maravilha! — exclamou o sr. Bennet. — Oliver, estou muito feliz por você. — Então, para Darcy, acrescentou: — Seja bom para com meu filho.

Filho. Oliver achava que não se acostumaria com aquilo.

— Sempre — respondeu Darcy.

Ele o encarou com um calor que o jovem Bennet queria que se entranhasse em sua alma.

— Obrigado, papai — falou baixinho.

Em seguida, sua atenção se voltou para a sra. Bennet, procurando no rosto da mãe pistas da reação dela.

A sra. Bennet olhou para Oliver, depois para Darcy e, em seguida, de volta para o filho, antes de levar as costas da mão à testa e exclamar:

— Minha nossa! Isso é um tanto inesperado. — Sua mão caiu para o lado, antes de ela acrescentar, pensativa: — Creio que sua veemente aversão a vestidos agora faça todo o sentido do mundo.

Oliver não conseguiu evitar uma risada.

— Espero que, agora que sabe a verdade, não exija que eu os use.

Então, a coisa mais estranha aconteceu. A sra. Bennet *sorriu* e disse:

— Exigir que meu filho use um vestido? Ora, isso não seria nada apropriado.

Oliver começou a chorar. Não tinha a intenção, mas ouvir aquelas palavras, "meu filho", de sua mãe, foi tão inesperado, mas tão *necessário*, que rompeu a represa de ansiedade dentro dele. O rapaz limpou o rosto freneticamente enquanto lutava para recuperar o fôlego.

— Sinto muito — desculpou-se às pressas. — Estou bem, só estava... com muito medo de nunca ouvir essas palavras da senhora.

O rosto da sra. Bennet se suavizou e, de forma inesperada, ela cruzou a distância entre os dois e o puxou para um abraço. Oliver não se lembrava da última vez que abraçara a mãe, mas era tão *bom* estar nos braços dela, ser abraçado, ser *aceito*. Ela o havia chamado de filho. Ela o chamou de *filho*! Ficara tão apavorado por tanto tempo com a possibilidade de ela rejeitá-lo que a aceitação tirou um peso de seus ombros que ele não tinha percebido estar carregando.

A sra. Bennet afastou-se, mas ainda estava sorrindo. Oliver retribuía o sorriso com tanta força que as bochechas doíam. O sr. Bennet ficou radiante.

— Agora, posso apresentá-lo de novo à família?

Oliver assentiu. A ideia de se apresentar ao restante da família ainda era aterrorizante, mas talvez menos, uma vez que a sra. Bennet tinha ciência. Além disso, a ideia de o pai fazer isso, apresentar Oliver como seu *filho*, de seu apoio ficar claro desde o início... era um cenário melhor do que ousara sonhar.

— Obrigado — disse baixinho.

— De nada, filho.

Darcy colocou os dedos entre os de Oliver, fazendo com que faíscas se espalhassem pela pele dele.

— Está pronto?

O sr. Bennet falou:

— A família está de bom humor agora, graças ao noivado de Jane, então acho que a recepção pode ser mais calorosa do que imagina. No entanto, se preferir, podemos esperar até que Wickham e Collins tenham ido embora.

Oliver mordeu o lábio.

— Na verdade, eu sei por que os dois vieram. Wickham ameaçou... me *expor* para vocês de modo a me obrigar a casar com ele. Disse que Collins lhe pagou para isso a fim de que eu... — Ele engoliu com dificuldade, não querendo nem mesmo dizer as palavras. — A fim de que eu fosse forçado a viver o resto de minha vida como esposa dele.

Os olhos da sra. Bennet arregalaram-se, enquanto o rosto do sr. Bennet encheu-se de fúria. Nunca tinha visto o pai irado, mas não havia como confundir o rubor em seu rosto e o olhar sombrio com outro sentimento.

— Isso tem a ver com a herança, não é? — Ele balançou a cabeça, em um tom mordaz. — Não. Isso não será aceito.

Foi então que os dois homens entraram na sala. Ao deparar-se com Oliver, as sobrancelhas de Collins se ergueram, e Wickham sorriu.

Collins colocou a mão sobre o coração.

— Essa é *Eli*...?

— O nome dele é Oliver — interrompeu o sr. Bennet de forma taciturna. — Mas suspeito que o senhor já saiba disso, não é mesmo, sr. Collins?

Collins arregalou e piscou os olhos. Até mesmo o sorriso sardônico de Wickham desapareceu de seu rosto.

— Não entendo o que quer dizer — balbuciou o sujeito.

— Acho que entende perfeitamente — retrucou o sr. Bennet. — Além disso, acho que seria melhor se os dois fossem embora neste instante. Sr. Collins, saiba que atualizarei meu testamento imediatamente para garantir que meu *filho* herde Longbourn, como lhe é devido.

Oliver mal podia acreditar no que ouvia. O pai de fato atualizaria seu testamento? Longbourn seria dele? Em todas as suas considerações sobre como seria viver como filho dos Bennet, nunca havia imaginado a possibilidade de herdar a propriedade. Mas se houvesse uma chance...

— Já conversei com o médico que fez o parto, que me garantiu que atestará no tribunal, se necessário, que ele é de fato meu filho — continuou o sr. Bennet.

Oliver arregalou os olhos. Aquela devia ser a carta do dr. Marsh que vira no escritório do pai. Havia quanto tempo o sr. Bennet estivera trabalhando nisso?

Wickham e Collins, evidentemente, também não podiam acreditar.

— Isso é um absurdo! — gritou o soldado.

— Sr. Bennet, não há necessidade de precipitação — disse Collins rapidamente.

— Não — concordou o sr. Bennet. — Ser precipitado seria pagar seu amigo para prender meu filho em um casamento sem amor. Ou gostaria de negar que esse não era seu objetivo ao chegar aqui hoje?

A boca de Collins abriu-se e fechou-se como um peixe fora d'água. Wickham ficou pálido como um defunto. O sr. Bennet apenas balançou a cabeça, com a testa enrugada com o que parecia ser decepção.

— Caso insistam em levar isso ao tribunal, a combinação do meu testemunho com o do restante da família, além do depoimento do dr. Marsh, terá força suficiente. Não os aconselharia a desperdiçar seus recursos lutando por isso.

— E *o senhor*! — exclamou a sra. Bennet, estridente, apontando para Wickham. — Tentando enganar meu filho em um relacionamento infeliz *por dinheiro*? Não tem vergonha?

— Não seria a primeira vez — comentou Darcy, fixando o olhar no rosto avermelhado do rapaz loiro. — Ele tentou fazer o mesmo com minha irmã, para ficar com a herança dela.

— Como se *você* fosse um anjo. Eu sei tudo sobre suas aventuras em Molly Houses! — esbravejou Wickham.

A sra. Bennet ofegou, mas, em vez de voltar-se para Darcy, ela direcionou todo o ardor de sua fúria contra o soldado.

— Quero que saiba que tenho os ouvidos de *muitos* indivíduos influentes. Fale mal do meu filho, ou do sr. Darcy, para qualquer pessoa, e eu lhe asseguro que logo verá que seu capital social não vale nada.

Quando Wickham empalideceu, o sr. Collins franziu a testa.

— A senhora não é a única que tem conexões sociais, sra. Bennet.

— O senhor se refere a Lady Catherine de Bourgh? — A mulher cruzou os braços sobre o peito. — É interessante que a tenha mencionado. Suponho que *ela* não saiba que seu amigo tentou roubar a fortuna da sobrinha dela.

— Ela não sabe — respondeu Darcy com firmeza.

— Interessante. E, conhecendo sua tia, como acha que reagiria a essa informação? — indagou a sra. Bennet.

— Imagino que ficaria furiosa tanto com o autor do crime quanto com qualquer pessoa intimamente ligada a ele — respondeu Darcy.

O rosto do sr. Collins descorou-se, virando-se para Wickham, com os olhos arregalados.

— O que é isso?

O soldado gaguejou:

— Não foi isso... Eu não estava...

— Não estava tentando enganar minha irmã, fazendo-a acreditar que a amava para que pudesse se casar com ela e ficar com sua fortuna? — perguntou Darcy com frieza.

— Não é culpa minha se a garota gostou de mim! — gritou Wickham.

Collins o encarou, atônito. Em desaprovação, a sra. Bennet comentou:

— Como eu disse. *Uma* palavra mal-intencionada, e uma visita a Lady Catherine de Bourgh será necessária.

A boca de Collins abriu-se e fechou-se, sem som. Oliver conteve uma risada. Não achava possível que alguém deixasse o homem sem palavras.

— Os dois devem ir embora neste exato momento. Não tentem voltar, pois nenhum dos senhores será bem-vindo aqui em Longbourn, nunca mais — acrescentou o sr. Bennet.

Talvez em choque, nenhum deles falou mais nada enquanto o pai de Oliver os conduzia para fora. Com um suspiro, o sr. Bennet bateu palmas e voltou-se para o filho e Darcy.

— Sinto muito que tenham visto essa cena desagradável.

Oliver abraçou o pai de novo, apertando-o com força.

— Obrigado. Obrigado, obrigado, obrigado.

O sr. Bennet deu uma leve risada.

— De nada, filho. Está pronto para se reapresentar à família?

O rapaz recuou, enxugando as lágrimas que se acumulavam em seus olhos, e pegou a mão de Darcy. Com a mão dele na sua e o apoio dos pais, enfrentar o resto da família, o resto do mundo, parecia um pouco menos aterrorizante. Sabia que nem sempre seria fácil, mas ali, naquele momento, estava claro que tudo valeria a pena. Porque *aquilo* — enfrentar o mundo como *filho* de seus pais, como *Oliver* — era o certo e zumbia em seu peito como a nota pura de um diapasão.

Apertando a mão de Darcy com força, Oliver sorriu e falou:

— Estou. Acredito, sim, que estou pronto.

EPÍLOGO

OLIVER BATEU TRÊS VEZES, SEUS OSSOS VIBRANdo de empolgação e energia. A porta se abriu, e ele encarou novamente o atendente jovem e esguio de óculos em meia-lua. O reconhecimento brilhou nos olhos do sujeito enquanto ele sorria.

— Café, por favor — pediu Oliver, confiante.

Mantendo o sorriso, o homem abriu a porta.

— Bem-vindo de volta. Seu rapaz já está aqui, no lugar de sempre — informou, sacudindo o queixo em direção ao fundo da sala.

O rosto de Oliver se aqueceu ao ouvir "seu rapaz", mas riu e agradeceu enquanto entrava. Não deveria ter ficado surpreso com o fato de os outros terem notado que ele e Darcy eram mais do que *amigos*. Afinal, já haviam se *beijado* ali uma vez, mesmo que por pouco tempo.

Oliver passou pelas mesas de jogadores de carteado e pela pista de dança deserta, onde as pessoas formavam pares enquanto alguém tocava o piano-forte. A música era leve e alegre, o que animou ainda mais seu humor.

Avistou Darcy sentado no sofá verde, com o olhar fixo no livro aberto em sua mão, e algo dentro dele se iluminou. O rapaz ainda não o havia notado, e seus cabelos caíam um pouco para a frente do rosto enquanto ele se inclinava sobre o livro; Oliver queria estender a mão e pentear aquelas mechas para trás.

Viu-se fazendo uma pausa para observar a intensidade serena de Darcy. Estava tão elegante em seu paletó azul-marinho habilmente ajustado, com a gravata de seda perfeita combinando. Não era a primeira vez que Oliver se maravilhava com o fato de um jovem incrivelmente bonito como Darcy estar interessado em um rapaz como ele. Aquela realidade o deixava tão zonzo que não foi capaz de reprimir um sorriso. E foi então que Darcy olhou para cima. Ao vê-lo diante de si, seu rosto transformou-se com um sorriso que deixou Oliver quase sem fôlego.

O rapaz fechou o livro e levantou-se.

— Espero que não tenha ficado aí parado por muito tempo — disse com uma risada.

— De modo algum.

Darcy assentiu e fez um gesto para o sofá.

— Gostaria de se juntar a mim? Encontrei o livro que você estava lendo da última vez em que estivemos aqui e o separei para você.

Oliver concluiu que não era de espantar o fato de Darcy se lembrar do livro que ele estava lendo — afinal, o próprio Darcy *havia* lhe recomendado —, mas, ainda assim, a atenção aos detalhes era cativante.

Os dois rapazes sentaram-se no sofá, tão próximos que suas pernas estavam se tocando, mas nenhum deles se afastou. O coração de Oliver batia na garganta com tamanha proximidade, mas, quando Darcy lhe entregou o volume que lera na outra visita, ele o aceitou com um sorriso que esperava condizer com a ansiedade zunindo em seu peito. Os dois se acomodaram com os respectivos livros, Darcy mergulhando de novo no texto enquanto Oliver olhava para a página sem parar, distraído demais com o calor do rapaz ao seu lado para processar as palavras impressas. Então Darcy aproximou-se um pouco mais e encostou o ombro no dele.

Oliver mal respirava. Encarava a página aberta diante de si, perguntando-se como Darcy estava conseguindo ler alguma coisa. Será que era o único tão afetado pela proximidade entre eles? Atreveu-se a olhar para Darcy de esguelha e deu um pulinho ao perceber que ele não estava prestando atenção no livro, mas em Oliver. E que estava sorrindo muito.

— Não posso falar por você, mas estou achando muito difícil ler com um rapaz incrivelmente bonito sentado tão perto de mim — comentou.

— Ah, graças a Deus — respondeu Oliver antes que pudesse se conter.

Darcy riu e fechou o livro de novo, virando-se para encará-lo.

— Sempre penso sobre nosso primeiro encontro aqui. E, embora a maior parte da noite tenha sido melhor do que eu ousava esperar, há uma parte que eu gostaria de refazer.

Oliver engoliu com tanta força que seria um milagre se Darcy não tivesse ouvido. Com a voz trêmula sobressaindo-se à pulsação acelerada, perguntou:

— E que parte seria?

Darcy sorriu. E então a maciez de seus lábios encostou na boca de Oliver, que ficou todo mole quando os braços do outro rapaz o envolveram.

O peito forte de Darcy contra o seu próprio torso comprimido sob a roupa provocou uma euforia diferente de qualquer outra que Oliver sentira enquanto fingia ser uma moça. Aquele momento, beijando um rapaz *enquanto era outro* rapaz, com o calor de Darcy como uma fornalha contra sua pele e as mãos dele em suas costas fazendo-o sentir-se seguro... era tudo o que Oliver sempre quis. Tudo com o que não havia ousado sonhar.

Mas era real, e nada nem ninguém poderia tirar isso dele.

NOTA HISTÓRICA

GOSTARIA DE FALAR UM POUCO SOBRE PESSOAS queer na história. Especificamente na Inglaterra, durante o período regencial.

No início do século XIX, ser queer não era, a rigor, ilegal. No entanto, existiam leis a respeito da prática de sodomia (que, claro, colocavam na mira os homens). Ainda assim, até 1828, o ônus da prova era incrivelmente alto, exigindo várias testemunhas para que o fato fosse confirmado. A era regencial foi uma espécie de transição; no período anterior, era bastante comum as pessoas serem abertamente queer, mas, na posterior — a célebre Era Vitoriana —, tudo isso acabou. No entanto, mesmo nas épocas em que era (em comparação) mais seguro ser abertamente queer, ainda se esperava que os homens se casassem com mulheres e tivessem filhos (e esperava-se que as mulheres fizessem o mesmo).

Quanto às Molly Houses, estas de fato faziam parte da cultura queer da Inglaterra na época de Oliver. O nome em si, Molly House, contém o termo "*molly*", uma gíria antiga para homem efeminado, às vezes usada como forma de xingamento ou acusação, outras vezes simplesmente como um substantivo comum. Embora alguma quantidade de sexo (e, bem possível, de trabalho sexual) ocorresse em certas Molly Houses, havia aquelas mais parecidas com clubes (que até chegaram a abrigar as primeiras versões de bailes drag!) ou cafeterias — como a que é frequentada por Oliver. Infelizmente, as Molly Houses tornaram-se alvo de batidas policiais nos séculos

XVIII e XIX, o que levou a prisões e violência, mas, mesmo com esse risco, elas representavam lugares seguros para os homens queer, em especial, serem eles mesmos. (Devo observar que, embora eu as tenha tornado neste livro um pouco mais inclusivas, historicamente não temos muitas evidências de que mulheres queer frequentassem esses estabelecimentos. No entanto, sabemos que pessoas trans e montadas de drag eram bem-vindas.)

Por fim, seria negligente de minha parte se não dedicasse algum tempo para abordar o fato de Oliver herdar Longbourn. Em última análise, acho que seria muito difícil afirmar que um homem trans na posição dele já herdou uma propriedade com sucesso, em grande parte porque isso significaria que a lei o teria reconhecido como homem sem tomar conhecimento de sua transgeneridade. É interessante notar que as certidões de nascimento não existiam na Inglaterra até 1º de julho de 1837, portanto não haveria nenhum registro de Oliver sendo confundido com uma menina ao nascer. No fim das contas, só sabemos da transexualidade de muitas figuras históricas por causa da descoberta — nem sempre, mas com alguma frequência — após sua morte. Gosto de pensar que há muitas pessoas trans que não sabemos que eram trans e que viveram a vida como elas mesmas, sem nunca terem sido descobertas.

Então, seria possível um homem trans na posição de Oliver ganhar uma disputa legal para herdar uma propriedade? Sinceramente, não sei. Gosto de pensar que, se um médico ou uma parteira, com toda a família de um homem trans, testemunhasse a favor de seu gênero, seria suficiente.

Independentemente de isso ter acontecido ou não na história oficial, posso dizer o seguinte: no caso de Oliver, foi o suficiente.

AGRADECIMENTOS

Se tivessem me dito há apenas cinco anos que eu escreveria e publicaria um livro histórico sem qualquer tipo de magia, eu talvez não acreditasse. Por mais inesperado que tenha sido, estou muito feliz em tornar este livro realidade e muito grato a todos que ajudaram a fazer isso acontecer, entre os quais:

Emily, sou muito grato pela maneira como você viu a história que eu queria contar e me ajudou a trazê-la para a página. Por cada uma de suas sugestões e ideias, e por responder a todas as perguntas do meu cérebro ansioso, obrigado. Estou muito feliz por termos tido a chance de trabalhar juntos neste livro.

Louise, este livro não existiria se você não tivesse me dado a oportunidade de reescrever um clássico. Por cada telefonema acerca da estratégia, cada e-mail e mensagem empolgada, cada palavra de incentivo e conselho de carreira, meu obrigado.

Para a equipe da Feiwel and Friends, incluindo Avia, Kim e Emily, obrigado por sua ajuda para dar vida a essa história.

Para Marlowe e Samira, que me deram uma das mais belas capas que já vi: caramba, *obrigado*! Marlowe, não supero os detalhes maravilhosos de sua incrível ilustração. Quero essa capa impressa e emoldurada como uma obra de arte, porque ela é de fato impressionante. Samira, os elementos do design deram o toque final perfeito a este livro. Obrigado a vocês. Eu não poderia estar mais feliz.

Alice e Laura, suas percepções ao longo dos anos, sem dúvida, fizeram de mim um escritor mais forte. Obrigado, como sempre, por nunca deixarem de me ajudar a contar as melhores versões das minhas histórias. Melissa e Parrish, suas ideias foram inestimáveis. Obrigado por dedicarem seu tempo para me ajudar a destacar o lado queer do enredo.

Jay, nunca deixarei de valorizar todas as formas pelas quais você cuida de mim. Por me encorajar a descansar, por me apoiar quando estou estourando os prazos, por estar ao meu lado durante essa montanha-russa de carreira, por comemorar meus altos e estar presente nos meus baixos, obrigado. Tenho tanta sorte de ter me casado com você. Eu te amo. Eu te amo. Eu te amo.

E, por último, mas não menos importante, a você, que leu o livro. Valorizo cada uma de suas mensagens felizes e animadas, ainda mais pelo mundo estar se tornando um lugar mais difícil de habitar. Obrigado, a cada um de vocês, por dar uma chance aos meus livros queer e por ajudar novos leitores a encontrá-los.